輪廻の詩人

柿本人麻呂・西行・松尾芭蕉と千年転生

篠﨑紘一

郁朋社

実に至純、峻烈な詩人の一霊が、天の理法にもとづいて現世と霊界とを千年にわたり往来、しかも同じ国に輪廻転生（リインカネーション）し、自己の魂のさらなる浄化、進化を求めて苦闘した。

その霊魂は飛鳥時代には柿本人麻呂、平安時代には西行法師、江戸時代には松尾芭蕉、と名乗った。

本書はこの世とあの世を生まれ変わり死に変わりし、詩歌の霊的叡智を探求する求道者として生き抜いた稀有の霊魂の物語である。

輪廻の詩人／目次

装画／佐藤　和行
装丁／宮田　麻希

輪廻の詩人

柿本人麻呂　現世の章

1

柿本家は孝昭天皇の系統を祖とし、倭(やまと)の大神を祀る大和神社に近く、家の門にみごとな柿の木があったことから、柿本氏と称するようになった。大和の春日臣氏とは、おなじ祖先をもつ縁戚関係にある。

要するに、地域の有力な豪族、名門のうちに入る一族であった。その証拠には、人麻呂の兄の佐留(さる)（猿）が朝廷人となり、貴族の位を拝受し、従四位下にまで昇進している。

人麻呂が生まれたのは六五八年、斉明女帝の御世、中大兄皇子（天智天皇）の謀略により、つぎの天皇の有力候補、有間皇子を謀叛人として抹殺した年である。

ずいぶんと血なまぐさい時代であった。さらに十四年後、叔父と甥が相争う壬申の乱が起きている。天武天皇は、兄の天智天皇の長子、大友皇子を、この戦で打ちやぶり即位している。

そのときの天武天皇の皇后は、天智天皇の娘、後の持統(じとう)女帝である。皇后と大友皇子は異母の姉、弟。兄弟姉妹がそれぞれ敵、味方となり、たがいに殺しあうのもふつうの時代だった。

人麻呂は、そんな激動の時代に生まれた。


柿本人麻呂にとって、最初に胸に深く刻まれた女性は母である。でも、母とは幼くして死に別れた。わずかにある母の思い出、母のうるわしい面影は、生涯、きらめく宝石のように、いつもかれの心中にかがやいていた。

母が最初の子、人麻呂を生んだときはまだ十五歳。自分の命よりも大切といつくしみ、乳母の助けもろくに借りようとしないで、なるべく自分の手で、と人麻呂の養育に心を傾けた。

人麻呂には生まれつき左の頬に小さなアザがあった。

「あら、不思議なこと。こんなところに、こんな可愛いらしいものが……」

と母は笑う。

桜花の形をした赤いアザである。毛細血管の増殖によるもので、ポートワインステインと呼ばれる。

「きっと、この子はだれにもできないことを成し遂げ、名高い人になってくれるのでしょうね」

そんなときの母は、自分はこの世でいちばん恵まれた母親である、といった表情になった。

あれは四歳か、五歳のころであったか、母に連れられて野遊びに行ったことがあった。

人麻呂は活発な男の子。一緒に行った遠縁の小さな娘を棒をもって追いまわした。そんなパフォーマンスまでして母の眼を惹きつけたかったのである。

「人麻呂さん、おいたをしてはいけませんよ」

そう言って、やさしく微笑んだときの母の神々しさ。かれにとってその美麗な容姿は、いつまでも聖女のような神聖なものになった。

六歳のとき、母は流行病(はやりやまい)であっけなく死んでしまった。人麻呂はそれを容易に信じることができなかった。

母は亡くなった後も鮮明な幻となって、しばしばかれのまえにあらわれたのである。朝でも夜でも、家のどこにでも見ることができた。幼いかれには、その幻がたんなる幻ではなく、生命をもつ実体のように思えた。現実に母の声も聞こえたのである。

「母者に、また言われた。人麻呂さん、ごはんを残してはいけませんよって」

その言葉を聞いて、年老いた家の下女はかれを抱きしめ、声をあげて泣いた。

ようやく母の幻があらわれなくなると、人麻呂はこらえようのない孤独感にみまわれた。地の果てにまで母を探しに行きたい想いにとらわれた。

母が死んでしまい、もうこの世にはいないと悟るまで、四年近くもかかった。

父も十歳のときに亡くなってしまった。

柿本家は、呪言(じゅごん)、寿詞(よごと)などの言霊(ことだま)を取りあつかう、神の祝(はふり)と呼ばれる祭司の役目を務める一族だった。朝廷でのそのような仕事は、むかしから中臣家とされているが、民間のさまざまな祭祀では、柿本の一族も大いに活躍していた。

農業、建築、労働などの祭事で、一族の者は神職として出席し、祭祀具の岩笛を吹き、呪言、寿詞をとなえる。

霊界へ訴求力のある言霊精霊は、物事を成就する霊力をそなえ、知行合一、必要なときには速やかにその神威を発動するのだ。

同じ音調、拍子をくりかえす呪言、寿詞。このリフレーンが言霊の霊力を強め、邪悪な精霊も屈服させ、呪術的効果を産みだすのだ。

和歌の源流を探ると、古来よりつたわる神事、祭事に使用される神の言葉……呪言、寿詞などに行きつく。これらの神語に、人間感情の発露である叫び、かけ声などがアレンジされ、和歌は誕生した。

人麻呂は幼いころから、その祭司の仕事に強く興味を抱いた。

そして、いつか器用に複雑な言霊をあつかうことができるようになり、霊的な事物にも感応できるようになった。

呪言、寿詞をとなえるときには、独特の抑揚をつけるが、色白、細身の人麻呂のどこからそんな声が出るのか、と疑問に思えるほど、声量豊かだった。

その人麻呂の熟達ぶりに、一族の長老は、

「おお、この子は柿本家の申し子ぞ。そなたは子供ながらもう立派に祭司の役をつとめることができようぞ」

と感心して言った。

兄の佐留もその人麻呂の様子を見て、弟には言霊使いとしての特別な才能があると見抜いた。

「おまえはこの仕事に向いているようだ。しっかり励めよ」

兄の佐留は人麻呂がいずれどんな仕事にたずさわり、才能を発揮することになるか、すでに予測していたのかもしれない。

両親に早く死なれた人麻呂には、兄の佐留、かれは父親でもあり母親でもある。その兄に評価されることは、人麻呂の自信にもつながることであった。

2

錦下（きんげ）・大夫になっていた兄の佐留に勧められて、人麻呂も朝廷人となった。二十一歳のときである。位階はもちろん七位以下の微官。

ただ他の朝廷人と違うのは、所属する部署が、治部省の雅楽寮（うたりょう）の大歌所（おおうたどころ）。祭事、雅楽などに関する仕事をするところで、特殊な才能、技術がなければ勤務することができない部署だった。

でも、最初から歌詠み人として採用されたわけではない。当時の朝廷には、そのような専門職はなかった。人麻呂が宮廷歌人としてデビューできたのは、これもまた貴族の位にある兄の助力のおかげであった。

生来、言霊を駆使する資質にめぐまれている人麻呂を、朝廷の組織内で出世させるには、これしかない、と重臣に賄賂（わいろ）を贈って頼みこんだ。

「わが弟の人麻呂は、言霊使いの名人です。来月、おこなわれる草壁（くさかべ）皇子の安騎野（あきの）の遊猟（ゆうりょう）。あの祭事に供奉（ぐぶ）する歌詠み人の一人に、どうかわが弟もお加えください」

賄賂の品が思った以上に豪華なものであったのだろう。朝廷に勤務してまもない、歌人としてもまだ無名の人麻呂も選ばれた。

朝廷の狩猟の祭事は、さまざまな意味を有する。そこに棲息する獲物をとることは、獲物の霊魂とその土地の地霊を身に憑け、人の魂（たま）を活性化させることである。
また朝廷組織をまきこんでおこなう祭事なので、軍事力の示威であり、同時に狩りの主役が、特別の意思表示をする機会でもあった。

つまり、つぎの天皇になるのはこの自分である、と高らかに宣言する草壁皇子のアピールの場でもあった。

チャンスが与えられた人麻呂が、最初に研究したのは、日本書紀、古事記にも収録された上代歌謡、大歌（おおうた）と呼ばれた宮廷詩である。

いかなる視点、創意工夫で歌を作るか、それにはまず伝統的な作歌法を知らなければならない。

幸いなことに、治部省の大歌所には、各種の古歌、各地の祀り歌、伝統的な歌などが保管されている。天武天皇が中央集権、律令制度を確立するために、朝廷への忠誠の証(あかし)として、諸国から奏上させたものである。

人麻呂は研鑽を重ね、艱難辛苦の末、ようやく歌の光の道を見いだした。人麻呂の胸の奥に、いままでにない革新的な歌が醸成されていた。

遊猟の祭事の大歌を詠むには、その意図を理解しなければならない。人麻呂と一緒だった数人の歌詠み人は、あまりこのことを深く考えていなかったのだろう。テクニックに関しては人麻呂よりも優秀かもしれないが、ありきたりな狩猟の歌の域を出なかった。

人麻呂は魂を鼓舞される思いで、狩りの儀式に臨んだ。そして、一日目の祭祀を終えたつぎの日の早朝。

白玉(しらたま)のきらめく清流に身をひたし、ミソギをし、両手の指をくみ、天を仰ぎ深呼吸をし、瞑想に入った。かれの集中した精神、意志は、肉体の壁を突き抜け、内なる人間、霊魂に熱く触れた。

一心刹那、天から一筋の光流となり、一語一魂、一音一霊の神語が、たちまち降臨してきた。人麻呂の宮廷歌人としてのデビュー作、草壁皇子が主催する狩りの祭祀の歌。

高照らす　日の皇子　神ながら　神さびせすと
太敷かす　京を置きて……
坂鳥の　朝越えまして　玉かぎる
夕さり来れば　み雪降る　安騎の大野に
旗すすき　小竹を押しなべ
草枕　旅宿りせす　古思ひて
……………

呪言から発生した枕詞を歌のシンボルとし、音韻の技術を有効に用い、魂を活性化するための魂ふりの効果をねらった。

神の言葉を装う五七音を基本とする音数律を採用し、五と七の一行のそれぞれに意味を持たせた。

できるだけ沢山の精霊を鎮めた言語精霊、言霊神を招来し、いわば神仏の託宣を巧妙に和歌によって告げる、神謡という趣向を採ったのである。

日輪の皇子、草壁皇子は、まさに神の子として立ちふるまい、世の中心となるべく……と、秘色(紫茶色)の狩衣をつけた主役に、まぶしいほどのスポットライトを浴びせる歌にしたのである。

この独特の歌は皇子、重臣、官人たちの心をみごとに捉え、

「柿本人麻呂は素晴らしい歌才の持ち主ぞ！」

という評判がいちどきに立った。

特に人麻呂に幸いしたのは、草壁皇子の母親、天武天皇の皇后（後の持統天皇）の眼にとまったことだった。皇后は重臣たちもびっくりするほど人麻呂の歌に感銘し、これを称賛した。

人麻呂は作歌の現場では朗誦したが、皇后には紙に書いた文字で献上した。このころ紙はほとんど使用されず、樺の皮の木簡、杉、ヒノキを短冊状にした木板、竹簡などに文字が書かれていた。紙は神に通じ神聖な香りがし、言霊も特別に躍動する素材なのである。

このパフォーマンスは皇后をいたく感動させた。紙上で歌の文字がきらめき放ち、この世のものとは思えないほどであった。

皇后であっても母親としては世間一般の母親と、すこしも変わりはない。ダメな息子ほど人一倍かわいいのである。

息子の草壁皇子は病弱で覇気なく能力もなく、しおれたアザミのような男。それが人麻呂の歌によって、いかにも天皇となるにふさわしい、凛々しく雄々しい姿に変身した。

この歌を耳にする者は、そんな皇子のイメージが植えつけられるに違いない、と皇后は確信したのである。

これが父親の天武天皇であれば、また異なった評価をしたことだろう。だが、人麻呂にとって

幸運だったことは、このとき天武は重い病にあった。

皇后はさっそく、

「このうるわしい歌を詠んだ者、柿本人麻呂とかを呼びなさい」

と命じた。

貴族、五位以上の位階でない者が、通常、皇后にお目通りがかなうなど、ありえないことなのである。まさに、人麻呂にとっては青天の霹靂（へきれき）、さっそく兄の佐留のところに飛んでいって、

「兄上、皇后さまの御前にうかがうのに、どのような衣をまとったらよいのでしょうか」

と相談した。

五位以上の高位の者は、きらきらしい服装をしているのである。人麻呂の頭には、それがしっかりとあった。

立派な衣装が必要であるならば、ぜひそれを買ってほしい、という意味を言外に匂わせたのだ。

そうと察した佐留は、

「……そうだな。そなたの立場では、そう立派な衣をまとうこともあるまい」

とあっさりと答え、人麻呂の期待に気づく様子も見せず、少しばかりの上等の衣を用意し、人麻呂をがっかりさせた。

さらに、兄は、

「それから言っておくが、皇后さまにお目にかかったときは、はっ、とか、いいえ、とかだけを、

お答えすればよいのだからな」

　そう注意した。

　でも、人麻呂にはそんな気はもうとうない。一生に一度あるかないかのチャンス、これを利用しないという手はない。ここが自分という人間を売りこむ絶好の機会だ、と考えた。

　しかし、実際は、皇后のまえで、かれは一言も口にすることができなかった。皇后という権威に恐懼（きょうく）感激したのではなく、その場の雰囲気にのまれたわけでもない。

「そなたが柿本人麻呂ですか。顔をおあげなさい」

　と皇后に言われて眼をやったとたん、頭の芯がしびれた。

　六歳のときに亡くなった母親に、純白の肌、眼、口、顎までがそっくりだった。思わず、母上と口にしそうになった。誰よりも深く慕い、愛してやまない亡き母の面影が眼のまえにあった。

（母上は生きておられた！）

　もう一度、この世で巡り逢うことができた。

　ああ、これほどまでに母に似た人がいるとは……この女性には間違いなく母の魂が憑いている、と人麻呂は夢のなかにでもいるような心地になった。

　女帝も、そんな気持ちを抱きながら見つめる人麻呂の視線に、なにか特別なものを感じたのか、後日、かれを草壁皇子の側近、舎人（とねり）にまで推挙してくれた。

　それは異例なことで、

「あの歌詠み人と、皇后はなにか特別な縁でもあるのか」
と朝廷人たちは首をひねった。

女帝からの寵愛を受けているという実感は、人麻呂にも確かにあった。彼女と会う機会が、やたら多くなったのである。

彼女の用は、病弱な草壁皇子の様子を知ること、あるいは自分に歌の手ほどきを頼むこと、主にそれらが目的であったが、でも、なんの用もないのに呼ばれることもしばしばあった。

「人麻呂さんとおられるのが、皇后さまはお好きなのです」

側近の采女（うねめ）から、かれはそっと耳打ちされた。

人麻呂と過ごすとなぜかリラックスできる、ずいぶんと安らぐのだ、と女帝は思っているようだ、と采女から聞かされた。

そんなある日のこと、女帝は人麻呂の左頬にある桜花の形をした赤いアザを指さし、

「そなたには不思議なものがありますね。これはそなたの運命を意味するものなのでしょうね」

と含み笑いをしながらつぶやいた。

亡き母と同じことを言う、と人麻呂はそのとき思った。

これはもしかしたら、女帝に憑いている母の霊魂が、彼女の口を借りて言わせているのではないか。

（このお方と自分とは前世からの強い因縁があるに違いない）と強く感じたのだった。

3

柿本人麻呂が宮廷歌人として成功し、言霊使いの名手として名を馳せたのは、天然自然の音に通じる言葉、文言に霊力のあることを知ったがゆえである。それらに潜む言霊精霊の言語神変の御利生（ごりしょう）を熟知し、その選択能力に長（た）けていたからである。

言霊がどんな姿をしているかは不明だが、かれが言霊神からこよなく愛されたことだけは確かである。もし、かれのこしらえる歌に、言霊が積極的に霊力を発揮してくれなかったならば、かれはその死後、歌聖という名声を得ることはできなかったに違いない。

磯城島（しきしま）の　大和の国は
言霊の　助くる国ぞ
ま幸（さき）くありこそ

この歌はかれの心底からの声であったろう。
人麻呂はつぎつぎと歌を詠んだ。歌はかれの内部、魂から泉のごとく湧き出た。しかも、従来の自分の才能からは及びもつかないような、新鮮で秀逸な詩句がひらめき出るのだった。まるで天才的な詩心をもった人の霊が、自分の心奥に入りこんでいるような感じだった。

そして、人麻呂の歌人としての評価をいっそう高めたのは、天武天皇と皇后が、道教でいう神仙世界の吉野山に行幸されたときである。一時的に天皇の病状が回復したのだ。帝はこの聖地で魂のよみがえりをはかり、新たな活力を身につけようとした。

人麻呂はその吉野の宮で天分を発揮し、実にすばらしい天皇讃歌を詠んだ。

やすみしし　我が大君の　神ながら
神さびせすと　吉野川……
山川も　依りて仕(つか)ふる　神ながら……
……………

人間天皇を神として祀り、その権威はこの世の隅々までおよび、山の神も川の神もつつしんでお仕えする、神の御世がいま現成(げんじょう)しております、とこれ以上ない神授の言霊をもって褒めたたえた。

朝廷ナンバーワンの歌詠み人、言霊使い、そんな評価が定着し、人麻呂はいっそうの高名をえた。天皇は吉野行幸のあと、また倒れてしまったが、そのことも人麻呂の評価に影響することはなかった。

かれにとってみれば、陽がさんさんとふりそそぐ広い荒野、そこにいきなり押しだされたようなものである。

かれの名声は朝廷内ばかりか世間にまでひろがり、貴族を称する朝臣（あそん）という称号まで一族は授かることになった。


たちまちさまざまな人間が寄ってきた。中でも積極的に声をかけてきたのは、藤原不比等（ふじわらのふひと）だった。かれは名門中の名門の出、かれに会ったとき、生まれた世界が最初から違うような人間に思えた。

かれの父は、天智天皇と共に大化改新を実現した藤原鎌足（かまたり）、近江朝で大織冠、内大臣として権勢をふるった人間である。

しかも、朝廷人たちのあいだでは、実は不比等は天智天皇の子なのだ、という話まで信じられていた。天智の側室だった女性を鎌足がたまわり、その女性が不比等を産んだのだ。鎌足にわたったとき、すでにその腹には天智の種が入っていた。

人麻呂は不比等の館に招かれた。いかにも由緒正しい、貴族としての風格のある豪邸である。

大庭園には小山や池、松林に桜、梅、桂などを配置、池のまわりには竹、菊を植え、おおきな魚を泳がせている。

奥室には大陸の唐より入手した美しい壺をずらりならべ、不比等はその室で人麻呂をもてなした。

人麻呂は眼のまえの食膳をみて、また眼をみはった。

山海の珍味が盛りだくさん、ふだん口にはできないチーズ（蘇(そ)）まであった。特に人麻呂が鹿の肉が大好きと知ると、特別に新鮮なその肉を豪華な皿に盛って出してくれた。

「どうぞ、人麻呂どの。お召しあがりください」

きらびやかな衣をまとった不比等は、上品な物腰でにこやかに応対する。

「人麻呂どのは、素晴らしい働きをなされた。皇后もたいそうお褒めになっておられる」

不比等は酒をしきりに勧める。これには困った。人麻呂は一滴も飲めないのである。むりをして飲むと呼吸が苦しくなり、ゼンソク症状になった。

「人麻呂どのは、歌、言霊の才知によって、だれにもできない働きをなされ、頭角をあらわされた。いまや朝廷のなかで、そなたの名を知らない者はおらぬ。いまのわたくしは確かに人麻呂どのに、一歩遅れをとっている。されど、見ていてくだされ。わたくしにもかならずや功名を立てるときが、めぐってくるはず」

意気軒昂(けんこう)な不比等の様(さま)に、その志やよし、と人麻呂は思う。

充分過ぎるほどの貴族としての伝統、実績を持ちながらも、不比等はまだ無冠、不遇の身だった。それは父親の鎌足が、天智天皇の片腕であって、天武天皇と敵対関係にあったからだ。

本来ならば弟の自分に天皇の地位がまわってくるもの、と天武は信じていた。けれど、兄の天智は自分の長子、大友皇子を即位させようとし、それが壬申の乱の発端となった。

天武にとってそんな兄の側近だった鎌足に嫌悪感を抱くのもむりはない。不比等はその余波を受け、貧乏クジを引いた形になっている。

しかし、かれが異母弟であることを疑わない皇后は、そんな不比等を気の毒に思い、なにかと眼をかけてやっていた。

「男子と出生したからには、この世、この時代を動かすような人間になってこそ生まれた意義があるというもの。わたくしはおのれの才智と財と武をもって、それを成し遂げる自信がある。人麻呂どのは、なにをもって、それをかなえるおつもりなのか」

「わたくしには、そのような野心などありません」

「なにを申される。そなたは霊威に優れる言霊という、たいそうな武器をお持ちではないですか。これを用いさえすれば天下を動かすこともできまするぞ」

弓、剣でもって制するのは人間の肉体、これに対しその魂を制することができるのは言語、言霊の力、と不比等は言っている。

「人麻呂どのは、儒学の聖典、詩経（しきょう）をご存じでしょう？」

「はい」

儒学については最も大切な教養として、兄の佐留からみっちり仕込まれていた。

儒学の五経、それは易経、書経、春秋左氏伝、詩経、礼記の五つ。そのうち詩経は、最も重要な教典とされている。

当初、数千の詩をあつめた詩集であったが、孔子がこれを三百ほどにまとめ、儒学の教典に加えるようにした。

「詩経は政治にたずさわる者が、かならず学ばなければならない教養、修身の書。それによって官僚の資質を高めることができる。しかも、政治に関する規範の書として、大陸の唐国の官僚たちは詩経のなかにある詩を、政治、道徳に対する評価、批判の表現として用いている。それを美刺（びし）と呼んでいる」

と兄からそう教えられていた。

孔子は、ただ一つの詩歌であれ、人心を、国を動かすことができる、と思っていたのだろう。

「人麻呂どの、人の魂を動かし天地をも動かす、わが国の詩経をお作りなされ。そして、わたくしとそなた、最後にいずれが天下を動かすことになるか、競いあおうではありませんか」

よほど自信があるのだろう。人麻呂と出世競争を宣言し、自分はかならず勝ってみせる、と胸を張った。

そんな不比等の飾らない性根が、人麻呂には好ましかった。かれは不比等と接するにつれ、かれの学識の豊かさに感心し、その意志の強さに驚嘆した。

「これからは最も親しい友、苦しいときには助けあう友になりましょうぞ」

と不比等は人麻呂の手を強くにぎりしめる。

一歳年下の不比等、かれとの友情は永くつづくに違いない、と人麻呂は胸を熱くした。不比等と自分とは霊的本性が互いに似かようものがあることから、前の世では兄弟のような関係にあったのではないかとさえ想った。

女流歌人、王族の血を引く額田王にも、縁戚関係にある不比等の紹介で初めて会うことができた。彼女は当代きっての歌詠み人。

本来ならば、草壁皇子の狩りの儀式のときの歌人として、まっさきに彼女にお鉢がまわるはずだった。

それがそうならなかったのは、皇后と彼女との関係である。額田王は当初、皇后の夫、天武天皇の愛人であったが、それを皇后の父親、天智天皇が奪った。弟の最愛の人を兄がむりやり奪いとったのである。

そのときの三角関係の状態を額田王は歌に詠み、朝廷の女官たちを涙させた。

あかねさす　紫野行き　標野行き
野守りは見ずや　君が袖振る

兄の天智に奪われてしまったが、まだ弟の天武のほうに未練があるのだ。蒲生野の遊猟の場で、額田王は天智に気づかれないように、そっと袖をふって天武に意志をつたえる。

わたくしの身は、いまは天智のものだけれど、でも、心はずうっとあなたのものなのよ、と……。

このいきさつを知る、額田王とそう歳の違わない天智の娘である皇后は、額田王に対し、嫉妬、同情、怨みといった複雑な感情にとらわれ、とても彼女を指名する気にはなれなかったのだ。

人麻呂にとって、和歌についての意見、大げさに言えば歌論を戦わせたのは、額田王が初めてであった。

額田王に会って、人麻呂は口がもつれるほどに緊張したが、

(歌だけは負けない)

という気持ちがあった。

「人麻呂さん、あなたは見事な歌をお詠みになりますね。歌というもの、あなたはどのようにお考えですの?」

女神のような額田王の透き通る声で訊かれて、人麻呂は、

「はッ、はい。わたくしは、歌はわが民族の尊厳を示すものである、と思っております」

頭を垂れていたものの、強い口調でそう告げた。

額田王の詠む歌は、あかねさす……のような、どちらかというと、小ぎれいな小歌ではないか、

というのが人麻呂の評価である。

　これに対し、自分の歌は朝廷を動かし、天皇、皇后、皇族たちをとりこにし、大歌所に収められる大歌である。次元が違うという自負がある。

　自分の言った歌についての考察に、彼女はすっかり感心するに違いないと思ったのは、人麻呂の幼稚、浅はかさである。

　額田王は、柔和な微笑をたたえ、

「おや、そうですか」

　とさらりと聞きながし、

「そうでしょうか。わたくしは歌というものは、人の心のまことを詠むもの、人間の魂と魂とが触れあう世界をこしらえるもの。そんなふうに考えておりますの」

　そんな高等な言い方をされて、人麻呂はたちまち言葉につまった。

　このころの人麻呂には、歌というものは功利的な存在に過ぎない。歌は朝廷人としての地位、名誉を維持するためのもの、要は出世の手段、武器のたぐいという考え方だった。

　自分の内部の霊的自我をまだ一部分しか発揮できず、本当の意味で生きていない人麻呂にとって、額田王の言葉を真に理解することはできなかった。

　人麻呂は草壁皇太子の舎人であることから、皇族の皇子たちともつきあえるようになった。天武天皇の皇子、草壁の従兄弟の大津皇子（おおつのみこ）、大津と異母兄弟の弓削皇子（ゆげのみこ）とは、特に親しくなった。

かれらは漢詩を好み、曲水の宴をひらいては詩を詠んだりもする。当時、貴族、皇族のあいだでは、漢詩を学ぶことは唐国の文化に触れること、時代の先端をいくことであった。

弓削皇子は額田王とも交流し、歌を交換しあったり、人妻を恋したりして、恋歌を人麻呂にこっそりみせてくれたこともあった。人麻呂よりかなり年下の皇子であるが、

「人麻呂。そなたの歌には、言霊がいきいきと活動しておる。わたくしもそのような歌が詠みたい。ぜひ、わたくしにも教えてくだされ」

と皇族でありながらも、人麻呂に対して敬意をはらい、いつもていねいな態度で接する。人麻呂も弓削がすっかり好きになり、数首、歌を献上したりした。

当時の日本は、先進国の唐の文化をとりいれるのに必死だった。漢詩が若い皇子、官僚たちのあいだでブームになっており、人麻呂もかれらとつきあうことで、その雰囲気を味わい、学ぶ機会をえた。

ただかれらとの交際の場で、人麻呂が大いに心を動かされ、再認識させられたものがある。それは儒学の五経のなかの聖典、詩経である。

この漢詩集、詩経については、いつぞや藤原不比等も言及していたが、大津、弓削皇子も絶賛した。

この書の主な内容は、国風（こくふう）（労働歌、兵士の戦歌、家族の嘆き歌。恋歌、祭事の歌など）、雅（が）（朝廷の酒宴の歌、歴史の歌、政治に関する批判の歌など）。

詩経の詩序には、こうある。

――詩は志のゆくところなり、心にあるを志となし、言にあるを詩となす。

――得失をただし、天地を動かし、鬼神を感ぜしむるは、詩より近きはなし。

大津皇子が、

「わが国の政治がまだ唐国の足元にも及ばないのも、あのような書がないからだ。詩経のようなものがあれば、歌によって政治、世の中の有り様を学ぶことができる。善世の時代には、うるわしい風俗を反映する詩、正風。世の乱れた時代には暗く不道徳な詩、変風。歌は常に世情をうつす鏡でもある」

と言えば、弓削皇子も、

「政治に携わる者たちの資質を向上させるには、詩経のような教養の書が必要なのです。礼記にあるが、孔子は、詩経を学ぶこと、それは人を温柔敦厚(おんじゅうとんこう)に導く、と述べている」

と説いた。

人麻呂はかれらの言葉に大いに啓発された。

(自分も生涯かけて詩経のような歌集をこしらえたい。いや、その使命を天から与えられているのだ)

それが霊示のごとくかれの耳に響いたのである。

4

人麻呂は妻帯することになった。やはり、兄の佐留の勧め、というより命令だった。遠縁の娘で、名は依羅。幼いころに母に連れられていった野遊びのとき、棒で追いまわした娘である。

親族であったが衣羅の家は貧しく、三度の食事にも事欠くありさまだった。依羅をかわいそうに思って、母はよく家に呼んでは食事をさせたりしていた。

子どもはいくらでも残酷になれるものだ。そんな依羅の家庭事情を知っていても、人麻呂は遠慮なく彼女をいじめた。

右眼の下に大きなホクロ、可愛い子ではない。背が低く身体も細く、しかも、左足をすこし引きずるようにして歩く。

そのうえもたもたする言い方をするので、やたらいじめたくなるタイプなのだ。

いじめるとすぐに泣き、それでいて翌日になると、

「兄さま、兄さま」

とおどおどと寄ってくる。わずらわしくて、そのたびになぐってやりたくなった。

依羅は幼いとき、人麻呂にそんな目に遭わされているのに、かれとの結婚話が出ると、

「人麻呂さんのお嫁さんになれるなんて」

眼をかがやかせて喜んだ。

それはそうだろう。ひどく貧乏で美人でもない彼女は婚期が遅れ、もう好ましい縁談など望むべくもない状態にあったのだ。そこに宮廷勤務の人麻呂の話がきた。飛びあがって喜ぶはずだ。

しかし、兄の佐留の考えは違う。そういう境遇の女であればこそ、どんな苦しいときにでも人麻呂につくしてくれるだろう、と考えたのだ。

人麻呂にとっても、依羅は好きでも嫌いでもない女、というよりかまるで関心を持てない女だった。

でも、一緒に暮らすようになると、しだいに夫婦としての情も湧いてくる。仕事の関係で家にもどれない日があると、やたら衣羅のことが気になった。

あしびきの　山鳥の尾の　しだり尾の
ながながし夜を　ひとりかも寝む

家を留守にするとき、おまえのことを想いながら寝ているけれど、眠れないのだよ……。

愛の本質は霊的なもので、魂の機能が示す霊性の一部である。依羅の霊性と人麻呂のそれとがマッチし、互いの愛は深まりをみせた。

男への愛情が増すと女も美しくなる。肌も白くなり右目の下のホクロまで濡れたように黒光りしてきて、彼女は娘時代より若々しい感じになった。

この時代、まだ妻問い婚の風習が残っている。妻子の住む家を別に建て、亭主は夜、その家に行って朝、帰るのである。

豊かな生活を経験したことのない依羅は、生まれて初めて華やかな日々に浮き立ち、いままで見たこともないほどの、あかるい表情になった。

宮廷歌人として名高い夫をもった誇らしさに、どんな女性よりか自分は恵まれている、と感じているようだった。

「あなたのおかげで、わたくしはしあわせ。こわいくらいしあわせ。こんな日が、いつまでつづくのかしら、と思うと不安になるのです」

そう依羅は言い、人麻呂の胸に顔をうずめる。

二年後、依羅は妊娠した。

(自分の子が生まれる!)

人麻呂も有頂天になった。依羅が天女のように想えた。

この当時は子供を生むには、そのための別の小屋をこしらえた。産屋（うぶや）と呼ぶ。それは喪屋と同じ生と死、この世とあの世とのあいだを通わせる仮小屋なのである。

小屋の地面には、地霊をひきよせるウブスナとなる川砂がまかれる。天井から力綱がたれさがり、刈りコモ一枚を敷く。

妊婦はその綱をにぎりしめ、座って出産する。

赤子が誕生すると竹の刃で臍の緒をきり、天に向かって朱塗り矢を放つ。赤子の魂が、ただいま人間の国、この世に移行しました、と霊人の国、あの世に丁重に告げるためだ。

赤子は元気な声で泣き、深い井戸の真清水をくんで産湯をつかわせた。

「ほら、あなたとわたくしの子」

生まれたばかりの男の赤子を胸に抱いて微笑む依羅は、まるでこの世の幸福を独り占めにしているといったふうだった。

人麻呂も子供ができて、衣羅に対する愛情はますます深いものになった。

しかし、昼のつぎには、かならず夜がくる。人間の人生も似たようなもの、よいことは長くはつづかない。それが現世で生きる人間の宿命でもある。

依羅は産後の状態が悪く、すっかり健康を害してしまい、寝床から起きられないようになってしまった。

母親の役も妻のそれも放棄するしかない依羅。そんな状態にある自分自身を許せない気持ちにもなっていたようだ。かれの顔を見るたびに涙を流し、詫びの言葉を口にした。

「こんなわたくしで申し訳ありません。あなたのお荷物になるばかりで、どうか許してください」

せっかく窮状から救ってもらい、裕福な暮らしをさせてもらえるようになった。そんな幸運を逃してしまう自分自身が情けない、と考えていたに違いない。

人麻呂も、なんとかして妻を元気に、健康をとりもどしてやりたい、と懸命になった。

もし、依羅が死ぬようなことがあったなら、生まれた男の子は自分と同じ不幸に、幼くして母をうしなうことになる。

人麻呂は名のある薬師（くすし）を求め、かれらに治療を依頼した。当時の治療方法は、二つある。

一つは薬草、懐石のやり方。いま一つは心霊療法である。この兼用もあるが、やはり、このころに重視されていたのは心霊療法である。

これをやれるのは、霊能者である神女、シャーマンたちである。かれらの術法は手かざし、手当てを用いる。

手からは霊的エネルギーが放射され、それで病人を治療する。患部とそのうえ十センチほどのところに、手をかざす。肉体だけでなく、それを覆う霊体の部分に手当てをするのだ。

だが、たびかさなるこれらの治療も、依羅にはまったく効き目はなかった。それどころか、病状は悪化するばかりだった。

依羅の肌からは色つやが消え、身体もやせほそり、右目の下にあるホクロまで醜いデキモノのように見え、まるで別人のような姿になってしまった。

そうなると薄情のようだが、人麻呂の男性本能は妻以外の女性に向けられるようになった。

女帝の近くにつかえる采女の吉備津（きびつ）、彼女に急速に惹かれていったのである。吉備津はそれほど美貌というのではないが、男好きする愛嬌のある顔をし、唇の端に大きなイボのある娘だった。

歌を詠む彼女を知らないではなかったが、特に親しいというわけでもなかった。それが妻の依羅が病人になってから、彼女に対する意識がしだいに別のものになってきた。

依羅との性交渉がなくなってしまった人麻呂、男性本能は穏やかにしてはおらず、吉備津を抱きたくて抱きたくてしかたがなく、もんもんとするようになった。男が愛欲を示せば、女もすかさず反応する。吉備津の眼の色も変わってきた。

男はいったん狂いだしたらとまらない。もう人麻呂の視界にある女は吉備津だけ、病人の依羅のことなど頭の隅にもないようになった。

忍びあう恋、思うにまかせぬたまゆらの恋ほど身を焼き、精神を狂わせるものはない。すっかり霊的感覚がマヒしてしまった人麻呂、肉欲の情愛にのみ突き動かされたのである。

人麻呂に愛人ができたことに気づいた依羅。でも、恨みがましいことなどひと言も口にしない。めったに顔をださないかれがあらわれたとき、辛気を燃やすこともなく、

「うれしい。あなたの顔を見ることができて、ほんとにうれしい」

とあくまで優しく、やっと声をしぼりだす。

「勤めが忙しくてな。そなたの顔を見ることもできない」

かれがそう言い訳をすると、そんなことは気にしないで、というふうにかすかに首をふるのだった。

しかし、人麻呂の愛人の存在が、彼女の生きる目的をうしなわせたことは否めない。

(自分の役目はもう済んだ)

と覚悟させた。

依羅は子供のころから、ただ人麻呂の愛情を得たい、というのが最大の念願だった。それが生きがいだった。やっと手に入れることのできた人麻呂の愛をうしなったいま、自分の存在は霞のようなものだった。

事実、人麻呂が吉備津を愛人にするようになってから、彼女の衰弱の度は増していった。ますますやせ細り、骸骨に皮をかぶせたふうの姿になった。

それでも、たまに訪れる人麻呂を見ると、せいいっぱい眼を光らせ、むりに微笑みを浮かべようとする。

そして、三歳の子を残し、煙の消えるように亡くなってしまった。

人間の実体は肉体という衣服をまとった霊である。そして、生命が保有する特権は死である。

しかし、死というものを地上生活の特殊な出来事としか考えない人麻呂には、妻の死はあまりにも衝撃的な、横暴なものに感じられた。いきなり光る利剣で胸をえぐられたような感覚さえ覚えた。

当時の人々は、人間の霊魂が肉体より抜け出ると、それは生と死の中間の薄明りの中にとどまり、不安定、危険な状態にあり、下手をすると魔物にもなったりもする、と考えていた。

沖縄の宮古島でも、夫が死ぬと妻がその枕元で手を打ちながら、

「マジモン（魔物）になるなよッ」

と叫ぶ風習がある。

依羅の霊魂はいま、山中他界（次現界）をさまよっているはずだった。いまなら呼び戻すことも可能である。

民人が妻の死を悼み、詠んだ歌。

秋山の　黄葉あはれと　うらぶれて
入りにし妹は　待てど来まさず

……秋山の紅葉が美しいと、しおしおと入っていった妻の霊魂。待っていても、いっこうに帰ってこない。

人麻呂も白装束に身をつつみ、依羅の霊魂を探しに山に向かった。見つけたら説得し、いま一度、現世にもどってくれと必死に懇願するつもりだった。

肉体を離れた霊魂は青い色の糸を引いて丸い玉の形で、ふんわりと飛んでいく。

秋山の　黄葉を繁み　惑ひぬる
妹を求めむ　山道（やまじ）知らずも

……秋山は紅葉が盛ん。妻を探しに来たが、迷いこんでしまい、どこにいったらよいかわからない。

人麻呂がどれだけ山深く踏み入っても、妻の霊魂にめぐり逢うことができない。かれは途方にくれ、ついには妻の霊魂の探索を断念せざるをえなかった。

子供のころからあれほどこの自分を頼りにし、愛情をつくしてくれた依羅を死なせてしまった。病気の妻を絶望の淵に追いやり、見捨て、死なせてしまった。間違いなくその責任、罪はこの自分にある。

生死の真理に直面し、かれは呵責（かしゃく）の念にとらわれ、業苦の炎で身を焼かれるような心地になった。悲しみの極致は、魂の悟りを開かせるものである。

人麻呂は初めて額田王からかつて言われた、

「歌とは心のまことを詠むもの。魂と魂とが触れあう世界をこしらえるものです」

という言葉を自分の霊的な深部で理解したのだった。

人麻呂の泣血哀慟歌(きゅうけつあいどうか)。

……………………

あなたと二人　手をとりあって
槻(つき)の木のある丘に登ったことがあったね
あのときの若葉の緑が忘れられない

……………………

あなたが形見に残してくれた幼子
あなたのことが忘れられないのか
やたら物をせがんでは泣いてます

……………………

あなたと二人で寝た離れの家のなかで
昼はしょんぼりと暮らし
夜はため息ばかりして
ああ　いくらあなたを恋い慕っても
もう逢うことはできない

……………………

なりふりかまわず、すっぱだかになって心情を吐露する歌だった。それほど妻の死はかれの魂の核心に触れたのである。

そして、この悲しみ苦しみは、かれの霊魂に確実に有益な衝撃を与えたに違いない。人間の霊性は宇宙の銀河のごとく、らせん状のサイクルを描くようにして発達するのである。

柿本人麻呂が妻の依羅の人生に対し、人間愛としてのマイナス行為を成した事実は明白である。当然、大自然、大宇宙の聖なる摂理（宇宙的真理）にもとづいて、因果の自然法則が適用され、カルマの負債が生じることになる。

カルマは業とも呼ばれ、結果にもとづいて生じるもので、理由、事情がどのようなものであれ、そのシステムは数学的に稼働する。

これは単純に言えば作用と反作用、貸しと借りの理屈ともいえる。

この因果律の目的は魂（霊）の浄化・進化であり、人間の生涯はこの積み重ね、また輪廻転生は別の言葉でいえば、カルマの法則を学習していくプロセスということなのである。

人麻呂はカルマの負債を、いつか現世、霊界のいずれのどこかで必ず返済、清算しなければならない。自分が蒔いた種はいずれ自分で刈り取らなければならないのだ。

そして、人麻呂が今生に転生した目的の一つに「愛」を学ぶことがあったのに、かれはそのチャンスを足で踏みにじってしまったのである。

妻、依羅をうしなった人麻呂は、愛人、吉備津への愛が急速に冷めた。

(死にゆく妻の魂を、明るい光につつんでやれなかった)

という自省から心は死灰のごとくになった。

追いかけるのは常に男、追いかけられてこそ女は女になる。

依羅が亡くなったとき、吉備津も同情し、

「お気の毒なこと」

と人麻呂に慰めの言葉をかけた。

そして、にわかにかれに対する態度が積極的なものになった。

「刀自(とじ)(主婦)がいない家というのは、なにかと不便でしょう」

と頼みもしないのに、かれの家にまで押しかけてくる。

彼女としては、依羅が亡くなったからには、当然、つぎは自分を正妻にしてくれるはず、と思うのだ。

女は男の気を引こうとあれこれ手をつくす。珍奇な贈り物まで用意し、男のもとをしばしば訪れる。が、女が熱心になればなるほど男の心は逃げていく。

ある日、母がいないと泣く幼子を見て、

「おお、かわいそうに」

と吉備津が抱きあげようとした。すると、人麻呂は、

「触るなッ」

とびっくりするほどの大声をだした。

吉備津は、

「わたくしには依羅さんの代わりは務まらない。そうお思いなのですね」

と彼女は両手で顔を覆い、肩をふるわせた。

人麻呂の心を変えるには、どれだけの気配り、愛情、誠意が必要なのか……その絶望感に彼女は打ちのめされたのだ。

吉備津はその後しばらく姿を見せなかったが、ある日、盛装をしてあらわれた。

「今日は、お別れにまいりました」

とていねいに頭をさげる。

「最後にあなたに申し上げたいことがあるのです」

と語調を変え、

「実は、わたくし、ずっと以前から悟っていたことがあります。今日はそのことをあなたに申し上げたいと思います。人麻呂さん、あなたがほんとに愛している女性は、だれかということなのです」

「……」

「あなたは、それは妻の依羅さんだったと言いたいのでしょうが、そうではありません。むろん、わたくしでもありません」

「え？」

「あなたの心から愛する女性は……」

吉備津の眼がらんらんと光っている。

「それは皇后さまです」

人麻呂の耳元で雷鳴がとどろいた。胸が破裂しそうになった。

「……」

「そうなのです。あなたがこの世で、心から、真実、愛しているのはただ一人、その方は皇后さまのはずです。それはいつも皇后さまを見つめるあなたの眼を見ればわかること、あなたの態度を見れば理解できることなのです。皇后さまに手がとどかないあなたは、その代わりにわたくしや依羅さんを選び、愛するふりをしただけのこと。わたくしたちは、皇后さまの身代わりを、みごと務められましたでしょうか？」

母とも思い慕う皇后への至純な愛、それは人麻呂の胸の奥で、常に燦然と光を放っている。それを見抜かれた衝撃に、かれはただ呆然となって女を眺めるだけだった。

残された子供も、依羅が亡くなって半年も経たないうちに、母親のあとを追うように死んでしまった。妻の形見なので立派に育てたいと、兄の佐留から紹介してもらい、ベテランの乳母をつけた。

けれど、子も病弱な体質で流行病にかかりあっさりと逝ってしまった。幼子の死は魂を浄化するために人麻呂に与えられた試練でもある。

でも、人麻呂には、

（これは天が自分に与えた罰だ）

としか考えられないのだった。子供は妻、依羅の墓のとなりに埋葬した。

かれのもとを去った吉備津は采女の職を辞し、その後の消息も耳に入らなくなった。女と違って男は別れた女に対する未練がなかなか消えず、その情を断ち切るのに苦労するものである。

だが、人麻呂は吉備津に対し、いまは乾いた砂のような感情しか残ってはいない。あれほど夢中になっていたのに、これはいったいどうしたことなのか、と自分でも意外な感じがするのだ。

そして、人麻呂は心の平安を取りもどすのに、数年の時を要したのだった。

5

若くして宮廷歌人のトップになった人麻呂は、ますます精妙な霊的資質を発揮し、宮廷歌を多く作歌する日々を送っていた。皇后、皇太子から作歌を頼まれ、皇族、重臣たちにも懇願され、つぎつぎと歌を詠んだ。

皇后が雷岳に物見に行幸されたときも供奉した。

大王は　神にしませば　天雲の　雷の上に
いほらせるかも……

天皇を神に祀り上げるこれらの歌は皇后を感激させ、

「人麻呂よ、そなたほどの歌詠み人は他にはおるまい。帝の地位は栄光を受け、その権威は神聖なものとされなければなりません。それをかなえるのに、そなたの歌ほど貢献してくれるものはない。いまの朝廷には、そなたは最も必要、重要な人間ぞ」

と二度も三度も褒めてくれた。

朝廷の法、制度では、天皇を神とすることはできないが、かれの歌では堂々と神にすることができるのである。

天武天皇の権威を維持したいと考える皇后にとって、人麻呂の歌ほど有益なものはない。皇后の女心をがっちりとらえた人麻呂、彼女の寵愛もいや増すわけである。

そして、歌を詠めば詠むほど名があがり、名があがればあがるほど歌の依頼は増える。

人麻呂の日々は、頭をひねりひねりして歌を詠むと、もうつぎの注文が待っている、という状態がつづく。

しかし、そんな神経のすりきれるような毎日を、いつまでも継続することができるのは神人だけである。

多忙な日々にふりまわされる人麻呂の胸に、しだいに鬱屈したものが湧いてきたのも当然のことである。

（こんなことをやっていると、最後はどうなるのか。そのうち歌作りの才能も枯渇し、もっと上手な者に追い抜かれてしまうのではないだろうか）

宮廷歌は自分のものであって、自分のものではない。

額田王であれば、その歌の一字一句のすべてが、彼女自身のものである。が、人麻呂のものは個人が歌うものであっても、完成したものは朝廷の公の歌、治部省雅楽寮大歌所に保管されるものとなる。公文書のようなものだ。

しかも、歌の影響は朝廷内、皇族、官僚たちのあいだにしか及ばず、一般の民人があまり知るところではない。

人麻呂は日々、これでよいのかと懊悩（おうのう）するようになった。そして、しだいに歌を作る仕事が空疎なものに思えて集中できなくなった。

かれにとって激動の人生が始まったのは、三十二歳の時のことである。

大津皇子に謀叛の噂がある、と教えてくれたのは弓削皇子だった。

「大津皇子には、まったくそんな気持ちなどないのです。あの人の置かれている状況が状況だけに、とかくそんな噂が立ってしまうのです」

大津は皇太子の草壁とは、歳が一歳違い、いまの皇后の亡き姉の子。小さいときから二人は常に比較される立場だった。

草壁は皇后の後押しで皇太子にはなれたものの、天武天皇は大津のほうを寵愛、かれが政治に参加することさえ許し、それが草壁の立場を微妙なものにしていた。

しかも、草壁とくらべて大津は才能、容姿とも抜群、後年に作られたわが国初の漢詩集、懐風藻(かいふうそう)には、

「幼年にして学を好み、博覧にして文を記す。容姿すばらしく武も愛し、力強くしてよく剣を撃つ。性はすこぶる放蕩にして……」

と記されている。

このような男であれば、女性たちにもてないはずはなく、官僚たちにも異常なほど人気があった。大津はその人気に溺れてしまったのだろう。父親の天武から信頼されているという自負もあった。

かれはこともあろうに草壁皇太子の恋人、石川郎女(いしかわのいらつめ)にまで手をだした。

これには皇后も激怒した。

「大津は増長するにも余りある。たとえ姉上の子、わが甥といえども許せぬ。草壁があまりにかわいそうだ」

皇后の眼には、大津が恋人ばかりか皇太子の地位まで、草壁から奪おうとしているふうに思えたのだ。

「誰かが悪巧みをしているのです。わたくしは斉明天皇の有間皇子の時のような悲劇を招くのでは、と心から心配しておるのです」

と弓削は童顔を紅潮させる。

斉明女帝の時代の有間皇子の謀叛事件は有名である。かれが天皇になる芽をつもうとして、ライバルの中大兄皇子（天智天皇）の謀略によって謀叛とされ、十八歳で絞首刑にされた。

人麻呂も大津の性格は熟知している。大津は謀叛などという大それた事件をひきおこすような人間ではない。弓削のいうとおり誰かが悪意をもって、巧妙なワナをしかけようとしているに違いない。

（どうか、大津皇子の身にそんな災難がふりかかりませんように）

とひたすら願うしかない。ただ懸念されることが一つある。それは大津の頼る父、天武天皇が重篤となり、明日をもわからない状態にあることだった。

もし、帝が亡くなられたならば……と、そのことを想うと人麻呂はぞっとなった。

人麻呂の悪い予感は的中した。

天武天皇が崩御したそのわずか一ケ月後、皇后の異母弟、河島皇子(かわしまのみこ)が、

「大津皇子は謀叛を企てておる」

と太政大臣に訴え出て、朝廷は大騒ぎになった。

大津の謀叛について、それまでは半信半疑であった官僚たちも、大津とは大親友の河島皇子の告白であるならば、それは真実に違いない、と思う者も多かった。

身に覚えのない大津は、どれほど噂が乱れ飛ぼうと少しも動じることはなかったが、心を許しあう兄弟同然の河島からの告発とあって、さすがに動揺した。

伊勢神宮の斎主である実の姉の大来皇女(おおくのひめみこ)、彼女のもとへ走った。こうなってしまい、自分はどのように処すべきか、その相談に行ったのだろう。

そのころ、人麻呂も衝撃を受けていた。弓削皇子から、大津を告発した河島に関する内密の話を聞かされたからだ。弓削が河島を詰問すると、河島は堪えきれず真相を口にしたというのだ。

(なんと、大津の陰謀の黒幕が藤原不比等だと!)

人麻呂は仰天のあまり、口がきけないほどだった。

(信じられない、あの不比等がそのような悪巧みをするとは……)

どうしても、考えられないのだ。人麻呂は不比等のために必死に弁護をする。

「不比等どのに限って、そのようなことなどありえません。あの方はそんな人ではありません」

「しかし、わたくしは河島皇子から確かに聞いたのですよ」

と弓削はその内容を伝えた。

不比等は河島に、

「大津皇子は草壁皇太子の最愛の女性、石川郎女を強引に奪った。いま大津が狙っているのは、あなたの愛する人、泊瀬部皇女（はつせべのみこ）です。しきりに恋文をとどけ、彼女をなびかせようと懸命になっている。いま手を打たないと、このままでは皇太子と同じ目に遭いますよ」

とこっそり耳打ちした。

これを聞いて、河島は憤慨した。よもや、親友中の親友、大津が自分の愛人にまで手をだすとは……。いや、皇太子の愛人まで奪ったのだから、かれならやりかねない。

「そうならないよう、わたくしがお助けしましょう」

と不比等は言い、その策を授けた。

それは、彼女に対する贈り物作戦だった。大津が手に入れることのできない高価な品物を、つぎつぎと贈り届ける。なんだかんだといっても、女性は贈り物には弱い。

「その品々はわたくしが用意をいたしましょう。そのかわり……」

と大津が謀叛を企てていることを告発するよう勧め、

「皇后もそれを望んでおられるはず」

とつけ加えた。

大津が謀叛を企む人ではないことを知っている河島も悩んだ。盟友との友情をとるか、それとも愛人との絆をとるか、と悩みぬいたすえ、河島は結局、愛人の泊瀬部皇女のほうを選んだ。どうしても未練を断ち切ることができなかったのだ。

それに、自分が密告したところで、天武天皇の信頼の厚い大津なので、たいしたことにはならないだろう、という思いもあったという。


大津の危機である。人麻呂も動いた。不比等の館に出向き、かれを問いただした。

不比等は人麻呂に、

「そのようなことなど、わたくしがやるわけはないではありませんか」

と頭から否定すると思ったのに、

「そのとおり、大津皇子の件は、わたくしが謀ったことです。大津皇子は、いまは草壁皇太子の敵、皇太子が即位されるのに、大きな壁となっている。ですから、その壁をとりのぞかなければならない。むろん、皇后もそうなることをお望みのはずです」

とすんなり白状した。

不比等の口調には、自分は皇后から絶対の信頼を受けている、というふうなものがある。

「でも、弓削皇子も案じております。有間皇子のときのようなことにならなければよいが、と」

「いや、そのようなご懸念はご無用。大津皇子には、皇太子が即位されるまで、おとなしくしていてもらえればよいのです。今度の件は、そのための企てなのです。これで官僚たちの人気も下がることでしょうし」

「ということは大津皇子には、重いお咎めはなし、と考えてよいのですね」

「そうです。当然ですよ」

「それを聞いて、すこし安堵いたしました」

人麻呂はほっと胸をなでおろす。

「ところで、人麻呂どの。このことは皇后のお耳には入れないようにお願いします。わたくしの最も親しい友であるそなたであれば、絶対にそのようなことはなさらないだろう、と思ったから、こうして真実のことをお話している。これは皇后と草壁皇太子のためのはかりごとなのです。そのことを第一に考えてください」

大津の謀叛は嘘、かれは無実である、と知ったならば、たとえ内心で大津を失脚させることを望んでいるとしても、皇后はかれを罪に問うことはできないだろう。

天皇が亡くなったいまは、皇后は誰からも後ろ指をさされることのない政治をやらなければならない。

人麻呂は愕然となった。そうなると、この事件のカギをにぎっているのは、この自分ということになる。だれよりも寵愛を受けている自分の言うことならば、皇后は信じてくれるはずなのだ。

（いまなら間に合う）

そうは思うものの、自分を信頼し正直に話してくれた大親友の不比等、かれを窮地に追いこむことになる、と考えると決断がにぶった。

不比等の読み勝ちだった。

人麻呂は河島と親しい大津、弓削とも深いつきあいがある。そうであれば、じきに人麻呂は事件の真相を知ることになる。ならば、シラを切るより、いますべてをうちあけ、人麻呂の動きをとめたほうが得策。

人麻呂の性格であれば、親友を裏切るようなことはできまい、と不比等は計算した。かれは心理のワナをがっちりしかけたのである。

「いまは人麻呂どのに一歩遅れをとっているが、いずれわたくしも功名を立てる機会が訪れるはず」

かつて不比等は人麻呂にそう言った。

それがいまなのだ。嫌われていた天武天皇が、ついに亡くなった。これからは皇后の時代、やっと自分が朝廷で出世できる時がやって来た、と不比等は確信している。

「まことなのですね。大津皇子が重い罪に問われることはないのですね？」

「まことです。天武天皇に寵愛された皇子なのですよ。そのような処罰を与えることなど、できるわけがないではありませんか」

きっぱりという不比等の言に、嘘はないようだ、と人麻呂は信じる気持ちになった。それに自分は草壁の舎人という立場でもある、皇太子に利益になることには反対すべきではない。いろいろためらったあげく、人麻呂は目をつぶることにしたのだった。

6

十月二日、突然、大津皇子は逮捕され、同時にこれに加担したという三十余人の人間も共謀者として捕まった。

ところが、驚いたことに、その翌日、ろくに審問もせずに、大津はただちに処刑されてしまったのだ。二十四歳の若さであった。

妃の山辺皇女は髪を乱し、宮殿よりはだしで狂い走り出て、大津のあとを追い殉死を遂げた。

霊的資質に富んだ大津は、処刑されようとしても沈着冷静、顔色ひとつ変えることなく、従容（しょうよう）として死を受け入れたという。

有間皇子の悲劇の二の舞だった。不比等の言うこととは、まるで違うではないか。

「わたくしもあまりの意外さに驚いておるのです。重臣たちがこのような重い刑を課そうとは、夢にさえ思わなかったのです」

血相を変えてつめよる人麻呂に、不比等は冷然と言い放った。

(だまされた！)

人麻呂は天を仰ぎ、呻いた。

霊と肉の両極から成り立っている存在の人間は、時にエゴイズムに毒され非道の行為に溺れることがある。霊か肉か、そのいずれの道を歩むかの選択の問題なのである。

おのれの魂の純粋度をうしなっている不比等は、最初からしっかり筋書を読んでいた。まだ経験が足らず霊的視野でものを見ることのできない人麻呂は、まんまと不比等の術中にはまってしまったのである。

大津事件は官人、一般の民に二重の驚きをもたらした。大津が謀叛を企てたことと、逮捕の翌日には極刑に処したことに対してである。

だが、この素早い処置が、かれらにある種の疑念を生じさせたことも事実だった。

「こんなにあわただしく死刑にするなんて、なにか隠し事があるのではないか。それが露見するのを恐れて、さっさと大津皇子を処刑してしまったのではないか」

とかれらは陰でこっそり語りあい、想像をふくらませた。

大津と共に獄につながれた三十余人、ひとりだけ伊豆に流され、あとはすべて解放された。

詩人の才があり、武勇にも優れる好男子、人麻呂とは同じ詩人の仲間として親しくしてくれた大津皇子。

かれのような素晴らしい人間は、もう二度とめぐりあうことはできないであろう。その喪失感で人麻呂は大きな衝撃を受けた。

(この自分は不比等の悪巧みを皇后に告白し、大津皇子を死なせないようにすることもできた。それなのに、不比等の言葉を単純に信じこみ、魂の良心にそった正しい行動をとることをしなかった)

無実の大津を死なせてしまった罪、それは自分にもある。

(われは共犯者と同様なのだ)

大津の殺害に間接的に手を貸してしまったともいえるのだ。

自分の魂の意思に眼をそむけた人麻呂に、現生でのマイナスのカルマが生じたのである。

バランスを保とうとする因果の理法のカルマは、サンスクリット語では行為、仏教では業(ごう)である。業は因縁を集め造るもので、種から芽、茎、葉が生じるように、人間の煩悩はたやすくカルマを発生させる。

人麻呂は成すべき人間愛の行動、つまり他者の運命を好転させることに積極的に努力をしようとしなかった。善を成さぬということは、それ自体が悪なのである。

かれはその怠慢の罪によって、カルマの負債をかれの霊魂が背負うことになったのだ。自分の魂、霊魂にまいたカルマの種子は、いつかかならず自分の手で刈り取らなければならない。

大宇宙、大自然の聖なる摂理・天の理法は、それ(償いの法則)を公正の証として厳密に定めているのだ。

死者の吹かせる魂風(たまかぜ)が、深い悔恨の涙にくれる人麻呂の身にしみた。無念の心境で死んだ大津の魂が、西北からの風に乗って、あてどなく都をさまよっているようだった。

当然のことながら不比等の顔を見る気持ちはなくなり、かれからも声がかからなくなった。不比等にしてみれば、人麻呂に弱みをにぎられている、という思いがあるのだろう。

人麻呂は尋常ではない霊的状態におちいり、皇后の顔を見るのさえ息苦しい思いになる。

「皇后は不比等の謀略を知っていたのだろうか」

と疑問を持ち、いや、知るはずもないと内心でその疑惑を打ち消した。もし、知っていたならば、大津にあのような極刑を下せるはずはない。

(母と同じ容貌、心をもつ皇后なのだ。けして、そのような恐ろしいことを考えるはずなどない)

あの清く美しい皇后を疑うこと、それじたい恥ずべきことではないか。そのように思うのは、自分が卑しい、薄情な人間になってしまっているからだ、と人麻呂は自分を責めたのだった。

ところが、不比等は大津事件以後、皇后から急に特別な待遇を受け、寵愛されるようになった。

それればかりか、そのうちとんでもない噂が人麻呂の耳に入った。

「不比等は昼のみか、夜まで皇后の部屋に出入りをしているようだ」

不比等を毛嫌いする弓削皇子まで、皇后と不比等とが特殊な関係にあるようなことを言いだした。

（そのようなけがらわしいことが、あろうはずはない）

と思う人麻呂は、皇后の身近にいる采女にある日、そんな事実があるのかをたずねた。

すると、采女は顔を赤く染めて、うなずいたのだ。

「まことか、まことなのかッ」

人麻呂は激しく動揺し、顔面を紅潮させる。

（不比等め、あの汚い手をのばし、皇后のうるわしい肌にまで触れているのか）

それを想像すると、総毛だった。そして、自分の母が犯されているような気分になり、全身が熱くなり、猛烈な憤り、妬み、悲しみが湧き、眠れなくなった。

（許せないッ。あの男だけは絶対に許すことができない）

人麻呂は呪文のごとくその言葉を唱えつづけた。


人麻呂は暗く重い秘密をかかえ、そのことを兄の佐留に話をすることもできず、ひとり悶々とした日々を送っていた。しかし、そんなかれを突如、嵐が襲った。

草壁皇太子に異変が生じるようになったのである。大津が処刑されて二年も経たないうちに、皇太子は精神的な病におかされるようになった。

皇后はそんな皇太子の現状をみて、吉野山に行幸することを決断した。吉野の宮に着くと、彼女は人麻呂を呼び、命じた。

「金峰山の社にいる役小角（えんのおづの）という行者に逢いたい。そなた、ひそかにその者を連れてきてください」

人麻呂は命令通り金峰山に出向き、物凄い霊威の持ち主という評判の役小角に初めて会った。神人の清冽な霊魂が透き通った衣を身につけている、そんな印象を受けた。

役小角は賀茂の役氏の出身、役優婆塞（えんのうばそく）と呼ばれた。優婆塞とは正式に仏寺の受戒をえていない僧侶のことで、要するにモグリの僧侶。この時代、食えずに逃亡した農民が、この優婆塞を名乗ったりすることも多かった。

八二二年ごろ書かれた「日本霊異記」では、小角のことについてこう記してある。

――孔雀明王の呪法を修め、異験力をそなえ、仙術をつかって天を飛んだ。

また「続日本記」のなかには、小角が鬼神を使役して、水をくみタキギをとらせ、これをさぼったりすると、その鬼神を咒術（じゅじゅつ）で縛って懲らしめた、とある。

小角の霊格者としての霊威は、厳しい山岳修行によってえられたものだ。

人間離れした行を積み、非凡な霊威を獲得するまで、幾年も山から下りようとはしない。

小角はさらに巫術（ふじゅつ）を用いて神霊と通じる呪禁道（じゅごんどう）、孔雀王呪経をマスターし、霊験によって病を治療、人の心を操ることのできる仙人になった。

チャネラーとして霊界との交信、チャネリング能力を有するかれは、その特異な霊力（サイキック・フォース）によって大岩さえ動かす。

皇后はこの小角のたぐいまれな霊威・験力を大いに買っていたのである。

怪異な容貌の小角は、人麻呂の頼みを聞き、

「ほう、皇后がわれに来いと申すのか」

「はっ」

人麻呂は緊張し、金縛りにあったふうになった。神人としてのオーラの威力が、かれをそのようにさせたのである。

「よかろう。案内しなさい」

人麻呂の心配をよそに役小角は気軽に応じてくれた。

皇后は小角と二人だけで会った。会談が終わり、人麻呂が室に入ると、皇后は青ざめた表情になっていた。

人麻呂が用の済んだ小角をまた金峰山に送っていき、そして、帰ろうとすると、

「そなた、名は？」

「はっ。柿本人麻呂と申します」

「朝廷では、なにをやっておるのか」

「草壁皇太子の舎人を仰せつかり、歌を詠んでおります」

「ほう、歌をな、言霊使いか。これからもその道を歩むつもりなのか」

「はっ」

「言霊を使いこなすことに自信があるというのだな」

「はっ」

小角は人麻呂を凝視する。まるでかれの魂の奥の奥まで見通しているようだった。

「ふむ。そなたはこの世に、なにかしらの使命をもって生まれてきておるようじゃ。その定めの道が、どれほど辛苦なものであろうと、歩んでゆかねばならないのう」

予言のようなその言葉を、人麻呂は身体をこわばらせて聞いた。小角は人麻呂の霊魂に、なにかしら鋭くきらめくものを察知したのかもしれない。

人麻呂が小角と強い霊的な交わりを感じたのは、この時である。でも、そのときはそれを悟ることもなく、もうこれでこの神人とも逢うことはあるまい、と考えていた。

7

大津皇子が死刑になってから二年もしないうちに、草壁皇太子は毎夜のように大津の亡霊の悪夢を見るようになった。

「しかも、その夢はいつも同じものなのだ」

草壁は夢から覚めると、涙でぐっしょり頬を濡らしている自分に気づく。大津の怨霊の霊威は草壁の肉体のバリアーを抜けて、かれの霊魂をおびやかすのだ。

草壁はそのつど、生命の炎がさらにまた一段と衰えてくるのを自覚する。

「人麻呂よ。大津がこうして毎夜、わたくしを呼びにくる。わたくしはもう長くはない。それもわが定めぞ」

草壁は衰弱しきった身体をふるわせて、人麻呂につぶやく。

「なにを申されますか。皇太子、元気をお出しください」

「いや、そなたの言霊の威力も、もうわたくしには効かないであろう」

草壁はすっかり覚悟したようだった。

そして、その予感は的中した。大津が死刑になってから、わずか二年半後、六八九年四月、呪詛の祓いも効果なく草壁は急死した。

(考えてみれば、皇太子も気の毒な生涯を送った人なのだ)

天皇になる実力もないのに、むりやり皇太子の地位に押しあげられ、自分の意志にかかわらず思わぬ不幸をまねかざるをえなかった。

人麻呂は薄倖の人、草壁のために精魂込めて長歌、挽歌をこしらえた。

人麻呂の胸の奥にも生死に対する不条理が、青い炎となって燃えるようになった。その心情を反映し、呪言、寿詞のように言霊の威力を重視する宮廷歌に、これまでと違う色調があらわれてきた。

そして、人間の生死の多くを経験したことが、かつて額田王から聞かされた歌の道を、人麻呂に初めて悟らせたのだった。

額田王は、

「歌とは人間の心のまことを詠むもの。人間の魂と魂が触れあう世界をこしらえるものなのですよ」

と教えてくれた。

真実、真理の歌とは、言霊のスケール、量で計れるものではないのだ。いまとなって人麻呂は額田王が告げてくれた、含蓄ある言葉に共感するのだった。

草壁の死の翌年、皇后は即位し、持統天皇となった。不比等も従四位下の直広弐、政界五位の地位を得て、官僚たちを驚かせた。昇進するには一階位ずつ、しかも、六年の期間を要するのが通常の決まりなのだ。

それが不比等はいきなり二階級特進、それもわずか二年、官僚たちが驚愕したのも当然のことである。そのうえかれは草壁が愛用した佩刀（はいとう）まで授与された。

不比等は新天皇の重要な側近、その評価が朝廷内で定着した。持統女帝より寵愛をえているのは、不比等と人麻呂の二人なのであった。

女帝は不比等については政治に関する能力、人麻呂には言霊使いとしての能力を、それぞれに認知、評価したのである。

大津を謀略で葬ることのできた不比等。かれはその成果で完全に上昇気流に乗った。昇進するには、まずかれのご機嫌をとらなければと考え、屋敷に贈り物を届ける官僚たちが、あとを絶たない。

持統女帝は孫の軽皇子（かるのみこ）を即位させたい、子の草壁で果たせなかった夢を孫で、と熱烈に願っている。

大津が亡くなったいま、その最もライバルとなるのは弓削皇子である。

草壁を天皇にすることのできなかった不比等、かれも今度こそ草壁の子、軽皇子を即位させ、自分の手柄にと考えている。

不比等が大津のつぎの照準を、弓削皇子にあわせたのも当然のことであった。

大津の親友だった弓削は、あの謀叛事件以来、不比等を毛嫌いしている。その弓削と特に親しくしているのが、その事件の秘密をにぎっている人麻呂。

不比等にとって、二人は大いに煙たい、めざわりな存在なのである。この好ましくない状況をなんとかしたい、とかれが考えるのもむりはない。

ある日、不比等は宮中で人麻呂に面談を求めた。

「人麻呂どの、いかがなされた。近頃は、さっぱりわが屋敷にお出でくださいませんが」

不比等は朝堂の間で向かいあい、笑顔をつくった。

人麻呂はむっつりしている。正直なところ不比等とは口をききたくなかった。

「ところで、人麻呂どのにとって、すこぶる有益な話がありましてね」

「……」

「実は今度、撰善言司(よごとつくりのつかさ)という新たな役職をこしらえることになって、その重要な役職に、人麻呂どのをぜひ推薦したいと思っておるのです。帝もご承知くださるはずです」

撰善言司は朝廷の儀式でつかう寿詞、呪言などを作成、管理、行事を執行する部署で、その責任者となれば、貴族の位階、五位以上が授与される、という。

(不比等は、口封じのために、この自分をとりこもうとしている)

そのことがすぐにぴんときた。大津の謀叛事件の黒幕であり、その謀を仕組んだ張本人の不比等、その真実が朝廷中に知れ渡れば、かれの評価はガタ落ち、それどころか出世の妨げにもなるだろう。

なんとしても、この秘密が露見しないようにしなければならない、と思っている。大津の処刑について迷う皇后に、不比等は積極的に助言もしていたのである。

だから、知りすぎた男、人麻呂にここで貸しを作り、大津事件にフタをしようという魂胆なのだ。それと弓削と人麻呂とのあいだにクサビを入れ、二人を分断しようとする策略なのだ。

「せっかくですが、わたくしはそのような役職につく気はありません」

人麻呂はきっぱりと断った。不比等のえげつないやり方も気に入らないが、人麻呂にとっての栄誉は、朝廷の冠位ではなく、あくまでも歌詠み人としての評価なのである。

「どうしてですか。こんな素晴らしい役なのに」

と不服そうな不比等。

人麻呂は口を閉じ、いくら不比等から熱っぽく勧められても、ただ首をふって拒絶するだけだった。


人麻呂は再婚することにした。先妻が亡くなってから五年目、かれが三十八歳のときである。いつまでも後妻をもらわないでいるのを案じ、兄の佐留が、

「その歳で妻がいないというのでは、朝廷での仕事にもさしさわりがあろうぞ」

とむりやり承諾させたのだ。

やはり、同族の娘、かれとは十六も歳が離れ、森女（しんじょ）という名の女だった。

かれには先妻とその子に、不幸な生涯を送らせたという負い目がある。でも、カルマの清算方法は、一つしかないというものではない。

同じ分量の苦しみを味わうこともあれば、それとは別に、学び直しというキャリアで返済することができるようにもなっている。学習の機会を与え、その体験で霊魂を進化させることがカルマの目的でもあるのだ。

人麻呂は後妻のときにプラスのカルマを作り、その分を前妻のときに負ったマイナスのカルマの返済に充てることができるのである。先妻とその子に味わわせてやれなかった幸福な生涯を、後妻とその子にもたらしてやればよいのだ。

森女は孕み、娘を生んだ。

彼女は娘のことになると自分のことを忘れるほど熱心になる。人麻呂が先妻の子を死なせてしまったことが頭にあるのだ。

幼い娘の肉体は、まだ強靭なものにはなっておらず、少しむりをしただけでぐったりすることがある。

森女はそんな様子の娘を見て、

「この子の身から魂が逃げだしたに違いありません。幼いときは、魂は身にしっかりと定まっておらず、なにかあるとすぐに飛びだしてしまう。わがままな魂には、ほんとに手を焼かされます。困ったものです」

そう言い、

「庭で飛び跳ねたりしたのがいけないのでしょう。あのとき、どこかに落っことしたのです」

と急いで庭に魂を探しに行く。

肉体を離れた魂は、あちこちぶらぶらしてから最後は青く丸い石に憑く。そうと決まっているので、彼女は庭から青い小石を二、三個ひろってきて、

「多分、これにひっついているに間違いありません」

と自信たっぷりである。

そして、これから祈祷師を呼んで、娘に魂込めの儀式をやると言う。

産霊（むすひ）に習熟する祈祷師は、浅鉢に水を入れチガヤの葉を浮かべ、そのなかに娘の魂（たま）が憑いているという小石を置く。

それから祈祷師は呪言をとなえ梓弓を打ち鳴らし、水にただよっている魂を手ですくいあげ、娘に飲ませる。

「ささ、入れ、入れ。いつまで外に出ておるな。汝のまことの住処に早う鎮まれ、早う鎮まれ」

と魂を説得し、もう一度、呪言をとなえ梓弓を打ち鳴らす。

これで成功すると、娘の顔面が赤らんできて、魂がぶじに収まるところに収まった証となる。

祈祷師の助言を受け、森女は翌日から娘の枕元に木の人形を置くことにした。夜中に魂がこっそり娘の身体を抜けだして、遠くに遊びに行かないように、その人形に監視させようというつもりなのである。

娘がもう少し大きくなると、森女はしょっちゅう注意を与えるようになった。

「急に驚いたり、大きなくしゃみをすると、お鼻から魂がひょいと飛びだすことがありますからね。そんなときは急いで、両手で顔をおさえるのですよ」

いったん抜けでると、魂は散らばりやすく、玉ホウキという道具をもって魂をかきあつめなければならない。

「それから悪霊の気配を感じたならば、歯をカチカチとならしなさい。そうすれば悪霊は近寄ってきません」

人麻呂は妻のやることに口を出すようなことはしない。どんなことをしても娘の生命だけは護ってみせる、というその妻の行為は尊いものなのである。

霊的なるものが人間世界で確固たる地位を占めていたこの時代、霊魂の自由奔放な行動を疑う者など一人としていないのだった。

8

撰善言司の職を断ってから、不比等の人麻呂に対する態度ががらりと変わった。

完全に人麻呂を、自分の敵と考えたのだろう。官僚たちに人麻呂のことを悪しざまに言うようになり、人麻呂にとってよからぬことを企みだした。

不比等がついに本性をあらわしたのだ。

かれが狙ったのは人麻呂の歌人としての地位、これをおとしめようとすることだった。つまり、宮廷歌人としてナンバーワンの評価のある人麻呂、それに対抗する歌人をみいだそうとしたことだった。

かれが眼をつけたのは、高市黒人。高市黒人は人麻呂よりいくらか年下で、それなりの歌才があるだろうが、人麻呂にとってはライバルと呼べるような存在ではない。それでも不比等はなにかと高市黒人を重要視するようになった。

朝廷内で不比等と人麻呂の不仲が噂となり、兄の佐留も心配して人麻呂のもとを訪れた。

「そなた、あれほど以前は不比等どのとは仲がよかったではないか。いったい、なにがあったのだ。不比等どのは、これからもどんどん出世なさる人。あの方を大事にしなさい。どれほど頭を下げても、親しくしてもらえるようにな」

兄からいくら言われようとも、人麻呂にはそんな気持ちにはとてもなれないのだった。

そのうちに、いままで人麻呂に会うと気軽に声をかけてくれていた者が、急によそよそしい態度をとるようになった。かれをとりまいていた人間も、いつのまにか離れていった。

人麻呂はいまや権力者、藤原不比等という川の急流のなかにある岩のような存在だった。岩のまわりは水勢に逆らうため水が荒立ち、なにものも岩にとどまることはできない。

人麻呂にとって何事も相談できる友は、いつか弓削皇子ひとりだけになってしまった。女帝からの寵愛は変わらず、それだけが心の支えだった。

情勢が動きだしたのは、軽皇子を即位させようと女帝が決意してからのことだった。

女帝は吉野に行幸し、人麻呂に供奉を命じた。かれにまた神人、役小角と会うための手配を頼むためだった。人麻呂は小角を訪ね、女帝と面談することを承諾させた。

るい表情になっていた。

女帝は小角とは二人だけで会った。そして、奥宮の室から出てきたとき、今度はずいぶんと明るい表情になっていた。

軽皇子を即位させるには、まずかれを皇太子にする必要がある。そこで女帝は皇子たちを集め、衆議をさせた。

軽皇子を皇太子にすることに異議をとなえたのは、弓削であった。自分がなりたいためではない、その計画に大嫌いな不比等の影を濃厚に感じとったのである。

「不比等め、またなにかよからぬことを画策しておるようだ」

弓削は人麻呂にそうもらした。

事実、軽皇太子をそろそろ即位させるべきだ、と女帝を促したのは不比等だった。ただ女帝は不比等の進言だけでは決断できず、吉野山に行き、小角に逢い、かれの言を聞いてから気持ちを定めよう、とした。

息子の草壁の早逝のこともあり、軽皇子の健康のことを案じていたのである。小角には、そのことを占ってもらいたかったのだ。

不比等には、自分よりも小角を頼りにし、その言を尊重することは愉快なことではない。かれの眼にまた一人、邪魔者の姿が入ったことになる。

結局、皇子たちの衆議の場では、軽皇子が皇太子になることに決定した。その決め手となったのは、葛野王の発言であった。

かれは反対する弓削を制止し、

「皇太子となる人は、すでに決まっていることだ。軽皇子以外に誰がいるというのか。官僚たちも民も、もうその用意はできている」

と激して述べたてた。

むろん、不比等はこの会議が開かれるまえに、きちんと根回しをおこなっている。弓削をのぞく他の皇子たちに、抜け目なく高価な贈り物を渡し、軽皇子の皇太子に賛同してくれるよう頼んである。

だが、葛野王が弓削の発言をおさえつけ、熱弁を振るってくれるとまでは予想していなかった。葛野王は天智天皇の子、天武の時代となってからは、不遇の身だった。功名をあげるのは、この時と考えたのだろう。

軽皇子が皇太子になった三日後、不比等の娘、宮子郎女（みやこのいらつめ）がかれの夫人となることが発表された。皇族でもない宮子が夫人になったことには、人麻呂だけでなく重臣、官僚たちも仰天した。皇族でない女性が、そんな地位を占めることなど、史上、初めてのことだった。

不比等は、その夢を実現するのに、特別な手を用いたのだ。自分だけの策略ではむりと考え、女帝に最も信頼が厚く、軽皇子の乳母でもある女官、県犬養三千代（あがたのいぬかいのみちよ）の手を借りたのである。

彼女は敏達天皇の血筋、美努王の妻であるが、不比等とは深い男女の仲になっており、かれの頼みならば命を懸けてでもという、そんな女心につけこんだのだ。凄腕の不比等ならではのことである。

「不比等め、自分の娘のことまで考えていたのか、それが奴の狙いだったのか」

直情径行型の弓削はたいそういきまいたが、あとの祭りだった。

官僚たちが立派な品々をたずさえ、つぎつぎと不比等の館にお祝いにかけつけるのを、人麻呂は冷ややかな眼で眺めているだけだった。

さらに、

「娘、宮子が軽皇太子の夫人となったことを寿ぐ歌を作るように」

という不比等の依頼にも応じなかったことから、ますますかれの憎しみを買うことになった。

六九七年八月、軽皇太子は即位、文武天皇となり、女帝は上皇となった。

女帝の思い入れもあり、即位式はたいへん豪華なものになった。新天皇は真床覆衾の聖なる空間にこもって、新たな穀霊を身に憑かせ、自分の魂の活性化をはかった。

軽皇太子は天皇となったが、夫人の宮子の上位に妃、皇后を置こうとはしなかった。不比等の意向もあってか、その後も宮子夫人をトップの地位に据えつづけた。

そして、不比等は以前、受領した草壁皇太子の佩刀を、その子の文武天皇に献上し、中納言に昇進。功労のあった県犬養三千代を、美努王から奪いとって妻にした。

朝廷の実権を完全ににぎる立場になった不比等。かれがつぎに考えることは、朝廷内の風通しをよくすることだった。つまり、かれ以外の者の考えが、天皇、上皇に影響を与えることのないようにすることである。

不比等というこの稀代の策士は、人間の真情を重んじることなく、策謀に生き策謀に死すことを信条としている。人徳など色のついたゴミていどにしか考えていない。

粛清が始まった。

まず役小角を捕え、伊豆に流した。大衆を扇動しているという罪を着せ、母親をおとりにして捕縛したのである。女帝が信じる唯一の神人、その人間を彼女から遠ざけたかったのだ。

不比等としては、本当は小角の命を取りたかったのだが、それができなかった。

そのあたりの事情について、金峰山本縁起には、こうある。

――朝廷は、かれを殺そうとしたが、死刑執行に際し、小角が執行する役人の刀を借り、その刀を自分の身体にあて、それからぺろりとなめると、役行者は賢い聖人なので赦免し、かれを崇めるように、という明文が刀身にくっきりと浮きでた。

人麻呂は、小角が伊豆に流罪となると決まったとき、獄舎をたずねた。

「小角どの、このような目に遭われて、心が痛みます」

そう慰めると、

「なにを言う。伊豆には湯がある。楽しみではないか」

けらけらと笑った。

確かに神人といわれる小角である。伊豆に流罪になっても、なんの不自由もないに違いなかった。

事実、その地に流されてから仙術をもって生身のまま富士山にまで飛び、そこで遊行をし、また伊豆にもどったりした。神人のかれは現幽（げんゆう）の両世界すら自由に往来できるのである。

弓削皇子が殺されたのは、その三ケ月後のことだった。

深夜、かれの館に押し入った強盗が、寝室で刺殺したのである。

（本当に賊なのか。これは不比等が放った刺客ではないのか）

人麻呂はとっさにそう思った。

強盗といいながら、なにひとつ物をとってはいかなかったのだ。それに実に素早い行動で、武術を身につけている者のしわざとしか考えられなかった。

（間違いなく、これは暗殺に相違ない）

かれは軽皇子が皇太子、天皇になることを、ただひとり反対した皇子である。しかも、人麻呂と同様に大津謀叛の真相を知っている。この皇子をこのまま生かしておいたのでは、またなにを企むかわからない、と不比等は、かれの抹殺を計画したのだろう。

弓削のふいの死の訃報を聞いて、人麻呂は号泣した。かれは兄弟同様の友、悩む心をわかちあうただ一人の友だった。

邪魔者の三人のうち、これで二人消えた。

(残るはこのわれ一人のみ)

魂の自由を奪われた人麻呂は、不安と焦燥で混乱、切迫し、日常生活にさえ支障が生じるようになった。

(不比等と自分は、多分、過去世において敵対しあった仲なのであろう)

人麻呂はそう考えるのだ。二人のあいだには生死に関わるほどの重大な出来事があったのだろう。その過去世のカルマを今の世になって清算しようとしているに違いないのだ。

それでも、むざむざ殺されてなるものか、と激する感情が湧いてくる。兄の佐留に警護の人間を頼み、不比等の刺客にそなえた。

でも、人麻呂は弓削のように暗殺されることはなかった。女帝に寵愛されている人麻呂、そのかれを亡き者にすることは、女帝の激怒をまねく、という思いが不比等の決心を鈍らせたに違いない。

女帝の寵愛という強烈な庇護がなかったならば、人麻呂はかんたんに不比等の魔手の餌食になっていたことだろう。

ただし、殺されるかわりに、川に突き落とされた。夜、館に帰ろうしていたときを狙われたのだ。猫背になって足早に歩くかれを、数人で前後からはさみこみ、手足をもって川のなかに投げこまれた。

人麻呂はまったく泳げないが、幸いなことに小さな川なので、ばたばたしているうちに向こう岸に流れついた。

その気になったら、いつでもおまえなんぞ殺すことができるのだぞ、という不比等の脅しでもあった。

しかし、こんな逆境にあるときこそ人間は魂を覚醒させ、霊的真理を受け入れる用意ができる。

人麻呂も、

（このような不遇に耐えてこそ、まことの歌を詠むことができるようになれる）

と自分自身を叱咤するのだった。

9

七〇一年、不比等はついに正三位、大納言にまで昇りつめた。中納言になってから、わずか二年足らずのことである。

天皇の夫人になっている不比等の娘、宮子が皇子（後の聖武天皇）を誕生させ、美努王から奪いとって妻にした県犬養三千代も懐妊、後の聖武の皇后となる光明子を生んだ。

こうして、朝廷の絶対的な権力者となった不比等。かれの勢いには天皇はむろんのこと、女帝ですら影が薄く、何事も不比等の承諾なしには決められなくなった。

この年の十月、律令制度を完璧なものにするため、不比等は諸国に大宝律令の頒布を命じた。班田制度を厳重に定め、農民が逃亡、浮浪人とならないよう法令を制定した。

人麻呂は完全にまな板のうえの鯉。そのような危うい状態をかろうじて維持できるのは、女帝のかわらぬ寵愛のたまものだった。

人麻呂は一度、朝廷の職を辞そうと決心し、女帝に願い出たことがある。

人生の困難、悲痛に耐え、克服することは、かれの霊魂（魂）の浄化、進歩に役立つことではある。でも、実際に精神的ダメージを受けつづけると、その事態からなんとか逃れたい、という気持ちが生じるのも避けられないことだった。

（自分は弱い人間なのだ）

という自嘲めいたものも、当然ある。

女帝は懸命にかれをとめた。

「人麻呂よ、なにを申すのですか。そなたの歌、言霊のおかげで帝、皇族の威厳が保たれているのではありませんか。亡くなったとき、そなたの霊威ある言霊の歌で送られるからこそ、魂は天寿国へ行けるのではないですか。わたくしも、いまは病いがちの身、そう長いことはないかもしれません。もし、そなたがいなくなれば、わたしの魂は、どうしたらよいのですか」

母とまで慕う女帝にそう諌められては、かれもそれ以上の行動をとることはできないのだった。

しかし、不比等はなおも人麻呂の行動を束縛しようとする。

女帝が東国に行幸することになったとき、人麻呂の同行は許されず、代わりの人間には歌詠み人の高市黒人が選ばれた。

そして、女帝は都にもどったとたん体調を崩し、床に伏すようになってしまった。病はしだいに重くなり、快復は早急には望めないかもしれない、と医師たちの診断が下された。

四十三歳の人麻呂に、突然、石見（いわみ）国（島根県）の国司として赴任せよ、との勅命が下った。都より追放処分のようなものである。

同じ時期、伊豆に流されていた役小角に大赦、都への帰還が認められた。

人麻呂は母親と共にいる小角を探し求め、石見国に赴任することになった旨を告げた。

もうかれとは、今生では逢うことができないであろう、という観念があった。

「ほう、石見国か。そのほうが、そなたにはよいのではないか」

人麻呂には物足らないほど、小角はあっさりと言い、

「そなたは今まではおのれの霊魂のいだく使命に応じて生きてはおらず、むしろそれに反して生きている。だが、いずれそなたにも魂の志に従って生きなければならぬ時がやって来ることであろうぞ」

と予言めいた言をもらした。

神人といわれる霊覚者、小角なので、人麻呂の行く末がどうなるのかも見えているに違いない。

その小角が、さらにこう諭す。

「この世に生を受け、天から与えられた使命を成し遂げるには、本来は、大空をおしわたる風のごとく、曠野をおしながれる水のごとく、無為自然に生きなければならないものなのだ」

小角の放った神聖な言霊の光の矢は、人麻呂の胸の奥の奥までつらぬいた。

地方の国司として都を出る者は、たいてい妻子は都に残し、単身赴任として行く者が多い。

でも、その話を聞かされた森女は、

「どうか、わたくしたちもお連れください」

と人麻呂に懇願した。

どこまでも夫と共に苦労するのが、妻としての務めであると言うのである。

兄の佐留とも相談し、人麻呂はそのとおりにすることにしたものの、先行きになんとなく嫌な予感を覚えたのだった。


果たして、石見国に赴任して一年も経たないうちに、女帝の薨去の知らせを聞いた。

(なんということか、あの帝が亡くなられるとは……)

その衝撃に、人麻呂は打ちのめされた。涙がとまらず、大声をあげて嘆き悲しんだ。

あの女帝の寵愛があればこそ、これまでの人麻呂の人生があり、宮廷歌人にもなれたのだ。ひそかに母の面影と重ねる、心から慕う女性でもあった。

持統女帝の葬儀は火葬で営まれた。天皇の火葬は、わが国では初めてのことだった。

女帝の場合もそうだったが、火葬は死後、少なくとも三日以上経ってからおこなうのが正しい。

霊魂が完全に体外離脱するには、早くて数時間、最高で三日ていどの時間を要するからだ。離脱しきれないうちに火葬にされたりすると、エーテル・アストラル体の霊魂にショックを与えかねない。

女帝の訃報に接し、人麻呂は国司としての仕事にも熱が入らなくなった。毎日、茫然と過ごし、なんの色調もない昼と夜が過ぎていった。

しかし、不比等には、ついに時機到来と思えたのだろう。翌年、突如、人麻呂に都へ、朝廷の刑部省に顔を出すように、という召喚命令が届いた。

いつも八月には国の予算を作るため租税台帳を提出せよ、という指示が諸国の国司宛てに届く。国司は台帳をたずさえ、都へと向かう。しかし、いまはその季節ではない。

(これはおかしい。いったいどんな用なのか)

胸に黒い疑惑が湧きあがった。

どうしたものか、と悩んでいると、兄の佐留から書状が届いた。

「女帝が亡くなってから都には不穏な空気がただよっている。どういうわけか、そなたを捕えて獄に入れよ、という話までもある。もし、都に来るようにという命令が出たならば、しばらくのあいだ身を隠しておいたほうがよいだろう」

という内容だった。

不比等の考えていることは読める。

女帝がいなくなったいま、これでようやく人麻呂を始末することができる。事件をでっちあげ、濡れ衣を着せ、流罪か死刑にでもするつもりなのだろう。

不比等がまだ不遇の身で、無位であったころ、

「わたくしとそなた、いずれが最後に頂上に立つか、競いあおうではありませんか」

と人麻呂に挑戦状をつきつけたことがあった。

その結果は出た、出世競争の勝利者はこの不比等だ、いまこそその証を見せてやろう、という気持ちなのだろう。

人麻呂は都を去るとき、役小角から告げられた言葉をふっと思い出した。危機の極限状況が、かれの霊的本性を目覚めさせたのである。

「そなたにはいずれ流浪の身となる運命が訪れよう。その時はいさぎよくその天理に従うがよい」

「そなたの魂は苦難、忍耐、刻苦の中でこそ磨かれるものだ。そのような状況に身を置いてこそ、そなたはまことの歌人になれるのだ」

小角は人麻呂のおのれの内部に宿る霊的能力を信じよ、と言っているのだ。そしてまた、人麻

呂がそのような運命に陥るのも、大自然の摂理、法則にもとづいた行動であるに違いないのだ。

人麻呂は決意をかためた。

(国司という重い責任のある立場にはあるが、その地位も名誉もなにもかも投げ捨てよう。戦線離脱の罪は重大である、けれど、なにもかも打ち捨てることにしよう)

そうすることしか、いまの自分の命を護る方法はない。それに自分には儒教の詩経のような歌集を完成させるという、現世での使命が残っている。

その聖なる使命を成就させるためにも、この命を永らえさせなければならないのだ。

人麻呂は、

「わたくしはやむをえない事情があって、しばらくのあいだ旅に出なければならない。いつまたこの地に帰ってこられるものやら思いもつかない」

と思いつめた表情で森女につたえた。

森女は強い女である。そんな人麻呂の突然の話にも動揺することなく、すぐさま、

「はい、わかりました」

と返事をした。

「そこで、相談なのだが、わたくしがいなくなれば、娘もいることだし、ここにいてはなにかと不自由をするだろう。都の兄にそなたたちのことを頼んである。兄も喜んで世話をしてくれるそうなので、すぐにでも都へ戻るがよい」

そう告げると、森女は、

「いいえ」

と首をふり、

「わたしたちは、この地であなたのお帰りをお待ちします」

「かなり長くなるかもしれないのだよ」

「はい、かまいません。いつまでもお待ちしております」

森女は人麻呂の眼をまっすぐに見た。

「しかしな、他に頼る者のないこの地に、そなただけ。ずいぶんと苦労することになるが、それでもよいのか？」

「はい。あなたのご苦労にくらべれば、たいしたことはありません。娘と二人で、あなたの旅のご無事をお祈りいたしております」

そう言って、決心をまげようとはしないのだった。

人麻呂の逃亡後、すぐに朝廷より、

「国司、柿本人麻呂を捕縛せよ」

という命令が出された。

人麻呂は追手の眼を逃れ、一所不在、漂泊流転の歳月を過ごすことになった。漂泊無常の苦しみの中にあってこそ霊性が目覚め、真の自我を悟り得る。歌の道を求めることは、霊的な道を究めることでもあるのだ。

まず石見国を離れ、近江の地へと逃れた。

そこには天智天皇がこしらえた旧都がある。女帝が一人息子の草壁皇太子に死なれて、傷心の気持ちを抱いたまま行幸した地でもある。

いまはただ枯れススキの群れる荒れ野になっているが、人麻呂はここで、「近江荒都の歌」を詠み、女帝に落涙させたことがあった。

淡路まで来ると、さすがに石見国に残した妻子のことが想われ、胸が痛んだ。

かく恋ひむ　ものと知りせば　我妹子(わぎもこ)に
言問(こと と)はましを　今し悔しも

ああ、妻が恋しい、いまとなって思うとは……、もっと早く気づくべきだった。妻とあれもこれも、もっと多くのことを語りあうべきだった。

(どうか、妻よ娘よ、つつがなくあれ)

と人麻呂は祈る。

祈りとは魂の行、神性を宿す存在に働きかける行為であり、それが真心からの祈りであれば、必ず通じるはずであった。

民の家々をまわって呪言、寿詞をとなえ、祝福を与えたりして食べ物にありつく者に、乞食者（ほかいもの）と、巡遊神人のマレビト（客人の神）がある。

乞食者は寿詞（よごと）をとなえ、民間芸能をつたえて物乞いをし、歌も詠む。飢えに苦しむ人麻呂は、柿本一族の伝統的な技術を活かし、マレビトとなって日々の糧（かて）をえようと努めた。

常世からやって来る神人となって仮装をし、手に榊をもち、神授の呪言、寿詞をとなえ、さまざまな祭事、争い事、葬送の儀礼にたずさわった。

あるいはまた村境に出向いて、呪言を唱えながら霊杖をその地に立て、邪霊の騒乱を防いでやった。

でも、罪人としての逃亡生活である。これらは役人の眼を逃れながらの行動なので、リスクの多い毎日でもあった。


一度、危ない目にも遭った。官吏につかまりそうになったのである。かれが逃亡して二年目、すっかり体力も衰え、風にながされるように石見国にもどってきたときのこと。

ようやく葬送儀礼の仕事にありつき、ある里長の家に泊めてもらったことがあった。

ふつうの農民の家は草屋根の伏せ屋が多いが、里長ともなると庭つきの立派な館である。

酒を飲み過ぎて赤ら顔になっている里長が、

「それにしても、あなたはみごとな呪詞をお読みになる。いずこで習われました？」

「古来、わが一族に伝わるものです。神事、祭儀の仕事にたずさわる一族でした」

「ほう、そうですか」

と言って、里長はまじまじと人麻呂の顔を眺めた。

「なにか？」

「いや、お偉い、さる方がおられましてな。確かそのお方も、そのような家系の出だと聞いていたものですから」

伏し目になって里長は答える。

人麻呂には、里長のその言い方が妙にひっかかった。守護霊（ガーディアンスピリット）がかれの霊魂に働きかけてくれたのである。肉体が衰弱するほど霊の存在は強く顕現するようになる。

眠らずにいると、深夜、外でひそかな人声がする。そっと戸をあけてみると、三人の長い木棒を持った官吏の姿があった。里長が役所に通報したのだ。

（この自分を捕縛しに来たに違いない）

とっさに裏口に走った。

いちもくさんに山に逃げた。素早い行動だったので、官吏たちは追ってくることはできなかった。

「柿本人麻呂が村々をまわり、民衆をたきつけ、朝廷への不満をあおっている」

そんな話が役人たちのあいだに広まっていることを、人麻呂はあとで知ったのだった。

大宝律令が公布されたばかりで、現場は混乱し、労役と課税に塗炭の苦しみにあえぐ農民たちは、食うや食わずの暮らしをしている。

当然、農民たちは班田制度の苛烈さに憤激し、なかには家、田地田畑を捨てて逃げだす者もいる。人麻呂は元国司であるにもかかわらず、そんな農民たちの行動を煽っている、と疑われているのだ。

人麻呂の眼には、農村の現況は朝廷の失政とうつった。都にいる生活と地方のそれとでは、雲泥の差だ。こうして、村々をまわり農民の暮らしに触れてみて、そのことを初めて知ることができた。

七〇七年、飢饉と流行病が猛威をふるった。石見国、出雲国、丹波国の状態は、特別にひどいものだった。

そんな国の窮状の年、人麻呂が舎人を務めたこともある文武天皇が薨去した。二十四歳の若さだった。

10

役人の眼を逃れて、人麻呂は一ケ所に長くとどまることはしない。猫背になって足早に村から村へと渡り歩き、寝るところは洞窟、農作業の仮小屋、運がよければ民家。霊魂のままでは生きられず、肉体という弱点を持っている人間である。生きるためには山で山草、木の実も食べなければならない。

月に二度くらいは村の祭事、マレビトの仕事にありつける。そのようなときだけ、米の飯を食べることができた。涙が流れるほどの美味、米の飯とはこれほどまでにうまいものなのか、とあらためて知った。

けれど、そんな悲惨な日々にあっても、人麻呂は霊的な光に導かれるように、歌の道を究めようとしていた。飢餓ぎりぎりの暮らしをしている民人の詠んだ、生命の活動そのものの歌を発掘、収集していたのである。

かれは猿丸大夫(さるまるのたいふ)と名乗り、民衆の中に入っていった。兄の柿本佐留(猿)から名を借りて、猿丸と名をつけたのだ。朝廷の役人から追われる逃亡者、柿本人麻呂の名を出すわけにはいかないからだ。

民の詠んだ歌。

春日すら　田に立ち疲る　君は哀しも
若草の　妻なき君は　田に立ち疲る

君がため　手力疲れ　織りたる衣ぞ
春さらば　いかなる色に　摺りて好けむ

人麻呂はこうした民の営みが生き生きとつづられている歌に感動した。

そして、たまには猿丸大夫として作歌することもあった。

山奥に入ると、雄鹿が女鹿を呼ぶ哀切な声が聞こえてくる。そんなとき、かれには遠くにある妻のことが頭に浮かぶ。

奥山に　紅葉踏み分け　鳴く鹿の
声聞くときぞ　秋は悲しき

飢餓で崩壊寸前の村々を歩いた。

農民は犬、猫、ネズミを食い、草、木の皮、土まで食って飢えをしのぐ。なかでも、主婦がいつも尻にすえている囲炉裏ばたのムシロは、彼女の涙と汗に染まって味わい深く、極上の味がするという。

そして、なにもかも食いつくすと、子を捨て、他国へと逃亡していく。

人麻呂の常に飢え、常におびえている死と隣あわせの霊的苦難の連続する歳月。肉体が著しく衰えてくると霊的感知力が増し、内在するおのれの霊魂の声が意識につたわるようになってくる。時にトランス（入神状態）に似た境地、歌人としての高次の恍惚感を覚え、いつかアニミズム（精霊信仰）的世界へと導かれるようになった。

稲妻、雨、木、草、岩、山、川、海……森羅万象に天の理法の結晶は宿り、それらの営みは生命、霊の顕現に他ならない。

一度も物質界に降りたことのない精霊に触発された人麻呂は、自分自身の霊性も開発され、歌を詠んだ。

海神の　持てる白玉　見まく欲り
千度（ちたび）そ告りし　潜（かづ）きする海人は

天雲の　たなびく山の　隠（こも）りたる
我が下心　木の葉知るらむ

巻向（まきむく）の　山辺とよみて　行く水の
水泡（みなわ）のごとし　世人（よひと）我等は

人麻呂が村里に入ったとき、二十人ほどの娘たちが一列に並んで山道を下りてくるのを見た。田植えの神事をおこなう早乙女たちだった。彼女たちは一夜、白装束姿で山にこもり心身を清浄なものにし、髪に石つつじの花をかざしていた。

田の神の妻となる花嫁姿になっているのである。神婚がおこなわれるミト田は、山から水が最初に入る作り田である。

霊界から訪れる祖霊はまず神山の地に降りたち、そこから田の神となって村を訪れ、そのまま秋の刈り上げまでとどまってくれる。

ミト田の水口のところには神酒、魚、干し肉、野菜、赤米などの供物が捧げられ、畔に立てられた木柱の先には木の鳥がとまっている。

早乙女たちが神の作り田に入ると、祝女たちが打ち鳴らす太鼓と土笛の音が高まり、田植えが始まる。その作業は聖なる方位、東から太陽を背にしておこなわれる。

男たちは、天に花咲け地に稔れとはやしたて、ひょこひょこと腰を突きだしては男女が交合する様をみせる。田の神と早乙女たちの神婚がいま進行しつつあるのだ。

と、白装束の早乙女たちが、一斉に歌いだす。

ヤーハーレハレ

今日はこの植え田に神降ろす
浄めた植え田に神降ろす
ヤーハーレヤハレ
苗代の三角の神が天降(あも)りする
浄めた植え田に天降りする
ヤーハーレヤハレ
神のまえに供える苗よ
ハリャ奉れ　ハリャ奉れ
…………

人麻呂はその様子をじっと動かずに眺めていた。

稲草の一生を想っていたのである。春になると稲籾が田に蒔かれ苗となり、夏には稲魂(いなだま)(穀霊)が訪れて穂に宿り、秋になると刈り取られて稲草は死に、そして、また春になって稲籾が田に蒔かれて再生する。

(人間も稲草と同じなのだ。その誕生と共に霊が天界より訪れて宿り、晩年にはやはり肉体の死を迎え、そして、やがてはまた生まれ変わり、輪廻する)

いつまでも逃亡しつづける人麻呂に、ある噂が耳に入った。兄の佐留と人麻呂の妻子には朝廷の監視の目がつき、行動の自由を奪われているというのだ。

(この自分のことでかれらを苦しい目に遭わせている。そろそろこの身の始末を考えなければならない時期になっているようだ)

人麻呂は絶えず、そのことで悩むようになった。

そして、初秋のある日、人麻呂は波の打ち寄せる岩のうえに横たわるシカバネを眼にした。よく見ると、なんと自分の身体だった。魂のうせた自分を、もう一人の自分が凝視している。

死に臨んで、みずからを鎮魂する呪歌。

鴨山の　岩根(いわね)し枕(ま)ける　われをかも
知らにと妹(いも)が　待ちつつあらむ

鴨山の岩を枕にして横たわっている我、そんなことも知らずに、妻は今も我のことを待ちつづけていることだろう……。

波の音が高まるなか、しばしかれは瞑目した。

自分自身のシカバネを見るときは、死の前兆、死に神が迎えに来ているという言い伝えがある。

かれは歌詠み人、霊的探究者としての生涯を閉じる日が近づいていることを知った。ほぼ四年にわたり天の意志に添った道を辿り、長い漂泊無常の旅に終止符を打つ日が訪れつつあることを自覚したのである。

人麻呂は宮廷歌人として詠んだ歌に加え、生死流転の日々のあいだに作歌した歌、それから民衆のあいだにつたわる歌を多く収集し、万葉集の基礎となる約四百首の一大歌集をこしらえていた。

これまでの生涯をかけ、作成、編纂した大歌集を、かれがかつて所属した治部省雅楽寮大歌所に送ることにした。そこに永く保管してもらうためである。

天武朝の時代、天皇は、円滑な国家運営をのぞむため、民情を知るため、地方につたわる民の歌をあつめさせた。人麻呂はその事績を記し、藤原不比等のもとへ歌集を届け、おのれの人生の証としたのだった。

またこの大歌集は、柿本人麻呂の死後、約八十年に、大伴家持によって編纂された万葉集の中軸を占めることになった。この大歌集がなければ万葉集は完全なものにならなかったのである。

柿本人麻呂　幽界・霊界の章

1

その日の天空は、五十一歳の生涯を閉じるのにふさわしい見事な秋空であった。森の奥深くにある神秘な泉、それをそっくりそのまま大空に移し変えた、晩秋の澄明な色。こんなうるわしい日に生命の転換点を迎えることができるのは、歓び、幸いともいえた。

朝廷の許しをえることなく無断で国司の公務を放棄し、律法を犯した罪はあまりに重い。妻子、親族に罪が及ばないようにするためには、やはり、おのれの生命で償うしかない。

それと人麻呂が決断できたのは、もはや地上生活がこれ以上、かれに与えるものはなく、さらに魂を進化させるために旅立つことが必要になったからである。

人麻呂は河原の岩に荷物を置く。そのなかには朝廷の藤原不比等、石見国の国司宛ての書状が入っている。いまの国司は人麻呂が都にいた時分、懇意にしていた人物だった。

その書状には、自分の犯した罪を詫び、この一死をもって罪を償うこと、かれ以外の者が処罰されないように、と嘆願する内容が記されてあった。

……けれど、その人麻呂の嘆願は叶うことはなかった。かれの死後、家屋敷は没収され、妻と娘は窮乏の生涯を送らなければならなかった。兄の佐留も人麻呂がしでかした罪の責任を問われることになり、かれが亡くなった同じ年に自死した。

かれは意を決し、深くよどむ石川の淵のまえに進む。腰にはおもい石を麻縄でしばりつけてある。現世の向こうには幽界、霊界がある。

人々は二つの世界をさまざまな名で呼んでいる。肉体をもつ生者の世界のことを、現世、今生、うつし世、穢土（えど）。霊人が生きる世界のことを、来世、後生、彼岸、常世（とこよ）。

当時の人たちもそう考えていたことだが、生と死はドアひとつ開け、いまいる部屋から隣の部屋へ移るということである。死後の世界に逝くのに、上にのびる細いロープをどこまでも辿って昇る、といったものではない。

妻子のいる石見国の館の方角にむかって静かに合掌し、倒れるように入水した。水中には渦、それに巻きこまれるように、水底へと引きずりこまれていった。

すこし生臭い匂い、水圧を感じ、本能的に息をとめたが、すぐ鼻、口から水を吸いこんだ。肺のなかの空気がつき、あえぎ、もがく。

眼前が真紅に染まった。が、筋肉が収縮する生体反応はつづくものの、苦しさがさらに増すということはない。

と、岩笛らしき音が遠くに聞こえ、突然、意識が錯乱、混濁し、鼻孔や眼窩などから黄色の水が流れ出た。どのくらいそのような状態にあったのか。意識がもどると、煙のように苦しみが消えていた。


いままで肉体に宿っていた純粋で叡智に富む内なる自我(ハイヤーセルフ)、つまり霊魂・魂は、まず霊体（エーテル・アストラル体）と共に額のところから抜け出ようとする。

でも、寿命を終えて死んだのではなく、自ら命を絶ったがゆえに、霊体と肉体の分離には時間を要する。

かれの場合、その分離が修了するのに五時間ほどかかり、しかも、そのあいだ霊魂はかなりの苦痛を覚えたのである。

肉体的感覚のなくなったかれは精妙希薄な霊的生命となり、すっかり異なる〈意識体〉に変わってしまった。

(なんと自分は空中に浮かんでいる！)

下の川面をながめると、水中に人間の身体が沈んでいる。

(あれは誰だ？)

水の力にすべてをゆだね、だらしない格好で、それは朽ち果てた古木のように見える。

（ここに浮いているのは確かに自分だが、下の川の中にいるあれは、いったい何者なのか）

よく眺めてみると、驚いたことに自分自身だった。

（これは、いったいどうなっているのだ！）

空中にいるかれは、肉体から分離した霊体（幽体）なのである。霊魂と共にある霊体は眼にはみえないが、緻密に構成されるエーテル質をまとう霊的身体となって存在する。

水中にある人麻呂の死体と空中に浮かぶかれの霊体とは、白銀色の幾本もの霊子線（シルバーコード）で結ばれている。それは生死をわける魂の緒だった。

この霊子線が切れたとき、人麻呂の霊魂は肉体と完全に決別し、この世からあの世、三次元の世界から四次元、五次元以上の世界へと移入する。

と、水中にある人麻呂の遺体と、空中に浮かんでいる霊体とを連結していた銀色の霊子線がぷっつりと切れ、すべてのヒモが消えてしまった。これでかれは完璧に死んでしまったのだ。

肉体を持った霊から肉体を持たない霊へと移行したのである。

ほとんどの人間は死んで四日から五日、失神状態になり、このとき輪廻の回転が一時的に停止するので、さまざまな光る幻影が現出することがある。

覚醒して後に、少しずつ霊としての自覚を持てるようになる。肉体を捨てたかれは、まず幽界・霊界（中有）への道を辿るのである。

しかし、その生涯を完全に全うした者と、みずから生命を絶った者とでは行く先は異なる。

この世に誕生し生きるということは、幾度となく苦しみ、悲しみ、喜びを味わうこと。その体験を経ることによって、霊魂の純化、進化が実現するのであり、そのために人間には、最初から必要とする人生（寿命）が与えられている。

さらに最後まで生きぬくことなく、自分勝手な決断で途中でみずからの生命を絶ち、霊的成長の務めを放棄した者には、きびしいペナルティが課せられることになっている。

果たすべき使命を投げだし、人生に絶望し逃避しようと自殺した者は、死後にたどる道はけわしい。

死ぬときの霊と肉の分離が難しいばかりでなく、蛆虫が身体を這いずりまわるような感じを覚え、肉体が腐敗していく感覚を味わうことさえある。

それに自殺者は、たいてい自分の死後は完全な虚無の世界が待っている、それで救済される、と考えている。ところが、死後そうでないことを悟って、愕然、茫然自失となるのだ。

これに対し、どれほど辛かろうがきちんと生涯を過ごした者は、霊界に移入すると、そこには美しく心地良い世界が待っている。

大宇宙・大自然をつかさどる不変不滅の、数学的な正確さで作用する聖なる摂理(宇宙的真理)。この天の理法に反する死をえらんだ者の霊魂は、すぐには霊人たちの過ごす幽界、霊界へ行くことはできず、この世とあの世のあいだにある次現界にとどまる。

死ぬべき時が訪れて死を迎えることなく、不自然な死を遂げた者は、それに対する報いがあり、またそれを償わなければならない罰が生じるのだ。

魂の準備ができていないのに肉体の死を迎え、いわば生きるべき寿命を生き抜いていない、そのような未発達の霊は鳥の羽が運ばれるように、あちこちとあてどなくさまよう。だれかに呼びかけたくても、だれ一人いない。

自殺者の行為が暗黒のオーラをもたらし、それが外界との接触を遮断するのである。

天命を全うせずに自ら命を絶った霊は、

「このような不気味で弧絶したところで、永遠に生きつづけなければならないのか」

とおびえ、苦しみ、救いのない思いに絶えずさいなまれる。

本人の魂の状態を示すそのような壮絶な孤独、荒涼とした世界で、いつ果てるともない償いの時を送らなければならない。

でも、自殺者の救済には、いくつかのケースがあるのだ。自殺する理由によっては、救いが用意されていないわけではない。

その動機が重要なのである。つまり、現世の苦しみ、悲しみに耐えかねて自分の生命を粗末にしたのと、そうではないことで自ら命を絶った者とは扱いが異なるのだ。他人の幸福を願うために、あるいは正当な大義のため（殉教者など）に自死をえらび犠牲をはらった者などには、暗黒世界から脱する期間も短縮される。

人麻呂の場合も、自分の利害だけを考えての行為ではない。自分の罪を償うだけでなく、罪が妻子、親族に及ばぬようにしようとしての行為であるなど、情状酌量の余地がある。

夕暮のような灰色のどんよりしたエリアで、いつ終わるともない状態に悶々としていた人麻呂にも、ついにその時が訪れた。前方にポツンと光るものがあらわれたのだ。

その至純の光明はみるみるうちに大きくなり、あまりのまぶしさに眼を閉じてしまうほどだった。これほどに強く神々しい光を見るのは初めてのことだった。

肉体という物質を持たない死者は、このまぶしい光明に恐れを抱く者もある。でも、生前に魂の修練を多く積んだ人は、そうはならない。人麻呂も恐怖感はなく、むしろ、それは救いの神のようにすら思えた。

不安定で憂鬱な世界に突如、あらわれた光り輝く存在は、見る間に近づいてくる。かれは胸が高まり、晴れ晴れとした気分を覚えた。

紫色と金色の波動をきらめかせながら、光は間もなく人影となった。光の生命体とも呼べるような、霊人（スピリット）の身に着けた白衣が不思議な光芒を放っている。

天使のような風情のあるその人の顔は、うるわしい光彩に彩られていた。

（この人には、どこかで逢ったことがある）

人麻呂がそう感じたのも当然である。

人間は睡眠中に幽体離脱し、霊界へとやって来ることがある。生前中はそのことを思い出すことはないが、この霊界にやって来て初めて、

（ああ、この光景を見たことがある。この霊人にも逢ったことがある）

と気づくのだ。

白く輝く光に満ちた霊人は、すうとそばに寄ってきた。人麻呂も吸い寄せられるように、かれに近づく。

「柿本人麻呂ですね？」

この世界では言葉は使用しない。霊と霊は互いに思念をつたえることで会話をする。テレパシーで明瞭に相手の言っていることが即座に理解できる。言うならば霊の発する「音声」は愛の情そのものなのである。


強度の振動をもったエーテル体となって幽界、霊界に入ると、現世での固有の名前は消え、ただ一個の霊魂、無名の霊人になるだけである。地上時代の個別の名を呼ぶのは、そのほうが分かりやすいからだ。

「わたしはあなたの導き役を仰せつかっておるものです」

と光の霊人はさわやかな声で告げる。

霊界では新しい霊人を助け導くスピリチュアル・ガイド（指導霊）がかならずいる。霊界のことが無知である死者が多く、それらの者はこのガイドによってこの世界のことを詳しく教えられる。

「あなたは地上世界、現世で、自らの命を絶ったが、命を粗末にしたその償いを果たしました。一緒に来てください」

そう言うと、かれはくるりと背を向け、人麻呂の返事も待たず進みだした。人麻呂もこんな陰鬱な世界とは早く決別したいと思っているので、かれに遅れないようについていく。地上を歩いているというより、空中を飛んでいるようだ。

霧が晴れるように暗く冷たいものが消え、いつかあかるい野に出ていた。銀白色に光る大きな建物が見えた。

スピリチュアル・ガイドを名乗る霊人は人麻呂を連れて、その建物の奥の一室に入った。周囲の壁からは気持ちを落ち着かせるやわらかで清らかな光が放射されている。

清新な雰囲気につつまれ心が洗われ、丸裸にされた気分になった。

「この世界（幽界、霊界）に来たからには、あなたには為すべきことがあります」

物々しい言い方でガイドの霊人は告げた。

「なんでしょうか？」

人麻呂は思わず身構える。常世（霊界）のことは何もわからないが、言われるままにやるしかない。

「この世界に順応するには……」

霊人の世界になじむため、霊質を改善をする必要がある、というのである。

まどろむような、半覚醒の状態のまま漂い、人麻呂は一定の間、霊体を改革するための時間を持つ。人間が誕生するとき、母親の母胎で過ごすようなもので、現世のよごれた物質の残滓を振り捨てる洗浄作業がおこなわれるのだ。

そして、間もなくガイドの霊人の声が耳元に聞こえてきた。

「さて、よいでしょう。だいぶきれいになったようですね」

人麻呂の霊魂は新雪のような純白の状態になったのだ。


ガイドの霊人のそばにもう一人、別の霊人が立っている。やはり、光る白衣をまとった威厳のある指導教官のようなタイプである。

「さて、あなたの現世での生涯を見てみましょう」

とかれは言う。

すると、どうであろう。とたんに眼前にフラッシュバックの映像となって、幼いころから鴨山の大川に身を投げる時までの人麻呂の人生が、ことこまかく映しだされた。

父に叱られ、母に慰められた幼いころ、宮廷歌人として活躍したころ、逃亡者となった漂泊の日々。妻子のこと、宮廷でのさまざまな出来事……これまでの生涯で体験したあらゆることが、パノラマふうにくるくると繰りひろげられる。それも3Dの立体映像ように生々しく迫力をもった映像となって……。

あざやかな色彩に彩られた、ひとつ一つの場面が鮮烈に胸を射る。それは幼児時代から味わった苦しみ、悲しみ、喜びの行為を思い起こさせ、ふたたび生々しい実感の伴う体験をさせられる。かれの現世、地上世界での人生記録……かれのおこなった善行、悪行のすべてが、こと細かく鮮明でリアルに、うそ偽りなく、ひとつ残らず白日のもとにさらされる。

この記録はかれの霊魂に刻まれたものでなく、宇宙に存在する、あらゆる人の過去世のすべてを記録する記憶システム、アカシック・レコードに残されたものなのである。

人麻呂の現世での行動のすべてが容赦なく批判され、評価されているのだ。

地上で成した悪によって苦しむばかりか、成さなかった善によっても苦しむのである。特にカルマの生じた行為については、それぞれが鋭く胸をえぐり、慚愧の念にさいなまれ、後悔の涙が滂沱(ほうだ)と流れる。

肉体というバリアーのない霊的実在、霊人には、現世で味わった喜怒哀楽の刃がもろに直撃する。現世でのそれらの感情は、ここでは数十倍にも膨張し、凄まじい威力となって襲いかかる。

2

彼岸、霊界は地上世界の風景にそっくりで、田や畑があり村や街もあり、広場があり道路には並木もある。地面に足を着けると堅い感じまでする。

人間が死者となっても安心感、親しみを感じられるように、地上そっくりに見せている。つまり生から死への移行は、「環境条件」が変わるということなのである。

ただ霊界の環境は地上よりもずっと精妙で、振動速度の速い波長で成り立ち、真善美が表現されているともいえる。

さらに、この異次元世界が現世の地上と大きく異なるのは、朝、昼はなく、黄昏はあるものの夜はない。

「この霊界はね、時間ばかりか空間もない世界なのですよ」

とガイドの霊人。

「……」

「つまり、永遠に変化のない、いつも同じ時である、ということです」

宇宙のビッグバン以前の世界がそうであるように、この霊・幽界も時間、空間の概念が消滅した、人智を超えた至聖の光の世界である。現世の地上にあるような物質ではなく、成分が真珠層のような霊質によってできあがっている〈霊化された物質〉なのである。

自ら光輝を発する山、川、森、湖、海などがある。木立も一本一本、形、葉、花のそれぞれが輝きをもって精密に作られている。川は安らぎの香りを含んで流れ、川底まですっきりと透明に見え、そのなかに入っても濡れることはない。

もともとこちらが実在の世界であり、現世の地上の世界はこちらの世界の影のようなものなのである。

昆虫、小鳥も棲息し、動物（霊獣）たちはペットのように従順、弱肉強食の生態は見られない。人間もここに来ると、動物的本能は消えうせてしまう。

季節もなく歳月もなく、暑さも寒さもなくほどよい気候で、山野にはいつも香気を発する花々が霊的美の結晶のように咲き乱れ、そこにある木々、草花は内側に光源をもつように神秘的な光を放っている。

地上にはないめずらしい種類、色彩の花があり、水をやらないでも育ち、満開になると消え失せ、その廃物は少しも残らない。ここには人間の五感に感応しない色彩も音も存在するのだ。

「このように信じられないほどの美しさは、肉体に閉じ込められた霊的状況にある地上の人間にとっては、とても想像すらできないことなのです」

陶然となっている人麻呂に、ガイドの霊人は言う。

曇ったり雨がふったりしない空は、地上では想像もつかないようなさまざまな美麗な色彩に変化する。

（地上世界にあるような太陽がないのに、この心地よい明るさときたら……）

永遠の太陽とも呼べる神秘的な宇宙光がどこからともなく放射され、それは自然に湧きあがってくる感じで、まわりには影ひとつなく、重量感もないすべてが軽やかな世界だ。

光には時に黄金、白銀色のものが入りまじり、それが霊界全体にゆきわたり美しいものにしている。

人麻呂はガイドの霊人によって、霊界のいくつかのエリアに案内された。かれがこれから暮らすのに適切なコミュニティーを探してくれるのだ。

「ものすごく沢山ありますからね。あなたにとって最も適切なところを選びだすのは、容易なことではないのです」

とガイドの霊人。

そうは言ったものの、なんとか人麻呂と波動性を同じくするコミュニティーを見つけ出してくれた。

「この世界では、現世の親兄弟などの血のつながり、夫婦などの特別なつながり、それらの関係は一切無になり、ほとんどの人がバラバラになります」

とガイドの霊人が言う。

しかし、当初は地上時代の性格も習性、特徴もそのまま、利己的な人は利己的、貪欲な人は貪欲、無知な人は無知の状態のままである。そして、それは霊的覚醒がもたらされるまでつづくのだ。

霊はある意味では光のようなもので、重さや形もなく時もなければ場所も必要としないのだが、霊界の下層では地上世界に似せることがなにかと都合がよいので、そのようにすることが多いのである。

地上世界では心的、精神的レベルの異なる人間が同じ社会に混在するが、この霊界では霊質、霊格を等しくする霊人同士が、類魂（グループソウル）と称される同一のエリア、コミュニティーに集う。

類魂は同じ霊系につらなる親和性の強い霊人たち、アフィニティと呼ぶこともある。霊体には肉体にある肌の色の違いもなく、情緒、嗜好にいたるまで類似し、一心同体のような存在である。

「ここには最近、移入した人もおれば、大昔にやって来た人もおります。現世では、それぞれが異なった民族、人種で、従事していた仕事もさまざまなのです」

とガイドの霊人。

この類魂、霊的家族は不思議なシステムを採っている。ひとり一人の霊人は、一つの中心霊の構成分子であり、分霊のような存在でもある。共通する内容の部分で、分霊同士が融合する場合もある。

人麻呂が地上人生で得られた霊的メリットを、ここに持ち帰ることによって、類魂全体の進化に寄与することにもなるのだ。

が、当人が背負っているカルマは、それぞれ固有のもので、それは清算されるまで、当人自身にいつまでもついてまわる。

この異次元世界は幾層にも別れているが、地上の境界線のように明瞭に区切られているわけではない。このアストラル界を見ると、各層は重なり合い、宇宙全体が融合しているような印象である。

霊人は本能的に向上精神をもっているが、下のエリアにいる振動数の低い霊人が、上のエリアに入ろうとすると、苦痛を覚え場合によっては跳ね返されたりもする。

霊人は進化するとその霊格に応じて光輝の差が生じ、さらに高い境涯へと移入することになるが、そのつど霊魂の死を迎えなければならない。蝉がカラから脱けでるように、さらに精妙な波動性をもつ高級霊へと再生するのである。

人間の魂、霊魂はこの霊界と現世とを生まれ変わり死に変わりして、しだいに浄化、進化向上し、霊界の上層へと昇華し、形体をもたない至上霊のいる超越界へと昇りつめていくのだ。

人麻呂が特に驚かされたのは、幽界、霊界が思念、想念の世界である、ということだ。思念、意識を集中させるだけで、自分の欲しいものが現実化する。こういう住まい、庭が欲しい、と思い、思念すれば眼前にすぐにあらわれる。

言葉や手足を使う必要などまったくない。言葉では言い尽くせないこの世界では、なんでも思念、想念一つで自由に入手することができる。心にまず絵を描いて、それからそれが「そこにある」と確信すると、たちまち現実のものとなる。

もし、どうしても上手にできないようであれば、それを創るスペシャリストがいるので支援を頼めばよい。

そして、

「飽きたし、もうこれはいらない」

と思えば、水が蒸発するように消えてしまう。

（まるで魔法を使うようだ！）

仏教の経典、法華経や浄土三部経なども、この霊界の光景についてこう述べている。

「大地は瑠璃からできており、宝の木で飾られ、黄金を縄にして道を造り、多くの町や村、地上と同じ自然があり、人間の衣食住は自由に手に入り、常に良い香りが漂い、汚物などはなく、曼荼羅の花が地面に敷き詰められている……」

などと書かれていて、かなりスピリチュアリズムに近いものになっている。

霊界では下層ほど物質性に富み、地上世界に類似し、上層へ行くほどそれは薄れ、崇高さ、神々しさを増し光の状態になっていく。でも、その最高層にある超越界に到達できる人間の霊は稀である。

肉体のないこの世界では、常に無尽蔵に供給される霊的エネルギーによって維持されているので、食事をする必要もなく、どれだけ動いても疲労することはない。従って、睡眠もいらない。また貨幣というものがないので、それを稼ぐ必要もなく、そのために現世のようにあくせく働かなくてもよい。

(生活の費用を稼ぐ必要がないとは、これほど楽なことはない)

つまり、霊界では経済、社会、宗教、人種に関する問題などいっさいないのである。

ただし護らなければならない礼儀はある。背後に立つことは非礼になる。その行為が本人にそそぐ霊流を阻害し、苦痛を与えることになるからだ。

3

類魂のエリアに移入すると、人麻呂はしばらくのあいだ仮眠状態に入る。

生まれたばかりの赤子は、おっぱいを吸う以外の時間は、ひたすら眠っている。そのあいだ身体の内部では、物質界に適応できるよう準備が進行する。それと同様なのである。

肉体を捨てた霊魂が、この霊的環境になれるための準備を整えるのに、一定の霊的な睡眠状態が必要なのだ。

やがて、人麻呂は覚醒する。あきらかに何か異なる感じである。自分の霊体が精妙化し、すべての細胞が意識の中心になる。肉体的な器官、機能という感覚が消失し、外形に対する意識も希薄になっている。

現世から霊界に入ると、最初、現世で感じた欲望、慣習などから抜けだせないが、霊人としての日々を過ごしていくと、しだいに現世に対する関心、興味は薄れていく。

いまの人麻呂にはまだ現世での出来事は記憶にあり、それに対する関心も薄れてはいない。それに死の壁をへだててもなお忘れ得ぬ、というより良心が拘泥する人々がある。

「あなたがいま逢いたいと思っている人は、だれですか？」

とガイドの霊人。

「ただし、現世にいる人を訪ねるのは、まだ無理ですよ」

人麻呂のいまのレベルでは、刺激に満ちた現世の人間たちに接すると混乱し、下手をすると未練に負けて幽界の最下層でうごめく邪霊たちと同じになってしまう。

「いずれその時は訪れますが、いまはあそこには行かないほうがあなたのためです」

先に死んでこの世界に入っている者には、相手が拒絶しない限り逢うことはできる。人麻呂としては、やはり、現世でカルマの負債が生じた人たちに逢いたい、と考えるのが自然である。

「それならば、亡くなった妻、依羅に……」

「よろしいでしょう」

とガイドの霊人は引き受け、後日、本人が同意したという返事をもってきた。そして、かれを彼女の住むエリアに案内してくれることになった。

かれは本能的に歩きだそうとするが、手足の機能が働かずまるで動くことができない。

この霊界では歩くことは必要ではないのだ。行きたい場所のイメージを強く描き、それに集中して波動をあわせさえすれば、ただちに行ける。

時間、空間のない世界では、周波のきわめて緻密な静寂の霊流の力によって、瞬間的にそのエリアに到着する。またこの世界にゆきわたる霊流は、現世の人間の肉体に住む霊にも届いているのである。

ただ、霊界の生活が新しい霊人は、まだ思念の力が弱く、移動のコツがわからないので、架空の乗り物をかってに作りだし、それに乗って、わざわざ時間をかけて移動したりする。

霊人は本来、球形のアストラル体になっているのが自然で、そのほうが楽で便利である。新霊人などは紫色がかったマリ状のようなもので、上層のエリアにゆくほど白く、さらに進むと浄化され神秘的な光状になっていく。

霊界にあっては、国、民族、人種とかの概念はなく、それはなんらの意味、価値を持たない。霊界の下層のほうでは、それに固執して暮らす霊人たちもいるにはいるが、自己満足に過ぎないのである。

人麻呂は衣羅が住むというエリアを訪れたとき、芳しくさわやかな霊流を身体に感じた。この界層の波動も、自分のいる所とはそう違わないようだ。

絶えず振動状態にある霊人にとっては、人間の姿形、男女の差もなんの意味ももたないのだが、最初のうちはどうしても現世の名残りがなかなか抜けず、その時と同じ姿になっていないと気がやすまらない。

そこで霊人たちは念体（ソートボディ）をもって自分をつつみ、人の姿を作る者が多い。依羅もやはり女人の姿になっていた。

このエリアには、ここの霊人たちが作りだす独特の街があり、簡素な家々が並んでいる。でも、それらの風景はここを訪れる霊人によっては見ることができる者と、そうでない者とに分かれる。魂のレベルによってそうなるのである。

彼女の住まいも生前と同じ造りのもので、違うのは家のなかにしぼむことのない色とりどりの花が飾られていることだった。思念すれば、いくらでもさまざまな花を手に入れることができるので、こうした気持ちにもなるのだ。

「現世にいたときより、若く美しくなっている！」

最初、衣羅を見たとき、そう思った。彼女は自分の霊格をあらわす青い霧状の衣をまとっていた。

地上生活では足を引きずっていたのに、いまはスムーズに歩いている。現世で障害のあった身体も霊界に移入すると、すべて完全な健康体になる。それに姿をいくらでも変えることができるが、老いた者はさらに老いるのを案ずることはなく、青年のように若返り、幼少の者は年を加え成熟していくのだ。

人麻呂と衣羅は口で言葉を交わすことはない。この世界では相手が遠くにいようが近くにいようが、思念対思念で交流する。ただし高い界層から低い界層に思念を送ることは可能だが、その反対はできない。

「依羅、人麻呂だよ。そなたに逢えてうれしい」

依羅は人麻呂を見て、おやっといった顔をしたものの、なにかぼんやりしている。若者の姿になっている人麻呂を見て、すぐには気づかないのだ。

かれは衣羅の霊体と重なりあうように、彼女の中に入りこみ、もう一度、強く思念を送りつける。

「わからないのか、われだ、人麻呂だ」

「あ、あなた。……人麻呂さん」

と今度は依羅も気づき柔和な顔になる。彼女の身体から発する清らかなオーラが親愛の情を示す。

「わたくしは、そなたに謝らなければならない。そなたをずいぶんと辛い目に遭わせてしまった。許してくれ」

人麻呂は現世での自分の行為……愛人をつくり、病気の依羅を見捨てたことを思いだし、涙を抑えきれなくなった。この依羅には、何百回も謝罪しなければならないのだ。

でも、人麻呂のそんな気持ちに反し、依羅は、

「え、なんのこと」

と微笑をたたえる。

霊界に来ると現世で不幸な目に遭った人は、その辛く苦しかったことを忘れる。

もし、この世界で、いま一度、依羅と夫婦になって、やり直そうと考えても、霊格、霊質に違いがあれば、そうはいかない。

現世でのつながりは、ここではすべて消滅し、もとの感情、地上での愛情がよみがえることはない。

肉体的本能から生じている地上の男女の愛とは異なり、肉体をもたない霊人は性欲もなく、夫婦という濃厚な特別な関係は成り立たない。

それどころか、現世で仲の良い夫婦といわれたが、ほんとは憎しみあっていた仮面夫婦なんかの場合、この霊界では、肉体の重しがとれて霊的本性がむきだしになり、激しく反発、憎みあうことが表面化する。

結局、人麻呂は依羅とは話もはずまず、再会は中途半端な形で終わることになってしまったが、それでも、最後は互いに笑顔で祝福しあった。

人麻呂がガイドの霊人に、つぎに案内を頼んだのは大津皇子を訪問することだった。

大津は無実の罪で刑死させられた悲劇の人であるが、人麻呂はそれを救うべく行動を起こさず、カルマを背負うことになった。

大津の好む下層界は、どんよりした暗く霊的大気が占めているところだった。この暗闇はここに住む霊人たちの魂の状態を反映したもので、それが樹木を枯らし、流れる水をよどませ、大気は汚れた悪臭を放つのである。

霊界には宗教で説く「地獄」と呼ぶ特定の場所などない。だいいち火炎地獄や針地獄など、肉体を持たない霊の世界ではなんの効力もない。あるのはそれぞれの霊性にみあった者同士が、居つく場所があるだけなのだ。

暴力好きな者は暴力をふるう者たちと、嘆き悲しむことが好きな者は歎き悲しみあう者たちと、性欲を好む者はそのような者たちと一緒になり、その嗜好を満足させようとする世界をこしらえるのだ。

つまり「地獄」という状態は自分自身の内部にあるもので、無秩序な心がそれを創造するのである。

人麻呂は呼吸が苦しくなるのをがまんしながら、そろそろと歩みを進める。

「このエリアに集まっている霊人たちは、現世にいたころ、怨み、妬みの感情を強くもち、そのままここに来てしまいました。その呪縛が解け浄化されるまで、こんな有様でいつづけることになります」

とガイドの霊人。

ここでは肉体がないだけに怨念の情はよりストレートにあらわれるのだ。

人麻呂も息苦しさに耐え切れず、

「もう我慢できません」

とそれ以上、進むことができなくなった。

「わかりました。あなたの霊のレベルが向上してから、また訪れることにしましょう」

とガイドの霊人は言い、こうつづけた。

「どんな霊人にも、かならず向上心、至善の意志が潜んでおります。現世で、どんな人間の心にも仏性(如来蔵)があると言うでしょう。あれは霊魂にそなわっているものを指しているのです。ですから、こんな所にいる大津皇子もかならずいつかは自覚し、霊的人格の向上を目指すときがやって来るはずなのです」

結局、大津との再会は不首尾に終わる結果になったのだった。

4

永遠の生を送るこの霊界では、どんな霊人にもかならず向上心があり、さらに高次のエリアを目指そうとする。進化、浄化をしようとする意欲、情熱が霊魂に備わるのは、大宇宙、大自然の不変不滅の聖なる摂理（宇宙的真理）にもとづくものである。

この根源的な生命の「天の理法」を全宇宙の大霊、神（至誠至高）の叡智などと呼んでも良い。

自然法則というスタイルのこの崇高な摂理は、無窮の過去から常に存在しているのである。

その進歩は各自の思いのままではあるが、人麻呂はさらに霊格、霊質のランクアップを目指し、そのための修身に励もうと決意した。

肉体がないので現世のような苦行、鍛練をおこなうことができず、ここでは精神統一、瞑想の方法で修行をするのが一般的である。その場所としては、海辺、森、洞窟など、どれを選んでもよい。

これは仏陀が最初の説法で説いた修身のやり方、八正道に似ているのかもしれない。聖者の道であるそれは、正見、正精進、正念、正業……八種の徳目をマスターすることを目的とする。

この霊界では祈りのもつ力は強烈であり、その祈祷力を身につけるためにも瞑想の修行は必要なのだ。

けれど、人麻呂は現世で精神統一、瞑想の行などは体験したことがない。すぐに集中力が途切れて精神が散漫になり、霊身の波長が乱れてしまう、これにはつくづく参った。

（現世にいたとき、仙人である役小角から秘儀を伝授してもらっておけばよかった）

いまさら後悔しても遅いのである。

時間、空間のない幽界、霊界では、ずいぶんと歳月が経ったという感覚はない。常に今である。

それでも霊界人としての人生の区切りはある。

愛はすなわち光を意味し、光の神性を讃仰し祝福する霊界人は、さまざまな愛の奉仕活動に携わり、けっこう忙しくしている。また時には霊界特有の儀式のような催しに参加したりする。

人麻呂もあるとき、ガイドの霊人に案内されて不思議な儀式を見ることになった。

そこは煌々と輝く丘陵で、その中腹に揺りかごが置かれ、なかには幼子が入っていた。そのまわりを大勢の真っ白な衣に身をつつんだ霊人たちがおり、かれらは幼子を崇拝するように礼拝をしていた。

やがて、幼子が両手を天に向かって差し伸べると、光と虹におおわれ周囲は芳香に満たされ、同時に黄金色の球体がしずしずと降りてきた。幼子がそれをしっかり抱くと、球体は自ら輝き、四方に強い光線を放射し始めた。

幼子は球体をもって立ち上がり、それを両手から離すと、その光の玉はしだいに大きくなり、きらめきつつゆっくりと上空へ上昇してゆく。

それを見送る白衣の霊人たちは、このとき一斉に歓喜の声を放った。まるでなにかの「顕現」を期待しているかのように……。

「この行事はなんのためのものですか？」

人麻呂がガイドの霊人に尋ねると、

「そのうちにあなたにも分かるときがまいります」

とだけかれは言い、あとは何も説明しようとはしないのだった。

霊格が向上しないと理解できないことも、ここにはある。それにこの世界はシンボリズム（象徴主義）を重んじ、それを多く活用しているようなのだ。

またこんな場面も目撃した。

高い界層から訪れた客の一行を送別するときのことである。白く輝く長服に身をかため、腰には黄金色の帯、額には黄金の環帯をつけた来客たちが、赤、青、緑の色を発しさざ波の立つ湖に浮かんでいる舟に乗りこむと、その上空で実に美しい光景が展開しだした。

さまざまな色彩のバイブレーションの糸が放たれ、それは自動的に網状のものをこしらえ、その結び目は宝石のように輝く。

網状の形態ができあがると、それは舟にいる来客たちの頭上にしずしずと舞い降りてきた。かれらをつつみこみ、さらに突き抜け、ついにそれは水面にまで達した。

やがて、網状の神秘のジュータンは舟もろともにゆるやかに浮きあがり、天高く浮上していく。見送る霊人たちは手を振り、歌声をあげて別れを告げ、ジュータンの上に乗った舟はしだいに地平線の彼方へと消えていった。

このような持てなしをするのは、来訪者に対して愛を示す一つの慣習なのだという。

地上でどれほど長い時間が経っても、この世界では常に現在である。

人麻呂はこの世界で有用の役割を果たした後、さらに上級のエリアへと進むか、それとも霊的成長を求めて現世に転生するか、そのうちのいずれかの方向を選択しなければならないときを迎えた。

現世への転生は霊界のルールで決定されることもあれば、本人の意志が尊重されることもある。どの時期、どの民族、どの国に転生するかは、本人の過去生のキャリア、与えられている使命、霊格、霊質を総合的に勘案し決定される。

その相談のために指導担当の、固有の名前を持たない上層界のスピリット、高級霊（マスター）が訪れた。通常の霊とは異なり、最高の叡智を示す紺青色の光明につつまれた姿である。

このような高級霊は、大自然、大宇宙の聖なる摂理、大霊、至高精神の神意の行使者なのだ。精妙化が進んでいる上層の世界ではもともと定まった姿、形の概念を保有せず、至高の思念に光輝が伴っているという存在なのである。

この霊界では霊人たちそれぞれに有用な役割が与えられている。教育に携わる者、低層にいる者を導く者、地上世界にいる人間につきそい守護する者、死んだ人を目覚めさす者などさまざまである。

かれは高級霊に善霊と悪霊が受肉してつくる地上の物質世界、現世の地上人生にもどる道を勧められた。

「え、またあの世界にですか？」

人麻呂はがっかりした。苦悩、労苦、悲哀といったものがまったくない、天の理法の「愛」によって秩序正しく運営され、喜びの光があふれるこの霊界。

これに対し次元が低く、振動数の低下する地上世界。そこは暗く陰気で不気味な様相を呈し、腐敗と堕落に満ち、霊の光が届かずどんよりとしており、霊人たちには嫌われ、もう戻りたいと思う場所ではないのである。

「そうです。あなたには地上人生でしか返せない借財（カルマ）があるはずです。それにあなたは歌の道を究めるのに、まだやらねばならぬこともあるはず。そのためにあなたはふたたびあの世界に、成就すべき霊的使命を背負って地上に誕生しなければなりません」

人麻呂は思う。

（そうなのだ、自分はまだ人の魂を浄化し、幸をもたらすような歌を詠んではいない。歌の道を究めるには、まだまだ長い道のりをあるかなければならないのだ）

人麻呂は歌人としての自覚を胸にきざむ。

霊魂が肉体という外衣を身にまとうのは、困難、挫折、障害、逆境、善悪などのさまざまな体験をするためで、魂の進化は安楽の経験だけからは得ることができないのだ。

「ならば、わたくしの場合、つぎはどの国、どの民族に転生することになるのでしょうか？」

「そうですね。あなたの場合は、やはり同じ民族になったほうが、歌人としての使命を果たせるように思えますね。でも、もしあなたがご希望する民族、国があれば、そこに生まれるように取りはからいますけど」

「いいえ。ぜひまた大和民族に生まれさせてください」

「わかりました。しかし、この霊界で過ごす歳月に較べれば、地上世界でのそれはあまりにも短かく、ほんのいっときの間ですから、そのことはよく承知しておいてください」

と高級霊は微笑みながら言った。


人麻呂は旅立つことになった。かれは所属する類魂のコミュニティーを去らなければならない。かれの霊質のなかで、充分成長、浄化を遂げている部分は、類魂全体に吸収され、現世でまだ磨かなければならない霊質だけが、新たな霊魂（パーソナリティー）となって現世で別の名前をもつ人間として誕生することになる。

そして、前世の記憶は肉体の脳には宿ることはないが、霊魂にはしっかりと記憶され、その前世の体験が現世の生活にさまざまに影響を与えるのである。

霊人たちのほとんどは、生気のない現世にもどることを嫌がる。思念すればなんでも手に入れることができる安楽なこの世界にくらべ、あの狭くて不自由な肉体をもって、地上生活のあらゆる盛衰変化を体験しなければならない世界は、霊人にとってはまさに地獄なのだ。

けれど、輪廻転生は大宇宙、大自然の聖なる摂理（天の理）の定めたこと。霊人たちにとっても有益なルールのはずであった。

　高級霊はかれにこう説く。

「あなたは霊的に成長するために、あの不毛の世界で苦難と闘争、さまざまな深遠な試練を通して教訓を得なければなりません。体験は偉大な教師であり、それを恐れてはなりません。敢然と立ち向かうのです。人間は困難な人生を生き抜くことで、真の自我(霊魂)に神性が加わるのです」

「歌人としての使命を帯びていくあなたは、目標とする方向、地点は定まっていても、そこに行くのにどの道を通るかは、まだ定まってはおらないのですよ」

　その言葉を聞いて、人麻呂は尋ねる。

「ですが、人間には運命というものがあるのではありませんか？」

「死ぬこと以外に、天の理法が定める運命というものはありません。運命というのは、償いとか使命とかを果たすために自分で選んだ人生の結果で生じるものであり、本来、それには従わなければならないものですが、でも、そこにも自由があり、従うかそうでないかは本人次第なのです」

　高級霊はそう答え、最後に、

「ですから、あなたが自身で決断した運命に挑む、その意識を持ちつづけることに重要な意味があるのです。そのことをしっかり承知しておいてください」

　現世の人間には自己責任による体験を積むことが、なによりも大切にされているというのだ。

（来世は前世での償いを果たし、人間の琴線に触れる、魂を突き動かすような歌が詠める歌人に

なろう）

人麻呂は自分自身に誓うのだった。

かれはさらに告げた。

「それから、あなたを独りだけ現世に行かせるのではありませんよ。あなたと苦楽浮沈を共にする数人の霊人たちが、常にあなたのそばについていておりますからね」

その霊人は守護霊（ガーディアン）と呼ばれる背後霊、指導霊たちである。どんな人にでも数人の霊人がついている。肉体をもつ本人は、その煩悩に妨げられ、その存在を意識することは少ないが、それらの霊人は常に本人の背後にあって霊魂の進化、浄化を促進するために手助けをしてくれるのである。

守護霊は人間の人生の機会あるごとに、本人の霊魂にアドバイスを送ろうとする。霊魂はそれを肉体の精神に伝えようとする。それがスムーズにいかないのは、霊と肉の葛藤があり、その交通がうまくいっていないことが多いからだ。

守護霊は人麻呂と同じ霊系、深い霊的親和性で結ばれている類魂のなかから選ばれることが多い。

「あなたに引きあわせておきたい人があります」

高級霊が、そう言うやいなや、光る薄い衣をまとった女人の霊人が、すうと人麻呂の眼前に姿をあらわした。それは瞬時のことで、あたかも大気中から脱けだしたような印象だった。

高級霊は人麻呂に紹介する。

「この人は、コノハナサクヤヒメ。あなたが現世にもどるとき、背後霊の一人となる者です。あなたに与えられている使命、歌の道を導いてくれるはずです」

人麻呂は思い出した。

（ああ、この人は……）

現世にいたとき、妻の森女と娘の三人で吉野山に花見に行ったことがある。そのときこの人は桜の精となってあらわれた。

女神のような姿のコノハナサクヤヒメは、

「あなたは歌の道を究めるという、地上で成就すべき使命をもって転生します。でも、その使命が魂に刻みこまれていても、肉身のわがままのせいで、その本来の人生を自覚するには、通常、かなりの時間を要します。しかも、人間の肉体には、その使用期間に限りというものがあります。わたくしはあなたが使命を早く自覚できるよう、お手伝いをしたいと思います」

と彼女は言う。


「さて、それでは現世の女の胎内に入ってもらうことにしましょうか。あなたは武家の夫妻の愛欲和合によって誕生することになります」

と高級霊は告げ、

「いま一度、確認しておきます。この転生は強制されておこなったものではなく、あなたが地上で自分の使命を全うするために、あなた自身の意志で決めたことなのですからね」

とあらためて念を押した。

そう言われて、人麻呂は急に不安になった。またあの狭くるしく不自由な肉体の牢獄に入り、新たな人間となって、その人生をやり直さなければならない。肉体をまとうことで霊的感覚が鈍重になり、霊界での記憶は不鮮明になるのだ。

でも、肉体をもつことで味わう苦しみ悲しみ喜びは、霊人の世界では体験できないことで、それゆえ現世の生存はやはり必要なのである。

人間の霊魂はさすらう旅人でもあり、新たな名、新たな国、新たな時代にいくたびも輪廻転生をする。人間は霊界で授かった霊的遺産を携えて、物的生活に入っていくのである。

男になったり女になったりし、生死無常の地上生活を送るが、でも、そこでどれほど苦しい生涯を送ったとしても、最後は肉体の死によって救済されることになる。その意味で肉体を持つことは救いでもある。

人麻呂は瞑目、沈思黙考し、それからふうーとひとつ大きく息を吐く。男女が情を交歓する姿が幻影のようにあらわれ、それに惹かれたかれはその歓びに憑入していく。

再生をするために、母親となる母胎の入り口へ向かっていくのである。男子としての誕生、また生まれようとする国、民族が定まった瞬間であった。

西行法師　現世・転生の章

1

人間の子に生まれようとする霊人は、両親を選択する自由があるが、西行は父に検非違使だった佐藤康清、母は源清経の娘を選んだ。鎮守府将軍の藤原秀郷（俵藤太）の九代目にあたり、名門の出である。

柿本人麻呂が亡くなってから四百十年目、一一一八年（元永元年）に誕生した。出家するまえの名は佐藤義清（のりきよ）である。

生まれ変わりの研究では、アメリカのバージニア大学の研究センターが有名である。そこでは二千に近い事例を世界各国から収集し研究している。

その事例によると、過去生の人間と同じ傷痕、アザ（母斑）などの肉体的特徴、嗜好、性癖、才能をもって生まれてくることが多い。

また学んだことのない言葉を話したり、顔の表情や歩き方が前身の人間と似ている。

西行も人麻呂の生まれ変わりの証として、前身の個性を肉体にさまざまな形で刻印されていた。ひとつには左頬にある桜花の模様の赤いアザ、ポートワインステインである。顔かたちもよく似ており、特に眼は魂の鏡ともいえるので、その眼には特徴が顕著に出る。

かれは柿本人麻呂と同様に、幼くして両親をうしなった。

特に幼いころに死に別れた母親の記憶は、西行（義清）の胸の奥に明けの明星のように、いつも温かく優しい光を放っている。

かれにはその慈愛にみちた星の光に見守られながら生きているような気がしていた。

母は不幸な人であった。病弱な身を懸命にムチ打って、母親としての務めを果たそうとした。父はそんな母を妻としてでなく、まるで家僕のようにあつかった。外に多くの女をこしらえ、母には機嫌のよい顔を見せようともしなかった。

（また母上は泣いておられる）

と西行は、父に邪険にされて悲しんでいる母の姿を眼にしては、幼い心を痛めた。

でも、そんな不遇な目に遭いながらも、母は常に西行には深い愛情をそそぎ、

「義清さん、あなたは男の子なのですから、外で遊びなさい。そうすれば、身体も心も強くなります。大きくなって、どんな荒波が来ても負けないようになりませんとね」

そのころの母の言葉は、かれのエネルギー源のようなものだった。

風邪をひいたときなど弱い自分の身もかえりみず、一晩中、枕元で看病をしてくれた。

母のことを心配すると、

「わたくしのことなど案ずることはありません。義清さん、あなたがわたくしの命なのですから」

と言い、口元をゆるめた。

母は西行の左頬にある赤いアザを白い指で触れながら、

「ほら、こんなところに特別なシルシ。あなたはきっとこの世に何かしら大きな使命を持って生まれてきたのでしょうね。それは何かしら」

と真剣な顔をして言った。

母が亡くなったのは、かれが六歳のときである。死ぬということがすぐには理解できず、家のなか、庭にあらわれる母の幻を見て、それが実体のある母であるかのように思えた。

西行が言葉をかけると、母もきちんと答えてくれるのである。そんな母を、どうして幻などと言えるであろうか。


死の意味をようやく悟ることができたころ、かれを可愛がってくれた老僕が、

「義清さま、母上さまがお亡くなりになったことを悲しむことはありませんよ。母上さまは、ほら、お庭の桜の樹となって生きていらっしゃいますよ」

そう慰めてくれた。

事実、母は桜のことが異常なほど好きであった。

「桜はね、特別な樹木で、死んだ人の魂が宿る樹なのですよ。それだから、ぱっと咲き、ぱっと散ってしまう。そのはかなさが人間によく似ているのです」

とつぶやいたこともあった。

その老僕は、母から、

「わたくしが死んだらお骨を、あの桜の樹の下に埋めてください。そうすれば、義清が桜の樹を見るたびに、わたくしのことを思いだしてくれるでしょうから」

と頼まれていたのである。

老僕は父には内緒で、母の髪と骨の一部を庭の桜の樹の下に埋めた。

「ですから、これからは桜を母上と想えばよろしいのです」

老僕のその話は、幼い西行をどれほど勇気づけてくれたかわからない。

生死を一年でくりかえす桜は、輪廻の象徴だ。散る花ビラのひとつひとつが死者の魂でもある。

(ああ、母上は桜の精になられたのか。桜の花がひらくのは、母上が微笑んでくれている証なのか)

春風の　花を散らすと　見る夢は
さめても胸の　さわぐなりけり

あくがるる　心はさても　山桜

散りなむのちや　身にかへるべき

父は西行が十一歳のとき亡くなった。でも、かれはその死になんの哀しみも覚えることはなかった。

(母をあれほど苦しめた父、あのような男は死んで地獄におちるに違いない)

とさえ思った。

たらちをの　行く方を　我も知らぬかな
同じ炎に　むせぶらめども

西行が母とも想う女性に巡りあったのは、主家である徳大寺家に出入りしていたからであった。そこで逢ったのが、藤原璋子(ふじわらのしょうこ)。彼女は七歳のとき父に死なれ、白河上皇の養女になっていた。西行とは十六歳違いである。

璋子は時々、実家に帰ることがある。そのつどかれは母につれられて徳大寺家に顔を出した。彼女は歳もそう違わない母の訪問を喜び、西行をずいぶんと可愛がってくれた。

かれの母が亡くなったとき頬を濡らし、

「おお、義清、かなしいでしょうね。そなたが哀れでなりません」

と璋子は強く抱きしめてくれた。

「わたくしはそなたの母とは最も親しい友であった。これからはわたくしのことを母と想ってください」

と言い、かれが彼女を、

「璋子さま」

と呼んだりすると、

「璋子ではなく、母上と呼びなさい」

と怖い顔をした。

性格は運命なり、という古代ギリシャの劇作家、アエスキュロスの言葉のように、人の行動は過去生の性格に依るところが多い。西行は亡き母を思慕する気持ちを、そのまま璋子に対して向けるようになった。

「璋子母上」

と呼ぶようになり、いつか実の母に対するものと変わらない心境で接することができるようになった。

「義清は、こんなところに可愛らしいものが……」

とかれの左頬にある赤いアザを白い指で触れ、

「これはいったい、なにかしら。きっと、母上が愛する息子、そなたに残しておいてくれた形見なのでしょうね」

　そうつぶやいた。

　そして、璋子は、やがて、鳥羽天皇の妃となり、待賢門院（たいけんもんいん）と称するようになった。


　柿本人麻呂より二歳はやく、西行は十九歳のとき朝廷に勤務した。

　上皇、天皇に近侍し、行幸の供奉、御所の警護などが仕事で、北面（ほくめん）の武士と呼ばれた。上流の出身で、かつ才能にも恵まれた若者だけが採用される官職だった。

　かれが母と呼ぶ待賢門院（藤原璋子）の徳大寺家からの後押しがあったことも大きかった。当主、徳大寺実能（さねよし）は朝廷のトップ、左大臣にまで昇りつめていた。

　西行の同僚に平家の棟梁の嫡男、平清盛がいた。

　乗馬、弓、剣などの武術に優れる男で、西行もその方面ではかれに勝るとも劣らない技能の持ち主。しかも、同い年であることからたちまち意気投合し、親友になった。

　西行は酒が苦手で、むりをして飲むと呼吸困難、ゼンソク症状になる。これに対し、清盛は酒好きを通りこして、もう全身に浴びるように飲む。

　西行はどちらかというと孤独を好むほうだが、清盛はいつもまわりに数人の人間をおいて、にぎやかにしていないとおもしろくない、というほうだ。

　身体つきをみても、西行は色白、細身なのに、清盛は浅黒く、がっちりタイプ。西行は繊細、深慮型、清盛は豪放、即断型である。

身体も性格もこうも違うのに、幼いころに同じように母親を亡くしていることもあってか、清盛はうるさいほど西行に寄ってくる。仲間は大勢いるけれど、心から打ちとけて話ができるのは西行だけ、とかれが思っているからなのだった。

しょっちゅうケンカをしているくせに仲がよい、まるで血をわけた兄弟のようだ、というのが同僚たちの評判だった。

柿本人麻呂と藤原不比等のときは、最初は親友の仲だったが、やがて敵対関係になった。西行と清盛は、そのような関係とはやや異なるようだ。

あの世、霊界には同じ霊格、霊質の霊人たちがつどう類魂（グループソウル）のエリアがある。この類魂から一つの霊魂が、同時に現世に分霊として出現することがある。双子の魂、ツインソウルである。

現世での目的を同じくし、時に光と影のように対立することもあるが、互いに通じあうものがある。同年に誕生した義清（のりきよ）と清盛は、二人の霊性からみて、このツインソウルであるのかもしれない。

このころ武家といえば源氏と平家。二つの氏族は常に競いあい、しのぎをけずっている。

「わしは源氏が嫌いだ。義清、そなたも、源氏の奴らなんか相手にするな」

とあるとき、清盛はそう西行にクギを刺したことがあった。

むろん、西行はそんなことに耳を貸すつもりはない。

「わしか。わしはな、そういうことに関しては単純なのだ。強いほうが好きだ。いまは平家より源氏のほうに勢いがあるな」

その言葉に、清盛は顔をまっかにし、身体をふるわせ、

「なにを言うかッ。源氏のどこに勢いがあるというのだ。いまにみておれ、源氏など滅ぼしてやるわい」

つかみかかってくる清盛の手を、西行はすばやい動作ではらいのける。こんな掛け合いはいつものことなのだった。

清盛とは性格がまるで反対であるものの、西行はどことなく自分の霊的本性と通じあうものを認めていたのだった。


北面の武士という身分は高くはないが、西行は武術に優れ、蹴鞠もAクラス、さらに歌詠み人としてもすこぶる評価が高かった。

柿本人麻呂の天賦の才能をそのまま引き継いで再生しているうえに、万葉集など古今の歌集をむさぼるように読み、技術を会得した。

鳥羽天皇からも、

「佐藤義清という人間は面白くて、奥深い心の持ち主だ。まさに生得（しょうとく）の歌人で、だれにも真似の

できない歌を詠む。あの者のほどの才は、他にはあるまい」

という称賛の言葉をもらっていた。

清盛も平家一族の武力を背景にし、しかも、白河上皇のご落胤という貴種。すでに貴族階級の従五位下となっている身分なので、だれからも一目置かれる存在だった。

ある日、清盛が西行に、

「わしはいずれ天下を動かすような人間になってみせる。義清、そなたもそうなれ。どちらが先にそうなるか、競争しようではないか」

と言い、

「いまの世は間違っている。公卿や貴族のための世ではなく、民のための世にしなければならない」

とすごく真面目な顔になった。

「清盛、そなたには平家という大きな後ろ盾があるから、そんなことを言えるのだろうが、わしはこの身ひとり。そんな大きな働きなどやれるはずはない」

「なにを言うか。そなたには歌、言霊という有力な武器があるではないか」

西行は天皇のまえで歌を十首詠み、それがあまりにみごとな歌だったので、武士の名誉となる御剣を下賜されたことがある。清盛が西行を最高の歌詠み人と考えるようになったのも、それからのことだった。

「それに、そなた、知っているはずだ。儒教の聖典、詩経。あのなかに、なんと書いてあるか」

儒教の五経……易経、書経、春秋左氏伝、詩経、礼記。このなかでも詩経は、孔子が編んだ最高の教典といわれ、宮殿の官僚たちはこれを教養の書としている。

「むろん、知っている。詩経の序には、詩は志のゆくところなり、天地を動かし、鬼神を感じしむるは、詩より近きはなし、とある」

「そうだ。それは真理の言葉ぞ。天下を動かすということは、人々の魂を動かすということだ。人心が離れては、天下を動かせるはずなどない」

「そうだな」

「わしは弓矢、そなたは歌（詩）をもって、人心の頂上に立つ。いずれがそうなるか、競いあおうではないか」

清盛が突きつけた挑戦を、西行はその場で返事はしなかったが、心の奥では、

「確かに承知。清盛、そなたなんかには負けないぞ」

とひそかに決意していた。

2

西行は妻帯することに決めた。小さいころから知っている、萩という名の親族の娘だった。右

眼の下に大きなホクロ、左足をすこし引きずるようにして歩くクセがあり、背が低く身体も細く特別な美人ではなかったが、善良な娘だった。

萩は娘、清花(せいか)を生んだ。西行は北面の武士として名を馳せ、萩も妻として母として、充実した幸せな日々であった。

ところが、やがて萩はその表情に陰りを見せるようになった。これに西行は気づかないわけはない。むろん、その理由も知ってはいた。

北面の武士は朝廷の警護にあたる職務である。当然、皇族たちとは密接に接触し、顔も名も知られることになる。武に歌に優れる西行は、朝廷内でもつとに有名。上皇や天皇、妃たちにもお気に入りの一人になった。

幼いころより母とも想っていた待賢門院（藤原璋子）とも、いつでも逢える関係になった。でも、さすがに朝廷では、

「璋子母上」

とは呼べず、女院と呼んだ。

彼女にとって西行は、だれにも相談できないことを話しあえる相手である。

璋子が鳥羽天皇の妃になったのは、天皇の祖父、つまり彼女の養父、白河上皇の命令によるものだった。

しかも、彼女が生んだ子（崇徳(すとく)）は、女狂いの養父、白河の種ではないか、という噂があった。

それもあって、天皇は崇徳をうとんじ、長男でありながらも、

「叔父子(おじこ)」

という奇妙な名で崇徳のことを呼んだ。

しかも、鳥羽は白河の命により、幼い崇徳にむりやり譲位させられ、恨みは募り、その激しい感情はやがて璋子へと向けられるようになった。

養父の子を生んだことも、鳥羽に嫁いだことも、璋子にとっては自分の意志によるものではない。ただ運命に翻弄されているだけなのである。

白河が崩御すると、頭の重石がとれた鳥羽は、女院(璋子)に対し、あからさまな嫌悪を示すようになった。さらに、かれは皇后には別の女性を選び、また新たな妃の美福門院(藤原得子(ふじわらのなりこ))を寵愛するようになった。

見限られた璋子は惨めだった。与えられた運命のなかで、彼女は彼女なりに精一杯の努力を重ねてきた。鳥羽天皇に気に入れられようと、どれほど手をつくしてきたことか。でも、鳥羽は白河の手のついた璋子に、もう気持ちが向くことは二度とないのだった。

西行はそんな璋子の姿を見て、心を切り裂かれるようになったが、

「女院、どうかお気をおとさずに……。帝もかならずまたお心変わりをなさいましょう」

と言って、慰めるしかなかった。

「いいえ、帝はもうわたくしのことなど、心の片隅にも想ってくださってはおらないのです」

璋子は毎夜のように泣き明かすのだった。

妻の萩は西行の異変に気づくようになった。

心配して、

「義清さん、どうなされました？　あなたはこの頃、すこしへんですよ」

そう問いかけても応えず、西行はただぼおっとした眼で、なにか考えこんでいるふうだ。身体のどこかが悪いに違いない、そう思い、実家から高価な朝鮮ニンジンまで取り寄せ、かれに飲ませようとするが、まったく受けつけようとはしない。

（ああ、これは心の病だ）

と察した。

そのうち、西行が璋子の室へ入り浸っているという朝廷内での噂が耳に入った。そのとき、彼女は西行との夫婦の夜の交渉が途絶えていることに、はっとなった。

（まさか！）

と思った。

萩は混乱した。相手は西行が幼いころから、母上とも呼んでいる女性である。そんな相手を異性として考えられるだろうか……。

（ありえないこと。義清さんは、あれほど亡き母上を大切になさっておられたのだ）

と萩は自分の想像を幾度も打ち消した。

しかし、その彼女の予感は現実のものとなった。西行の身体から熟した女の匂いを嗅ぎとったのだ。妻の鋭い嗅覚にしかできないことだった。

（やはり、男女の仲になっている）

西行は朝になっても帰らないことが、しばしばになった。

それでも萩は西行を責めたりはしない。もし、かれが自分の不実を完全に認めることになれば、夫婦のあいだに決定的な亀裂が入ってしまう、それが怖かったのである。

自分以外の女性に夢中になっていることの無念、焦燥、嫉妬を押し隠し、かれの不自然な行動も、

「義清さん、どうか、むりをなさらないで」

とあくまで仕事の多忙のせいにし、女院のことには触れないようにした。


西行が女院と情を通じあったのは、自然な成り行きとしかいいようがない。毎晩のように女院は悲しみに涙し、それを慰藉する西行。

父が外で多くの愛人をつくり、母親を苦しめたことと重なり、女院への哀れさがいっそう募るのだった。

ある夜、女院は昼間の出来事にショックを受け、

「義清、わたくしはもう堪えられません」

ともだえ泣き、西行にすがりついてきた。かれは女院を受けとめ、優しく抱いてやった。すると、女院はいつもより感情をたかぶらせ、

「ああ、義清。もっと強く抱いておくれ」

とむしゃぶりつく。

それが二人から理性を奪いとる結果になった。行くところまで行ってしまったのだ。

前世、柿本人麻呂のときは、母のように慕っていた持統女帝を愛欲の対象としてなど、夢にも考えたことはなかった。

藤原不比等と女帝とが、そんな関係になったと聞いても、人麻呂は嫉妬、憎しみを覚えるものの、女帝と自分とが抱きあっている姿など想像だにできないことだった。

だが、西行は前身の人麻呂とは異なり、ついに最後の一線を越えてしまった。

女院も、そのことを後悔し、

「このようなことは、もうこれ一度だけ、一夜限りの契りで……」

とそんな歌を詠み、西行に渡した。

だが、西行はそれでかえって火がついた。

(女院をこの腕に抱きたい)

という思いで頭がいっぱいになり、それ以外のことはなにも考えられなくなった。恋の闇に悩み苦しみ、夜を眠れぬままに恋い明かす日々がつづいた。

いとほしや　さらに心の　をさなびて
魂切（たまき）れらるる　恋もするかな

これ一度だけ、と言われても、恋という病にうなされている西行には、もう自分をコントロールすることなどできない。人目を忍び、夜、女院のところへ通っていく。

女院もそうなると、かれの情熱に押し切られ、もう逆らうこともできない。

なべてなき　黒き炎の　苦しみは
夜の思ひの　報いなるべし

死なばやと　何おもふらむ　後の世も
恋は世に　憂きことこそ聞け

それでも、逢瀬を重ね時間が過ぎていくにつれ、やがて西行にも冷静になるときが訪れるようになった。

すると、

（自分はなんというおぞましいことを！）

痛烈な意識に胸をえぐられた。

女院はかれが幼いころから、思い慕う母親としての存在だった。二人ともそのことを忘れたことはないはずだった。

（わしは女院ではなく、母を犯しているのだ！）

これは命より大切に思っている母親との美しい思い出を踏みにじり、あの聖女のような母を冒涜する行為に他ならない。そのことに気づき、かれは愕然となった。

（わしは天罰を受けるであろう）

古代から母子相姦は、母子姦（おやこたわけ）の名で天から受ける罪として禁じられている。

（こんな自分になってしまって、あの世で、どうして母上と顔をあわせることができようか）

いまはあの世にいる亡き母にも、この悪しき行為はかならず害を及ぼしているに違いない。

あはれみし　乳房のことも　忘れけり
我が悲しみの　苦のみ覚えて

3

西行が、突然、出家すると言い出した。これにはだれもが驚いた。まだ二十三歳の若さなのである。

「なにゆえに出家などと……」

と問いただす者も多かった。

でも、西行はその問いに明確な言葉を避けた。出家の動機はいろいろあって、単純なものではなかった。出家しようという思いは、いくつもの事情が重なりあって決断へと結びついたわけだが、ただそれを踏み切らせる事件はあった。

かれには従兄弟で、親友の佐藤憲康という二歳年上の男がいた。その憲康と、翌日、離宮に一緒に行く約束をして別れた。ところがその日の朝、西行がかれの家に行くと、門のところで多く人がにぎやかにしている。

「どうしたのか、なにを騒いでいるのです？」

と聞いてみると、なんと、従兄弟の憲康が亡くなったという。夜、なにごともなく床に伏して、朝になると死んでいた。

自分だけは死ぬことはない、いつまでも生きていることができる、と考えるのが人間である。そうではない、この憲康のように、昨日まであれほど生気に満ちていた人間までが、一夜にしてころりと死んでしまう。

（ああ、これが人間のまことの姿なのだ。この世は幻夢、人間というものは、なんという無常の

世界に生きていることか）

独りで生まれ、独りで死んでいくという人間の生死の真理に触れ、自分も憲康とすこしも変わることはないのだ、と西行は悟った。

ただ鳥羽上皇に対しては、歌をもってこう応えた。

惜しむとて　惜しまれぬべき　この世かな
身を捨ててこそ　身を助けめ

西行のその決断に対し、特別の悲しみをあらわしたのは、待賢門院（藤原璋子）だった。

「義清、そなたまでわたくしを見捨てるつもりなのですか。どうか、思いとどまってください。そなたがいなくなったら、わたくしはどうしたらよいのか」

と女院は涙にくれ、義清の手を離そうとはしなかった。

「いいえ。わたくしが出家することが、わたくしたちのためには良いことなのです。そうではありませんか」

そう問いかける西行に、女院は言葉を返すこともできず、ただ涙にくれるばかりだった。

盟友の清盛も仰天して、

「義清、そなた、気狂（きぐる）ったのか」

口泡を飛ばし西行に迫った。

「なにも言うな。わしにはわしの考えがあるのだ」

「どんな考えだ。それを言えッ」

「いまは言えない」

「ははあ、なんだな。義清よ、そなた、わしに対抗し、天下を動かすようになるには出家し、僧侶の世界に進むしかないと考えたのだな。歌はどうした？　そなたは歌をもって人心を動かすのではなかったのか」

あれこれ言いたてる清盛に対し、西行は微笑をもって応じるだけだった。

西行は妻の萩にも、

「わしは出家する」

と告げた。

その意外な言葉に彼女は最初、唖然となった。そして、なにか珍しい生き物でも眺めるようにしていたが、悲鳴のような声を出し、

「なにを申されるのですか。おやめください。出家などされたら、わたくしと娘は、これからいったいどうやって生きていけばよいのですかッ」

とかれの腕にとりついて、蒼白な表情になった。

それを振り払い縁側に出ると、今度は振り分け髪が肩までもない三歳になる娘が追いかけてき

て、

「父上、父上ッ」

ととりすがる。

かれは激情に駆られ、思わず幼い娘を縁側より蹴落す。小さい身体がマリのように地に転がった。

「なにをなさるのですかッ」

萩が叫び声をあげる。

娘の泣き叫ぶ声に刺激され、

「えいッ。もう何も申すな。出家すると決めたのだ、出家だッ」

と大声で妻を怒鳴りつけた。


こうして、朝廷での出世を断念し、妻が必死にとめるのを振りきり、佐藤家の荘園の領主の地位を弟の仲清に譲り、財産のすべてを捨てた。

髪の結び目を切って持仏堂に投げ入れ、知人の高徳の僧のもとへ走り行き、夜明け方、出家した。

当然、西行には妻子に対するカルマ、宿業が生じることになる。

この自然法則、因果律のルールは、一切の理由、事情に関係なく、原因に対して数学的な正確さをもって結果が生じるようになっている。

前世、柿本人麻呂のころ、二度にわたって妻子を不幸な境遇に追いやってしまった。西行は今生でそのカルマの負債を清算するチャンスを放棄し、また新たなカルマを背負ってしまったのである。

法名は円位、号は西行。西行とは西方にある浄土へ行くという意味である。

しかし、西行が今後、歩まなければならない時代は、浄土どころか争乱に明け暮れる地獄の世だった。かれはそんなことは思わず、仏道、歌道の求道者としての、厳しいけれど清廉な人生が待っている、と想像していたのだった。

西行は本格的な修行に入るまえに、理性院の支院である東安寺で真言を修めることにした。ところが、かれはその寺で修行に入るや、すぐに急病になった。法界に入るには心身から世俗のホコリを払うために、生死に触れる体験が必要だったのだろう。

病が癒えると、西行は経典の勉学に本格的に取り組むことにした。

かれは出家するまえから法華経に親しみ、

「歌道の精進のまえに、まず仏道を学ばなければならない。仏道をおろそかにすることは、欲望の世界に堕落することであり、まことの歌詠みにはなれない」

という信念を抱いていた。

でも、一人前の僧侶になるには、なまはんかな知識ではとうていむり、一から学び直す必要がある。東山の寺や鞍馬寺、金剛峯寺などの高野山の寺々をまわり、そこで大日経、華厳経、維摩経、勝鬘経と学び、毎日、一心不乱に経典の研鑽に励んだ。

けれど、寺での修行、勉学は、西行が期待していたものとは異なるもので、修行の内容に違和感を覚えた。

(これが自分の望んだ仏道の修練というものなのか。これで仏僧としての資質が向上できるのか)

どれほど経典を学んでも真理を習得できず、ただたんに経文、文字の世界に溺れていくだけなのではないか、と疑念を抱くようになった。

しかも、そのうち、仏教界の内情もわかってきた。

宗派と宗派、寺と寺とが争いあう様、僧侶が出世する際の醜悪な内情、高僧たちの権力争い。それは朝廷、俗界の事情と少しも変わりがないのである。

それに寺が僧兵を抱え、仏力より武力を重んじるとは、いったいなにごとであろうか。源氏、平家と張りあうつもりなのか。かれは迷いに迷うようになった。

世を捨て出家することが、本当に身を捨てたということになるのだろうか。むしろ、在家の人間でも、出家者よりも悟りきった心境の持ち主がいるではないか……としまいには、そんなふうにまで思えてきた。

ある法会(ほうえ)に出席したとき、金襴の袈裟をつけた高僧たちまでが、自分の氏族や門閥を論じ得意になっているのに嫌気がさして、

（いまの状態では、仏道の精進にはならない）

と考えた。

仏僧として進化するためには、新たな方向を求めなければならない。西行はそう思念し、宮廷と縁の深い高野山の寺を出て、麓に草庵をむすんだ。

庵の屋根は葛の葉、刈カヤでふき、寝床にワラビの伸びたのを敷き、西の壁には普賢菩薩の画像をかかげ、前机には法華経八巻をおいた。

庭には八千草（やちぐさ）が繁り、大きな老木の楓が一樹。日常は、柿の紙衣の下着のうえに麻衣の墨染め、というスタイル。

寺におればなんとか食べさせてはもらえるが、この生活ではそうはいかない。山菜をつみ、木の実をとり、谷川に下りて水を汲み、峰をよじのぼりタキギをひろう。

風雪に閉ざされる冬になると、だれ一人、訪れる者とてなく、壮絶な孤独感に襲われた。

（これでは独覚（どっかく）と呼ばれる修行僧と変わりがないではないか）

独覚は他の人に教えられることもなく自分独りで悟り、しかも、それを他者につたえることもない、自尊の僧である。

（そうならないためには、歌をどんどん詠まなければならない）

歌をもって他者とつながり、人間の真実を分かちあわなければならない。

でも、そんな孤高の暮らしに身をおくと、どうにも心が定まらず、俗界への未練がまたひしひしと募ってくる。

世の中を　捨てて捨てえぬ　心地して
都離れぬ　わが身なりけり

身を捨つる人は　まことに捨つるかは
捨てぬ人こそ　捨つるなりけれ

いくら姿、形が僧呂のものになっても、心はまだ俗世界に執着したままなのだ。霊魂が肉体の牢獄に閉ざされたままの状態では、肉体のもつ欲望、煩悩からはなかなか逃れることはできない。人間の肉体は地、水、火、風の四大で構成され、四百四病を有し、その本質は泡のごとく炎のごとく風のごとく水のごとく、毒蛇のごとく怨賊(おんぞく)のごとく、穢悪(あいあく)の充満せるもので無常にしてよるべなきものなのだ。

（情けない……こんな心境で、仏道どころか歌道の精進もできない）

西行は絶望的な気持ちになるのだった。

そして、そんな状況の西行に追い打ちをかける出来事がおきた。

かれの出家のあとを追うように、一年後、妻の萩が娘を残したまま、急に出家してきたのだ。

しかも、歩いて通うこともできる高野山の麓に庵をかまえた。

「わたくしはあなたのいない暮らしには、とても耐えられません。あなたと同じ世界で歳月を送らせていただきたいと思います」

野菜をもって訪ねてきて、そう告白した。

「娘の清花は、どうしたのか」

と聞いてみると、

「わたくしの祖母に預けてきました」

と言う。

自分のやったことを考えると、出家を決心した妻の萩を、身勝手な女と責めることはできない。

ただ残された娘の清花のことが哀れに思えた。

萩はそれから西行の身を案じ、たびたびやって来る。尼となっても妻としての心遣いを忘れない、というふうだった。

ところが、さらにその翌年、今度は、かれと愛欲の日々をかさねた女院までが出家してきたのである。

彼女の子、崇徳が天皇の地位を美福門院（藤原得子）の子に奪われ、さらに女院は呪詛事件にまでまきこまれ、ほとんど追放されたような形での出家だった。

訪ねていった西行の手を握り、

「わたくしはもう、なにもかも嫌になりました。この世が厭う気持ちが強くなり、仏の道を歩みたいと思います。それもそなたの顔が見える所で……」

と涙した。

西行の心は乱れた。自分が出家することで、俗界にいる女院とは距離ができ、あのどろどろした関係に終止符をうつことができた。

(これでまた女院を、あの美しい母と想うこともできる)

そうも考えていたのだ。

しかし、妻と女院はまたもや西行と同じ世界に入り、しかも、かれのすぐ近くに住んでいる。

これでは俗界にいるときとまったく同じではないか。

(俗界の因縁が、ここまでついてくるとは)

日々の雑音が多くなり、かれの悩みはますます濃く、とても仏道を真摯に学ぶどころではなくなった。

(このままでは天から与えられた使命を成就できない)

とかれは毎日、悶々として過ごすようになった。

4

やがて、かれの眼にとまったのは、先達の高僧、空也上人の生き方だった。空也はかれが生まれる百四十六年前の人である。

空也は醍醐天皇の第五子、天台宗の僧呂。粗衣をまとい、肋骨あらわな胸にカネをかけ、左手に鹿杖をにぎった行乞姿で各国を遊行し、南無阿弥陀仏の念仏を世にひろげ、浄土教の開祖となった。

釈迦の生き方にも似たかれには優れた霊能力があり、神呪をとなえて祈ることで、心霊治療をおこなうこともできた。

比叡山で大僧正、光勝の称号を贈られたが、空也の名のままで過ごし、皇子の地位も捨て、生涯を常に市井で過ごした。民衆に敬われ、阿弥陀聖、市聖と呼ばれていた。

宗教界には僧尼令というものがあり、僧侶の役目は民衆のためでなく、天皇、貴族、国家に奉仕するものとされ、寺院に定住することを要求されていた。空也はその法令をもやぶったのである。

かれは父の天皇の葬儀のとき、土足で宮殿に入りそのまま焼香し、貴族たちのひんしゅくを買ったことがあった。

またある人から、こう尋ねられた。

「念仏とは、いったいなんでありますか」

そのとき、かれはただひと言、

「捨ててこそ……」

なにもかも捨て去り、身ひとつになって、おのれの魂の声が聴けるようになってこそ、念仏の深い意味が理解できるのだよ、とかれは言ったのである。鎌倉時代の僧侶、一遍上人も、この一言に感服し、

「捨ててこそ……これぞ、まさに金言」

という言葉を口にしている。

捨て去ることの難しさ、それは西行の出家後の心境をみても、それがわかる。

また偉大な霊覚者の空也は自分の後身を、

「われは死すが、二百数十年後、われはまた生まれ変わり、仏教を繁栄させる」

と予言をしている。

かれのその予言は成就した。その死後、二百数十年後に一遍上人が誕生したのである。一遍は空也の生まれ変わりに相違ない。

西行は考えた。

(この空也上人のような真理と悟りを求める修行の道を、自分も選ぶべきではないのか)

かれは空也の仏道者としての姿勢より、ひたすら生きる道を究めようとする求道者としての生きざまに惹かれた。念仏修行と共に井戸を掘り橋を架け、利他の苦行に励むその姿勢である。

捨ててこそ……という空也上人の言葉。道心を起こそうと思うならば、この身を捨てなければならないのだ。

（捨身（しゃしん）の行の旅に出て、歌心を究めたい）

とする思いが深まった。

その西行の決意を後押ししたのは、待賢門院の突然の死であった。女院は出家後、わずか三年ほどで古くて厚い上着を脱ぎ捨てるように肉体を棄て、光明の国へ旅立ってしまったのである。

（女院はもうこの世にはおられない）

そう思うと、たまらないほどの孤独感に襲われた。女院とのあの愛欲の日々は、いったいなんであったのか。母と慕い、愛人として夢中になったあの歳月は、かれにとって天国でもあり地獄でもあった。

かれは西方に向かい合掌し、女院の魂の冥福を祈った。

尋ねとも　風のつてにも　聞かじかし
花と散りにし　君が行方を

いまはわれ　恋ひせむ人を　弔はむ
世に憂きことと　思ひ知られぬ

女院の庵の近くに、その侍女であった堀河局が庵を結んでいた。西行が女院の弔いに顔を出すと、彼女は一首、かれに差しだした。

西へ行く　しるべと頼む　月影の
空だのめこそ　甲斐なかりけれ

どうか、西行さん、死者を浄土へと導いてやってください、という歌なのだ。彼女は女院の魂のために、西行にその霊力を発揮するよう期待したのである。

西行は女院の死を、旅に出よ、とする天の啓示と受け取った。

(友人たちには、別れのあいさつをしておこう。二度と逢えないかもしれない)

西行という歌人がいた、という記憶を、かれらの頭のなかにとどめておいてもらいたい、と願った。

かれの先祖の地、藤原氏の本拠、奥州をめざすことにした。

身命を山野に捨て、居住を風雲にまかせて独り法界をゆくのである。死出の旅路、とまで覚悟しての西行の旅だった。三十歳のときのことである。

そして、その旅は求道者として精進を深めるための、霊と肉の闘いの場でもあったろう。人間の本来の姿は自由意志をもった霊的存在、霊が主人で物質は従者なのである。

でも、鈍重な肉体の本能、欲望の力はあまりにも強く、五感を服従させるのは容易なことではない。それゆえ霊魂にとっては肉体の機能の限界が、そのまま限界となり制約ともなるのだ。

かれはこの行乞無常の旅を通して果たすべきことがある。

（空也上人のようにわが身を霊的なものに高めなければならない）

霊魂を肉体の桎梏（しっこく）からできるかぎり離脱、顕示させ、いかに活溌なものにするかである。そのためには苦難の体験が必要であり、霊性が優位になればなるほど霊的叡智、霊的静寂が増すのである。

キリスト教の聖書にもこうある。

……霊の導きによって暮らしなさい。肉の望むところは霊に反し、霊の望むところは肉に反する。肉と霊が互いに対立しているので、あなた方は望むことを行わないでいる（ガラテヤの人々への手紙5・16—23）。

霊と肉とは一体不離のものであるが、肉体はあくまで霊が自我を表現するための道具なのである。

西行は改めて心に思う。

(歌の道を究めるということは、霊性進化の道を辿るということでもある)

こうして、西行は一切の執着から離れ、自分自身の魂を栄光に輝くものとするために、霊的巡礼の旅に出ることにした。

大井川を越えた岡部の宿、荒れすさんだ御堂で休んだとき、背後の戸に古い菅笠がかかっているのを見つけた。

(この笠には見覚えがある)

笠には西行の筆の文字が書かれてあった。それは出家後すぐに知り合った修行僧のものだった。かれはこの地で果てたのだ。

旅に出てすぐ、この偶然の出会いには驚かされた。

(自分もこうなるのは間違いない)

と西行も覚悟した。

そのときに詠んだ一首。

いかでわれ　今宵の月を　身に添へて

死を考えることで俗世から切り離され、死に触れることによって、霊魂は力を取りもどすことができる。そして、それはまた新たな歌境へと導くことにもなるはずだ。

白河の関は新境地になって歌が詠める、古い和歌の題材とされた歌枕(うたまくら)の地だった。かれより二百年前に亡くなった歌人、能因(のういん)が訪れていたからだ。能因は近江守、橘忠望の子で、中古三十六歌仙の一人、歌学書「能因歌枕」を著している。

だが、西行は、そこで遊行の捨て聖、能因のように、

「……秋風ぞ吹く白河の関」

と感慨にふける余裕はなかった。

無常の殺鬼、山賊に出遭ったからである。二人の屈強な男が棒をもって襲いかかってきて、身ぐるみ剥がそうとした。

慈悲深く忍耐心の厚い空也上人であるならば、どんなことをされても逆らうことはしないで、ひたすらがまんしたことであろう。

(このわざわいも、これすべて仏道修行)

と道心堅固なところを示したことであろう。

しかし、西行は武術に優れた元北面の武士、佐藤義清である。盗賊たちの暴力に対し、とっさ

に身体が動いた。持っていた杖で、かれらを打ちのめし、右腕を折ってやった。

盗賊は転がるように逃げていった。

(これが僧のやることか)

と西行は無性におのれの行為が恥ずかしく、自身の霊性の低さを無念に思うのだった。


飢え死にしそうになったこともある。もし、寺があれば、そこに宿を求め、見つからないときは野宿をし、水だけを飲んで過ごすことも多くあった。

空腹でとうとう一歩も歩くことができなくなり、地蔵堂のかげにへたりこみ、そこで寝込んでしまった。一夜を明かし、朝、地蔵堂のまえに粟のダンゴがあるのを見つけた。

(仏のご慈悲だ)

思わずそう叫び、むさぼり食った。いままで生きてきた歳月で、これほど美味な食べ物にありついたことはなかった。

このあたりからこの世ともあの世ともつかない世界を、さ迷い歩く心地がしきりにした。遥かな地、奥州にまで辿り着いたが、そのときはもうほとんど倒れる寸前であった。

平泉では遠い親戚の藤原秀衡に逢い、かれは西行をあたたかく迎えてくれた。

そして、その地で休養を取り体力を回復させ、ふたたび山河を越え、高野山の麓の草庵に無事にもどってくることができた。

（死なずに帰ることができた）

という感慨はすぐに忸怩たる思いになった。

飢えと疲労によって確かに肉体だけは衰え、別人のようになった。肉体は無常、幻であるという観念もなんとか理解できた。

（だが、この漂泊流転の長旅で、いったい何が変わったというのだろうか）

霊的自覚のほうは旅の出発まえと、それほど変わっていないではないか。

（これで果たしてわが身の霊性の次元を高めることができたのであろうか）

かれは天を仰ぐ。

捨てる心さえ捨てきった空也上人の精神にはほど遠く、かれの霊性とは比べようもなかった。

西行は自分の草庵で静寂の暮らしに入った。冬などは、だれも訪れることのない絶望的な世界である。けれど、たとえどんなに孤独な暮らしであっても、平穏なことには変わりはない。

静穏な日々であればあるほど、かれには苦痛が増し、牢獄に閉じ込められている心境になった。

肉欲のわがままが出て煩悩にも苦しめられるようにもなった。

惑ひきて　悟りうべくも　なかりけり
心を知るは　心なりけり

尼になった妻、萩もかれのもとを訪れることはない。女院が出家してから彼女の足はしだいに遠のき、女院が亡くなってからも、どのような心境になったのか、まったく顔を出さないようになった。

そうなると皮肉なもので、妙に人恋しい気になってくる。あれほど萩に逢うことに、うとましいものを感じていたのに、彼女の顔やしぐさ、娘の清花のことまでが、やたら胸に浮かぶのである。

(このままでは……)

歌を詠む心は無上菩提(むじょうぼだい)を縁ずる心境より生ずるはずだ。それなのに歌を詠んでも詠んでも、俗界への未練、執着を断ち切ることができない。このまま未熟な僧で過ごすわけにはいかない。

西行は迷った末、

(今度は山岳修行をやろう!)

と決めた。

そして、吉野、熊野の金峰山、大峰山に山伏姿で入峰した。

峰駆けの修行をすることで罪業煩悩を滅却し、霊魂の声、意志がつたわる清浄な六根(ろっこん)に生まれ変わろうとするのである。

山は常に人間の生命を奪おうとする、魔の空間でもある。登山家などの報告する事故、遭難の記録をみると、断崖から転落したとき、あるいは疲労が極度に達しもう一歩も歩けなくなったときなどに、幽体（体外）離脱現象を招いている。

西行も同様な幽体離脱を体験した。夜、高い断崖絶壁から上半身をのりだし一心に祈願をしていたとき、転落してしまったのだ。直後、もう一人の自分が身体から脱けだし、落下していく自分の姿を真上から目撃していた。

崖の下の地に落ちたとたん、転がっている自分の身体のなかにもどったのを意識した。危うく命をうしなうところだったが、奇跡的に命拾いをした。

（これも仏のおかげ。この世で自分の使命を果たすまで生かしておいてくださるようだ）

地獄の底のような谷底から空をみあげると、みごとな月がかかっていた。崖から落ちるとき肉体より離脱した霊魂は、月を視界に入れることはなかった。ただ落ちていく自分の姿を、闇のなかの光の一点としてとらえていただけだった。

月をこそ　眺めば心　うかれ出でめ
闇なる空に　ただよふなぞ

千手の滝に百日間のおこもりをし、疲れ果て呼吸をするのさえ辛くなった。深山の岩穴で座禅をし、このまま入定（にゅうじょう）、死んでしまうかにさえ思えた。最後は空也上人と同じように七日七夜、腕に焼香して不動不眠の参籠をおこなった。

こうやって、西行は一年という山岳修行をやり遂げた。

（自分は肉体だけでなく霊性も高まり、霊が主で肉が従の、霊的人間に近づけたのかもしれない）

と実感した。


西行は山から下りて、自分の庵にもどった。洞窟住まいの状況をできるだけ維持するためには、木食草衣、寺でなく草深い草庵に住むことが望ましい、と考えた。

山岳修行のせいで、かれは俗界を一定の距離をもって冷静に眺められるようになり、世間のさまざまな出来事にも恬淡（てんたん）として対処できるようになった。

かれはだれにも逢わず仏を心に念じ、一念称名、仏教歌を詠む毎日を過ごした。

輪廻転生を詠む。

散る花も　根にかへりてぞ　またはは咲く
老こそ果ては　行方しられね

はかなしな　千年おもひし　昔をも
夢のうちにて　過ぎにける代は

心の真如（しんによ）の月、仏性を詠む。

いかでわれ　清く曇らぬ　身になりて
心の月の　影を磨かん

悟り得し　心の月の　あらはれて
鷲の高嶺に　すむにぞありける

無常の世を照らす仏の栄光を詠む。

仏には　桜の花を　奉れ
わがのちの世を　人とぶらはば

西行は仏教歌を二百首ほど詠んだ。僧侶の唱える神通力のある真言、経文のように、歌は人間の魂に触れ純化させるものと信じて……。かれはいつか心から邪念を消し、仏道に安住していたのである。

5

西行は京に向かった。在俗のころ最も親しかった人、平清盛と崇徳上皇に逢わなければならないと考えたのである。

崇徳は西行と一時、愛人関係にあった待賢門院の長男である。彼女は出家して数年後に重い病にかかった。そのとき西行が見舞いに訪れると、

「そなたに最後のお願いがあります。わたくしが心配なのは、わが子、崇徳のことです。そなたはあの子の幼いときからの心の友。どうか、これからもあの子の相談相手になってやってください。天皇の位を奪いとられてしまったあの子には、もうだれも心を許せる者はおらぬのです。そなたを頼りにしたいと思っているはずなのです」

とかれの手をとり哀願した。

「わかりました。女院の言葉、しっかりこの胸にとどめておきます」

西行はそう誓っていた。

崇徳は、かれより一歳下で、幼いころからたびたび顔をあわせ親しくなった。歌を詠むことが好きなかれとは、身分の違いを越えて、親しく言いあえる仲だった。

西行の親友、平清盛も崇徳とは縁が深い。二人とも白河天皇の子、腹違いの兄弟なのである。

さらに清盛の継母、池禅尼（いけのぜんに）は崇徳の乳母でもある。

崇徳は鳥羽天皇の皇子というのは表向きのことで、実は女院（待賢門院）が鳥羽の祖父、白河上皇と通じて生んだ子だった。

それで、父、鳥羽は崇徳のことを、わが子と思わず、

「叔父子」

と陰で呼んでいる。

崇徳を毛嫌いする鳥羽は憎さあまって、かれを天皇の座から引きずりおろすことまでやってのけた。むりやり譲位をさせられた崇徳は、いま失意のどん底にある、と聞いていた。

清盛も比叡山の末社の祇園社で、大事件を引き起こし謹慎の身にあるようだった。その事件は清盛の部下と祇園社の神人とが争いになり、怒った清盛は矢を放ち、神殿に突き刺したのだ。

神を汚すその行為に比叡山側は憤激し、清盛と父、忠盛の流罪を要求した。平家の危機である。しかし、常日ごろより平家の武力をあてにする鳥羽は、銅三十斤を支払う罰金刑で済ませた。

それが、今度は比叡山の内紛まで引き起こす結果となり、ついには比叡山トップの座主がその地位から追放される始末になったのだった。

なにかと大騒ぎが大好きな清盛の面目躍如たる事件である。

（清盛の奴、この件で平家の威勢を公卿たちに示すことができた、とほくそえんでいるかもしれないな）

いつもピンチをチャンスととらえる清盛の性格。にやりと不敵に笑うかれの表情が眼に浮かぶようだった。

西行が最初に訪ねたのは、崇徳のほうである。

崇徳は上皇とはいうものの、いまやなんの権限もなく、ヒマをもてあましているようだった。かなり憔悴しているふうに見えた。

「おお、おお、西行。よくぞ来てくれた。母上（女院）は最後まで、そなたの世話になったそうな。わたくしも、そなたに逢いたくて逢いたくて仕方がなかった。いろいろと苦しいことがあったのでな」

涙を流さんばかりの歓びようである。

「わたくしも上皇さまのことが案じられてなりませんでした。けれど、このような修行の身。以前のように、すぐに飛んでくるというわけにもまいりません。どうか、お許しください」

「そうであろうな。わかっておる」

と崇徳は言い、それから腹違いの弟に譲位させられたいきさつや、父親の鳥羽から、これまでどれほど嫌な目にあわされたかなどをしきりに述べたてた。

「けれど、上皇さま。済んだことをあれこれ考えてもせんないこと。それよりか、これからの希望を見出し、新たな人生を歩む決意をなさってください。たった一度しか生きられないのですから」

「希望を見つける……おお、それはあるぞ。わが子の重仁親王を即位させることだ。わたくしのこれからの人生は、そのことを実現するためにある」

と初めて崇徳は明るい表情になった。

崇徳は西行の肩を抱き、

「のう、西行。そなたに頼みがある。これからもしばしば逢いに来てくれぬか。もうそなたしか、心から話せる相手はおらぬのだ。どうか、頼む。仏道の修行も大切だが、このわたくしも、どうか見捨てないでおくれ」

とくどいほど念を押した。


崇徳のところに宿めてもらい、翌日は、冷泉家に立ち寄ることにした。四年ほどまえに別れた娘の清花の姿をひと目、見たいと思ったのである。娘は妻の祖母の家から、いまは貴族、冷泉家に預けられていた。

娘が三歳のとき、縁側から彼女を蹴落とすまでして出家した、この薄情な父親である。三歳という年齢であっても、あのときの衝撃は、その幼心にもきちんと植えつけられているに違いない。

(口をきいてくれないかもしれないな)

と足が重くなった。

冷泉家の門のところで、三、四人して遊んでいる女の子たちを見つけた。清花はすぐにわかった。髪が肩まで長くのび、ずいぶんと大人びたふうになっている。

西行は胸が熱くなり、足がとまった。清花もはっとなり、こちらを眺める。墨染めの衣と袈裟をつけた西行は読経し、托鉢の僧侶の振りをした。でも、痩せて肌の色もわるい西行を眺めるものの、清花はかれが父親だとは気づかない。

そして、かれが近づくと、

「ああ、汚らしい乞食坊主だ。おそろしや」

と言い、家のなかに駆けこんでしまった。

(やはり、わしのことを忘れてしまったようだ)

それとも、忘れたふりをしているのか。そうされても仕方がない。

(それにしても乞食坊主とは、娘はよくぞ言ってくれたものだ)

自嘲めいたものを覚えた。これも自業自得というものであろう。

西行は門のまえにしばらく佇んでいたが、清花は二度と姿をあらわすことはなかった。かれは冷泉家の当主にも逢わず、すごすごと去るしかなかった。

花を惜しむ　心の色の　匂ひをば
子を思ふ親の　袖にかさねむ

清盛の館へ向かった。

かれの屋敷は平家一族の宗家ということで豪壮なものだった。

「おお、義清、来たか」

と西行が北面の武士であったころと、すこしも変わらない。

「そなた、かなり厳しい修行をやっておるようだな。最初、そなたを見たとき、稲光のようなものを感じたぞ。どうだ、わしにもなにか感じないか」

祇園社事件を起こして少しは反省しているかと思ったが、やはりそんな気配はない。この男は、失望とか後悔とかいう言葉を知らないらしい。

「清盛、ずいぶんと乱暴なことをやったようだな」

「なあに、一度はあ奴らを懲らしめてやろうと思ったのよ。寺社が僧兵をかかえて武家に対抗しようとするなど、カエルが蛇になろうとしているようなものだ。それをあ奴らに教えてやろうとしたまでよ」

「なるほど、そうか」

「義清、そなたはあんなふうになるなよ」

そう言うと、清盛はひっくり返るようにして笑い、それから真面目な口調になった。

「そなたとはいつぞや、いずれが山（世）の頂上に立つか競いあおうではないか、と誓ったことがあったな。忘れてはおるまいな」

「ああ、覚えている」

「そうか、よし。わしは武者の道、そなたは仏の道、歌の道を精進しているが、いまはまだ二人とも山の四合目あたりか。頂上にはまだ遠いな」

「ああ、そうだな」

「そなたとは住む世界が異なり、歩く道も違うが、だが、その道もいずれ何処かで一つに交わるような気がする。だから、それぞれの住む世界で地位、立場がどうであろうと、わしとそなたは、いつまでも清盛と義清だ。そう呼びあう心の友だ。それで、どうだ」

と清盛は西行の肩をぽんと叩く。

「ああ、いいとも、それで」

清盛を慰めに来たつもりだったが、反対にこちらが元気をもらう感じになった。

(こ奴は、本当に信念の強い男だ)

権力争いで熾烈な朝廷内でも、獣性と仏性をあわせ持つようなこの清盛は、したたかに生き延びていくに違いない。

(同じ父親の血を引いた兄弟なのに、崇徳上皇とはこうも違うのか)

西行は、二人の対照的な運命といったものを、このとき深く感じざるをえないのだった。

6

西行は庵を出て北山寺に短期間、逗留した。真理を悟ることを説く瑜伽師地論を、本格的に学びたかったのである。ところがそこで流行病にかかってしまった。

一度目は出家後すぐのことで、それは心身から世俗のホコリをとるためのものであったろうが、今度はいったいなんのための病なのか。

親しくしている歌人の西住、寂然が駆けつけてくれるほど、一時、危険な状態にまでなった。西住は西行の同僚、北面の武士であったが、西行の出家に感化されて同じように俗界を離れた人間である。

かれらの見舞いが効いたのか、西行はなんとか健康をとりもどすことができた。

（自分を死なせず、こうして元気にしてくださった。やはり、天神は、仏道、歌道にこれまで以上に精進し、この世でのおのれの使命を果たせ、と命じているのだ）

空也上人のことがまた頭に浮かび、かれの生きざまに強く惹かれる自分を無視することができなくなった。

（修行をやり直そう。いま一度、霊肉の鍛練をする必要がある）

そう決意した。

一度目の仏道の修行は、大病後に奥州への捨身無常の旅、つぎに山岳修行へと進んだ。二度目の修行も同じプロセスである。

だが、今度の行乞の旅は東北ではなく、反対の西の方角、四国、九州に行こうと決めた。旅は霊肉の闘い、内面の闘いが熾烈になる日々である。利他的な行為を望む霊魂と、それに対立する行動をとりがちな肉体の本能との闘いとなる。

かれは自分の霊位、霊質がどの程度のものになっているか、それを確かめたい、という思いもあった。

自分の霊力のレベルを知る、霊魂の利他的な本質が顕現する機会は、すぐにかれにもたらされた。

旅に出て二十日も経ったころ、峠の奥の曠野を歩いていたとき、そこに転がっている髑髏を見つけた。強盗か狼にでも襲われて、殺されてしまったのか。

頭蓋骨や身体の骨があちこちに散乱している。死者の霊魂は肉体の牢獄から解放されても、突然の死の衝撃でいまは混迷状態にある。

西行にはすでに霊視能力者（クレアボイアント）としての霊力がそなわっており、死者の霊姿を明瞭に見ることができるのだ。

錯乱する死者の霊は、いまは獣とも人間ともつかない奇妙な姿になっている。

西行は、

（こんなありさまでは、死者に無念、怨恨の思念が強烈にのこり、地縛霊になってしまう）

人の骨をひろいあつめ、沈香をたいて魂を吹き込み、人間の形にする秘術をつかう反魂術師もいる。でも、西行の場合は、死者をまともな霊人の姿形にしてやるのが仕事である。そうすればかれはかならず成仏できる。

深い山の中にある曠野は次元界に通じる始源のエリア。それゆえ霊的な作業も可能なはずだ。当然、この野にひそむ地霊の手を借りることになる。

頭、胸、手足と骨をそろえ、これを水で洗い、イチゴとハコベの葉を揉んで汁を塗り、松とムクゲの葉を灰にして撒き、呪言をたんねんに唱える。

確かにそれで死者の霊の形は整った。しかし、霊人としては色が悪く筋骨を抜いたようにふにゃりとする姿で、その霊声も管弦の音に似ている。

（こんな不出来では、あの世に送ることはできない）

でも、どれほど精をつくしても、西行のいまの霊力では、これ以上のことはむりのようだ。きちんとした人間の姿になれるまともな霊人にするには、やはり、時間と空間の存在しない霊界でないとむりのようだった。

西行は一首、歌を詠み、この荒山中にある死者の魂を鎮めよう、とねんごろに供養をし、その地を離れた。

峠を下ってある大河の渡し場に来たとき、いまや舟が出る寸前だった。西行は急いで駆けつけ、船頭のとめるのも聞かず飛び乗った。

すると、武士がもう一人、

「おい、待て」

と西行につづいて、強引に乗りこもうとする。

「もうこれ以上はむりだ。一人、降りてくれ」

と言う船頭。

でも、最後に乗船した武士は降りようとしないで、先に乗った西行に、

「おまえ、降りろッ」

と命じた。

西行が黙っていると武士は逆上し、いきなりムチを振りあげ、二度、三度とかれを打った。額が割れ血が飛び散り、その衝撃で西行は水中に転げ落ちてしまった。

かれはまったく泳げない。溺れてばたばたやっているのを、船頭が引き上げてくれた。嫌というほど水を飲み、ぜいぜい息をした。

それでも、かれは、

「はい。わたくしが降ります」

と自分から舟を降りた。

そして、怨みの色もみせず、もうしわけない、と乗客たちに向かって手をあわせた。

奥州の旅の山中で盗賊に出遭ったとき、つい北面の武士だった根性が出て相手を打ちのめし、しかも、相手の腕まで折った。

けれど、今度は争うこともなく、見知らぬ武士に打たれるままに耐えしのび、合掌までして詫びたのだ。これにまさる修行はない、という考えがそうさせたのだが、霊魂が進化、成長した証(あかし)でもあった。

打つ人も　打たるる我も　もろともに
ただ一時の　夢のたはぶれ

このときの一件で、西行の額には深い傷がくっきりと残った。

そして、水に溺れたことで河の水に対し、異常なほどの恐怖感を抱くようになり、これが生まれ変わった来世の西行（芭蕉）のトラウマにまでなったのだ。

西の長旅からもどって、西行はすぐに熊野に行き、山岳修行に入った。おのれの内部の神性を発揮するためには、まだまだ霊魂に磨きをかけなければならないのである。

一度の山岳修行よりは短い期間であったが、その苛烈さは変わらない。峰駆けのときなど、あまりの苦しさに涙が頬をつたって落ちた。

……山岳修行に入って三ケ月目のことである。

峰駆け修行のとき疲労も極限に達し、方向感覚をうしなってしまい、深い原始林のなかに迷いこんでしまった。

魔の森だった。七日経っても十日経っても、森から出ることができない。どこまで行っても、うっそうとした暗い森、森。

もう一歩も歩くこともできず、動けない状態になった。

(この深い森からは出られそうもない。最後はここで人知れず命をうしない、朽ち果ててしまうのか)

もともと山岳修行に入るとき、死の危険は承知していたはずである。いまさらなにを恐れるというのか。

(たとえここで生命が終わるとしても、それもまた天寿に違いない)

山中の静寂と沈黙のなかで西行はそう覚悟を決めると、すっかり澄み切った心境になった。

その時である。もうろうとしたかれの眼が、木立ちのあいだに光る影のようなものをとらえた。

そこに、まるで女神のような、光る薄い衣をまとったうるわしい女性が立っていた。なにか大気のなかから脱けだしたふうだった。

彼女は、

「あなたを助けてあげましょう。わたくしについてきなさい」

というふうに、かれに合図を送る。

そして、先になって歩きだし、森からぬけだす道へと導いてくれようとする。やがて、見覚えのある山道に出て、西行が振り向くと、その姿はもう何処にも見当たらないのだった。

そのときになって西行ははっとなり、声をあげそうになった。

(あの女人は亡き母上だったに違いない!)

と胸が熱くなり涙がにじんだ。


サードマン現象といわれるものである。背後霊(守護天使)が出現したのだ。

人間が恐れの感情を抱くと波長が乱れ、背後霊も近づくことができないが、平穏冷静な心境になり、本人の抱く霊魂が呼びかければ、背後霊は救援の手を差しのべてくれるのだ。

現世の人間には、どんな人間であれ本人の成長を助けるための、守護霊、背後霊、指導霊など数霊がかたわらについている。

守護霊、背後霊などは、霊界で同じ霊系に属する集団、類魂、ソウルグループのなかから選ばれたり、本人と血縁のある祖霊が指名されたりする。

遭難したとき多くの登山家がこの現象に遭遇したり、海中の洞窟で科学者が体験したケースなどもある。

二〇〇一年九月十一日、ニューヨークの世界貿易センタービルの事件のときの場合は、こうである。

飛行機がビルに衝突し、もうもうと濃煙のあがるなか、ハミルトン出身の男性は手さぐりで階段を下りつづけた。でも、八十階のところで、行く手を崩れ落ちたガレキに阻まれ、それ以上進めない状態になった。

男性も、もうダメだ、と諦めかけた。そのとき背後に人の気配のようなものを覚え、さらに、

「立ち上がれ！」

と鋭い声が聞こえた。

眼に見えないその〈知的存在〉は、声も重みをもっており、確かな実在として感じられたのだ。

男性は姿の見えないその人物から、

「おまえにはできるはずだ」

と励まされた。

と、手をつかまれたような感覚を覚え、階段のところへ連れていかれた。

男性は壁やがれきを取り除き、また階段を下り始めると、今度は炎が立ちはだかった。ひるむ男性をさらに叱咤し、炎のなかを駆けださせ、その救い人はついに安全な階へと導いてくれた。

（助かった！）

と男性が安堵すると、それまでずっとそばにいてくれた何者かの気配が、不思議なことに突然すっと消えうせた。

このようなサードマン現象ばかりではなく、霊界のさまざまな事象は地上世界に強く影響を及ぼしている。人間がそれに気づくことは稀であるが……。


西行は高野山の麓の草庵に帰ってきた。

数年後、親友の西住がある知らせをもたらしてくれた。娘の清花が出家したというのである。

「そうか、天野にいる妻の萩のもとにか」

西住は西行の気持ちを察し、娘の清花の成長を人知れず見守ってくれていた。

清花は貴族の冷泉家に、最初、養女のように大切にされていた。けれど、その家の娘が嫁ぐことになると、清花は急遽、その娘の侍女として一緒についていけ、と冷泉家の当主に言い渡された。養女としては考えてはいなかったのである。

娘にとっては不本意な運命である。もし、父親の西行がきちんと朝廷勤めをし、豊かな暮らしをしていたならば、このような不遇の目に遭うこともなかった。

(なんと理不尽なことではないか)

と清花は内心、嘆き悲しんだことであろう。

(娘に逢わなければ……)

と西行は久しぶりに妻の萩の小さな庵を訪れた。

娘の清花はなにかの用で、出かけているようだった。

妻は西行の顔を見るなり、

「あ」

と小さく叫び、

「お聞きになられたのですね。清花が京より一人で、ここまで歩いてまいりました」

「そうか。野宿をしながらか」

「はい。もう惨めな気持ちでいるのは嫌になった、ということのようです」

言葉のもたらす効果も考えず、萩はそう言ったのだろうが、やはり、その一言は西行の胸を鋭くえぐった。

やがて、娘の清花がもどってきた。彼女は西行のほうをちらっと見たきり、無言のまま西行を無視し、するりとその横を通りぬける。

「清花、父上ですよ」

と妻の萩が言うと、

「わたくしには父などおりません」

と娘は冷たい声で答え、それから西行をきっとした眼で見つめ、

「お帰りください。ここはあなたが、お出でになるところではありません」

と娘は毅然として口調で言う。

西行は無言のまま娘を眺めた。清花は平然とその視線を受けとめ、身じろぎもせずに立っている。

「……そうだな。では、帰るとしよう。二人とも元気でいておくれ」

そう言うと、さすがに妻は申し訳なさそうな表情を見せたが、娘のほうはあいかわらず、冷然としたままだった。

西行は肩を落とし、二人に背を向ける。

（ここに来るのではなかった）

かれは娘を縁側から蹴落として出家した。そのときから、いつかは娘からこのような仕打ちを受けるだろう、という思いは心の隅にあった。それがいま現実のものとなったのだ。

（いったい、自分はここに何を求めにきたのか）

娘の許しの言葉を、心ひそかに期待していたのか。

西行は背に受ける娘の冷たい視線が、まるで罰のムチでもあるかのように感じられたのだった。かれは出家するときに妻子に対してこしらえたカルマを、このような形で弁済させられたのである。

……三年後、妻の萩は亡くなった。この間、妻も娘も西行のもとを一度も訪ねては来なかった。

西行と妻子のあいだの霊的な結びつき、キズナが完全に切れてしまったのだろう。

西行の人生を、あっという間に押し流してしまうような戦乱の日々がつづく。権力を争うのに理由はいらない。とにかく自分の敵となる相手がいれば、それを倒すまで争いはつづくのである。俗界の人間の本性である。

7

最初に起きたのは、一一五六年の保元の乱だった。

崇徳上皇方と後白河天皇方との対立である。その背後には、朝廷のトップを争う藤原氏の兄弟の確執があった。

崇徳は自分の子、重仁を即位させたかったのに、崇徳の弟（後白河天皇）に譲位させられてしまった。この恨みは深く、藤原頼長はその崇徳の憤激を利用し、兄の藤原忠通の勢力に対抗しようとした。

戦のことなど夢にも想ってもいなかった、人のよい崇徳。かれはいつのまにか一方の旗頭に祀りあげられてしまったのだ。

両勢力の対立は激しさを増し、ついに戦いに発展した。このとき、源氏の棟梁、源義朝と平家の総大将、平清盛は、後白河側についた。

勝負はあっけなく終わり、後白河側の圧倒的勝利、崇徳側のみじめな敗北という結果になった。

崇徳は逃亡し、仁和寺に身を寄せた。そこで助命運動をしようと考えたのである。西行のもとに知らせが届いたのは、その時点である。急いで仁和寺に向かった。愛する亡き女院（待賢門院）から、

「わが子、崇徳のことをくれぐれも頼みます。そなたしか親身になってくれる人はおらぬのですから」

と頼まれている。

逃げまわっていた崇徳は見る影もない有様で、西行を見るなり、

「おお、西行。よくぞ、来てくれた。頼む、助けてくれ」

と子供のように、ぼろぼろと涙をながす。

「上皇さま、よくぞご無事で……」

髪をおろしたその哀れな姿に、西行も言葉がつづかなくなった。

崇徳にとって、敵方の後白河天皇も同母の弟であるが、もう一人、同じ弟、覚性法親王がいる。かれはその親王を通して、後白河に許しを乞おうと思った。が、頼みの親王は、それを拒絶した。いまの崇徳が信頼できる人間は、西行のみ。事実、この崇徳のことを案じて、ここに駆けつけてきたのは西行だけだった。

敵方の武将、平清盛と盟友であるかれならば、きっとこの窮状から助けだしてくれるに違いな

い、と信じたのもむりはない。

崇徳の事情を察した西行は、すぐに行動を起こした。清盛のもとへと走ったのである。

「崇徳を助けよ、というのか。バカなことを言うな」

と清盛は鼻先で笑う。

「だが、そなたと父は同じ、白河上皇さまの血を引いている間柄、兄弟ではないか」

「ふん。あ奴が、血をわけた弟だと……。あ奴はな、いままでわしに対して、兄弟らしい態度を見せたことなど、一度もない。わしを産んだ母の出自が卑しい、自分とは身分が違うのだ、といつもわしのことを見下げたツラで眺めていた。なにをいまさら助けてくれだ、ふざけるな」

清盛は自分の言葉に刺激され、顔を真っ赤にして怒りだした。

「どうしても、助けてもらいたかったならば、わしのまえで土下座をして、いままでのことを詫びろ。そうすれば、すこしは考えてやってもよい」

「むりなことを言うな。天皇にまでなられたお方だぞ。そんなことはできるわけがない」

「ほう、そうか、できぬか。義清、それならばな、そなたはどうだ。そなたは崇徳の代わりに、ここにやって来たのだろう。ならば、そなた、崇徳になりかわって、そなたが土下座をしてみせろ」

その言い方に、西行もさすがにかちんときた。

（この自分に土下座をしろだとッ）

仏界の僧侶は頭を下げるのは仏に対してのみ、俗界の王侯貴族といえども対等の身分なのだ。

仏法には、そうある。

けれど、そのときの西行の心情は、その仏法が頭にひらめくよりか、北面の武士のそれにもどってしまった、といったほうが適切だろう。

清盛と接すると、

（こ奴にだけは負けたくない）

という考えが湧き、矜持にこだわりついむらむらとなる。清盛だけは、西行にとって特別な存在、ライバル心の湧く相手なのだ。

西行は清盛との霊的な差を意識することができず、傲慢の心に負けてしまった。かれは結局、恥辱に耐えられず、清盛への懇願を断念し、崇徳のいる仁和寺にはもどらず、そのまま自分の草庵に帰ってきた。

崇徳を見捨ててしまったのである。


……崇徳は命だけは助けられたが、讃岐国へ流罪となった。天皇、上皇の流罪は四百年ぶりのことだった。

そして、崇徳はたびたびの嘆願にもかかわらず、都への帰還は許されず、怨念の鬼と化したまま八年後にこの世を去った。

西行にとって、その崇徳のことは、いつも後悔、懺悔の種となった。

（あのとき、どうして崇徳を助けてやれなかったのか。それができたのは、この自分だけだったのに）

清盛に会ったときのことが悔やまれてならないのだ。

（あのとき、なぜ土下座ができなかったのか）

土下座くらいなんであろう。それをやったところで、この身になんの不利益があろうか。つまらない自尊心が霊性の発露を妨げたのである。

清盛を動かすには、崇徳の乳母でもあった清盛の継母、池禅尼に頼むという手もあったはずだ。幼いころから育ててくれて恩義ある継母。さすがの清盛も彼女の言葉にだけは逆らえない。

あれほど女院に、

「わが子、崇徳のことを頼みます」

と懇願されていたのに、成すべき人間愛の行動を怠り、崇徳を救うことに全力をつくさなかった、その罪に対し、当然、大きなカルマの負債が生じているはずだった。

（なんのために、これまで苦しい修行をしてきたのか）

西行は呵責の念に打ちのめされた。

犯した罪の償いには、それと同等の苦しみを体験し、埋め合わせをしなければならず、そうでなければカルマは清算されることはない。

すべての出来事は、原因と結果のからみあい。この世は原因と結果の法則が、整然と数学的に繰り返されている世界なのである。

満山の桜の花を、西行は吉野の奥山の草庵でながめていた。昨年からこの山に入って、身体一つやっと収めるくらいの草庵をこしらえていた。

高野山の麓にも俗世間の人がしばしば見受けられるようになり、修養の場としての特性が薄まっていた。この奥吉野は小寺が多くあるものの、高野山とは異なり他の僧侶からも干渉されることはない。

夜になると獣の目が光り、ここは山岳修行の出立の地でもある。鬱蒼とした見渡す限りの山々がうねうねとつづく光景を前に、霊肉の壁を取り払い、おのれの霊魂と向き合うのに最適な地でもあった。

誰にも邪魔されず、身を切るような静寂のなかで、自分の霊魂の発する声を聴くのである。

吉野山　こずえの花を　見し日より
心は身にも　添わずなりにき

あくがれし　心を道の　しるべにて
雲にともなふ　身とぞなりぬる

自分の心を揺らすこの恍惚感は、いったいなんであろう。これは仏僧の感じる法悦とは、すこし違うようだ。

そう思うと、

(果たして、仏道と歌道は一如のものなのであろうか。もし、そうでないならば、歌はたんなる妄語(もうご)となる)

という疑問すら湧いてくる。

西行はその疑念を打消し、いまいちど桜の大樹を眼に焼き付けるようにして眺める。

この自分が輪廻して、つぎの世でまたこの地に足を踏み入れるとき、この桜の大樹を眼にすることであろう。その時、来世の自分はどんな感慨をいだくことになるのだろうか……。

(花びらは散っても、桜の花は花としてそこにある)

人間の肉体が滅んでも眼に見えぬ霊魂が残るように……。桜は輪廻転生、無常のシンボルでもある。

(……桜に死す)

西行は自らの魂の心奥をみつめ、心静かに念仏三昧に入る心境で、さらに一首、詠んだ。

願わくは　花のもとにて　春死なむ

8

その如月（きさらぎ）の　望月（もちづき）のころ

保元の乱のあと、四年も経たないうちに、今度は平治の乱が起きた。西行、四十二歳。

覇を競う亡者たちの戦いは尽きない。この乱は、平氏と源氏の決戦の場となった。武家のトップをずっと争ってきた両者、いずれ決着をつけなければならない運命にあった。

保元の乱で勝利に貢献し名をあげた信西（藤原通憲、少納言）がその乱ののち権勢を得るようになり、それに反対する勢力がうまれた。

それはやがて、後白河院側と二条天皇側の対立を生じさせ、今度は平家と源氏も敵同士にわかれた。戦は清盛が味方した二条天皇側の勝利となった。

源氏の棟梁、源義朝は逮捕、処刑され、子供たちも捕らえられた。

清盛はその子供たちまで、

「殺してしまうらしい」

と人々は口にしていた。その噂が西行の耳にも入った。

（いまの清盛は人間の命を絶ち、霊性を踏みにじることなんかなんとも思ってはいない。だが、清盛にそんなことをやらせてはならない）

西行は崇徳のときとは異なり、今度はまっすぐかれの継母、池禅尼のところに寄った。

「おや、義清さん。いいえ、いまは西行さんでしたね」

久しぶりに会った池禅尼は、愛想よく迎えてくれた。

清盛と北面の武士で同僚だったとき、よくこの屋敷を訪れ、彼女から温かいもてなしを受けた。西行の大好物が鹿肉であると聞くと、彼女は時折、それをごちそうしてくれる。夢中になって食らいつく西行の様子に、池禅尼は眼を細めていた。

「義清さん。清盛は無謀なところがある子なので、あなたからよく忠告してやってくださいね」

彼女がそう言うと、

「母上、よけいなことは言うな」

と清盛はむくれた顔になるが、本心ではそう言ってくれる母の心がうれしいのだ。

「はい。清盛がむちゃをしないように、わたくしがしっかり見張っておきます」

「お願いね。義清さんから、そうしてもらえると安心です」

と池禅尼は手を口にあてて笑う。

すこぶる仲のよい母子なのだ。育ててもらった恩義だけでなく、二人は気性があうのだろう。

西行は彼女に、崇徳の救済を清盛に頼んだときのいきさつを説明し、

「あのとき清盛が承知してくれていたならば、崇徳院は讃岐には流されずにすんだはずです」

と言い、

「怨み骨髄に徹する崇徳院は、このままだと怨みの魂と化してしまいます。もし、そうなれば清盛らも祟りを受け、ただではすまない、と案じておるのです」

と説いた。

そして、源義朝の子供たちを助命するよう、清盛に話をしてくれるよう依頼した。

「なにゆえに幼い子供まで殺す必要があるのでしょうか。親の罪が子供にまで及ぶはずはありません。そんな残酷なことをすれば、清盛にはかならず仏罰があたります。二度と崇徳院のときのような過ちを繰り返してはならぬのです。

やっと平家に栄光の兆しが見えてきたというのに、罪を犯せば、きっといつかはそれが悪い結果を招くに相違ありません。どうか、池禅尼さまの手で清盛を説得し、それをやめさせてください」

「わかりました。西行さんの言うとおりですね」

彼女は深くうなずき、清盛に罪を犯さぬよう諭すことを承諾した。

清盛も、やはり継母の言葉には逆らえなかった。義朝の三男、頼朝は伊豆に流され、まだ二歳の牛若丸（義経）は出家させられ、十一歳になったとき鞍馬寺に預けの身と決まった。

「平家の総大将は仏心の持ち主だ。これが源氏だったら、ああはしなかっただろう」

と京の人々は噂をし、清盛の人気はいっきに高まった。西行も、これで崇徳にときに背負ったカルマの負債を、いささかでも返済できた、と思った。

確かに頼朝と義経が命を助けられたのは、西行が池禅尼を口説きおとし、それが奏功したからである。しかし、その二人が成長し、やがて、平家の天下を滅ぼすようになるとは、清盛も西行もこのときは予想だにできないことであった。


この戦乱ののち、つぎの大嵐にみまわれるまでの約十年間、小休止といった時代を迎える。

西行は高野山の草庵から動かず寺にも入らず、歌だけは多く詠んだ。

崇徳は讃岐で憤死し、それと反対に平清盛のほうは、この間、権大納言、兵武郷、内大臣と昇りつめ、位階も正二位までになった。

「わしとそなたと、いずれが先に山の頂上に立つか」

西行との競争も勝負がついたようだ。清盛は山の頂上にあと一歩に迫り、西行はまだ六合目あたりでぐずぐずしている。


そんなある日、西行は高雄の神護寺を訪ねることがあった。寺の境内で一人の僧に呼びとめられた。

法師のようないかつい顔をした男である。

「あなたが西行さんか」

敵意むきだしの表情である。

「あなたは？」

「文覚と申す」

「ああ、あなたが文覚さんか」

「そうだ」

と胸をそらした。

西行もその名を聞いている。文覚は俗界のいたときは遠藤盛遠という武士で、横恋慕した友人の妻を誤って殺害し、そのために剃髪して僧となった人間。西行より十九歳も年下である。

「はて、どんな、御用で？」

「用があるから、呼びとめた」

文覚は怒鳴るようにして言う。

「うかがいましょう」

西行はにこっと笑って答える。

「あなたは仏僧か、それとも歌詠み人かッ」

もう顔を真っ赤にしている。

「はて、文覚さん。あなたはわたくしに、いずれになることをお望みなのかな」

「貴僧は得度した。仏僧ならば仏僧らしくせよ」

「……」

「それを歌ばかり詠んで、仏法は身の飾りのつもりなのか。仏僧ならば仏道に徹せよ」

「文覚さん。わたくしはいままで二度も、命がけの山岳修行をおこなっております。高い崖から落ち、深い森に迷いこみ、幾度も命をうしなう羽目に遭いました。仏僧でない者が、どうして、そのようなことをやれるものでしょうか」

文覚は押し黙り、西行をにらみつける。

「確かに文覚さん、わたくしは歌道に憑かれております」

西行はそこでひと呼吸し、それから大日経の経文をとなえるように、こう説いた。

「わたくしはな、文覚さん。歌を詠むことは経文を唱えることと同じ。一首、詠みいでるは一体の仏像を彫るのと同じ。仏道と歌道は一如、同じ道と思っている。歌による救世も可とすら考えている。それゆえ、このような峻烈な修行にも耐えている。

歌は経文と同様、身、心、意識をおおいつくし、人間の因、縁、業、報、相、性、体、力をおおうもの。それゆえわたくしは、過去のおかした罪科を悔い、身の清浄になることを願って、三十一文字の和歌の道にいそしんできた。この方法も悪心を払いのけ、仏道を身につける手段でもあるのですよ」

西行のその口ぶりは、まるで自分自身を諭すような調子であった。

文覚はなにか言いたそうに、一瞬、ぐっとまた胸をそらしたが、なにも言わず、くるりときびすを返した。

この文覚が、やがて伊豆にいる源頼朝に決起をうながし、平家追討の旗をあげさせるようになるとは、やはり西行にはとても想えないことであった。

清盛から摂津の国でおこなわれる万燈会への招きがあった。

いまをときめく平家の総大将、清盛は、一族の威勢を示そうと、盛大な宗教行事をおこなうことにしたのだ。三万本のあかしを灯して、懺悔、報恩をあらわす万燈供養である。

西行が清盛に逢うのは、崇徳のために嘆願したとき以来のことである。あのときの恨みを忘れてはいないのだが、二人のあいだには霊的親和力が働いている。

「逢いたいから来てくれないか」

と声をかけられると気持ちとは関係なく、どうしても身体が動いてしまうのである。

清盛は肥満し、脂ぎった顔になっていた。

「おお、義清、達者か。そなたと逢うのは久しぶりだな」

とにこやかに招き入れた。

かれはいまや時の盛りを迎え、位階も正一位、太政大臣、しかも、娘の盛子を入内させ、中宮にしている。

「平家にあらずんば人にあらず」

とまでチマタでは言われている。

西行はかれに逢うなり、高野山の課役の免除の件をもちだした。紀州、神宮社殿の造営の費用負担の話が出ており、それをなんとか免れたい、と高野山の高僧から頼まれていた。

「いいだろう」

と清盛はあっさり許可した。

西行があらたまった調子で、

「どうだ、清盛。天下をとった気分は」

そう尋ねると、

「それがな、わしにはわからないのだ」

と意外な返事をする。

「わからないって、なにがだ」

「うん。天下をとったというが、その実感がない。それどころか、以前に増して不安で不安でしょうがない。これはどうしたことなのか。山の頂上にあがりさえすれば、もうなんの心配もいらない、あとは平穏な心境で毎日を過ごせるだろうと思っていたのに」

「そうか。そなたがそんな心情になっておるとはな」

西行はあらためて清盛の顔を眺める。どうみても、位階、正一位、天下をとったようなそれである。

「のう、義清。どうして、こんなふうになるのか、そなたならわかるだろう？　教えてくれぬか」

「そうだな。それは、いつぞやそなたが言ったことがあるのだが、武をもって人の身を支配することはできても、その心まで支配することはできない、ということからきているのかもしれないな」

「おお、そうかもな。いまのわしには、だれも信用することができない。たとえわが子であっても」

そこまで疑心暗鬼になっているとは気の毒なことだ。この世で頂上をきわめても、いや、頂上にいるからこそ、そんな心境にもなるのだろうか。

平清盛の名は、いまはだれひとり知らない者はいない。でも、かれもいつかは死に、そして、輪廻転生でまた新たな世に生まれ、別の名の人間として出発する。

今生での名というものは、あくまでも一時的なもの、仮のもの。だから、今生で名を挙げることに執心し、たとえ高名を馳せたとしても、来世、来来世……で何回も名が変わることを考えると、それは意味のないことなのだ。

こうして、天下を動かす身分、地位を得ても、清盛はこれから生死無常の理(ことわり)の洗礼を受けなければならない。

清盛はいま平家の未来、おのれの姿を凝視している、と西行は思った。

9

　動乱はつづく。まず一一七七年に平家に対する謀叛、鹿ケ谷の陰謀事件が起きた。平家の横暴を憎む後白河法王の勢力が決起をくわだてた。が、その陰謀は発覚し、首謀者の俊寛らは鬼界ケ島に流罪に処せられた。

　その三年後、ついに源氏が平家打倒の旗をあげ、富士川の戦いが起き、平家は最初の敗北をきした。

　清盛から、

「ぜひ、われのもとを訪ねよ」

　という使者が来たのは、その年のことだった。

　前年に、もっとも頼りにし、政権の運営をまかせていた長男の重盛に死なれ、あげくは源氏との富士川の初戦で敗れ、さすがに気丈な清盛も精神的にまいり、床に伏すようになっていた。

　病床にある清盛は驚くほど衰弱し、前回逢ったときとは見違うほどだった。

「すまない、義清。来てくれたか」

　と涙ぐみながら気弱な声をだす。

「どうした。そなたらしくないではないか」

あの清盛がこうまで変わるものなのか。西行は言葉がつげず、じっとその顔を眺める。

清盛がふわふわとした声で話すには、このごろ悪霊に憑かれているのだという。

夜、庭に髑髏（どくろ）の山があらわれ、かれに嘲笑をあびせ、大木などないはずなのに、それが大きな音をたてて倒れ、二、三十人の死者がいちどきにわめきたてる。

「わしのいまの様をみて、笑っておるのだ」

と清盛は歎く。

多分、それは清盛がこれまで殺してきた兵士たちの亡霊なのであろう。かれは多くの戦いをやり、数えきれないほどの兵士たちの命を奪ってきた。

当然それはかれに対する大きなカルマとなっている。そして、謀叛、長男の死、富士川の敗戦という形で、かれはいま、そのカルマの負債の返済をさせられているのだ。

「わしは確かに天下をとって、山の頂上に立った。そなたとの競争に、わしは勝利したつもりだった。だが、このざまはどうだ。結局、わしはそなたに負けたのか」

「そんなことはない。清盛、そなたは間違いなく勝利者だ。ただ、この無常な世で勝利するということに、それがどれほど意味をもつものなのか、ということなのだろうな」

「そうかもな。勝っても負けても同じだったのかもしれないな」

清盛は口元に自嘲めいた笑みを浮かべる。

その表情を見て、西行は、

（これは清盛だけのことではない。このわしにも通じることなのだ）

これまで、清盛と対抗するには、歌人としての名声を得るしかない、と心の隅ではそう思っていた。そんな俗界の名誉にこだわっていたからこそ、まことの歌がまだ詠めないでいる。歌への悟りがひらけないでいる。

忸怩たる思いに、西行は頭をたれ、黙した。

清盛は最後に、西行にこう懇願した。

「わしはもう終わりだ。寿命もあといくばくもない。平家がこれからどうなるのか、わしはそれを見守ることもできない。義清、そなたに最期の頼みだ、聞いてくれ。平家の行く末を、わしの代わりに見届けてもらいたい」

「わかった、約束しよう。わしがあの世に行ったとき、平家の行く末がどうなったか、そなたに報告することにしようではないか」

西行がそう誓うと、清盛は穏やかな表情になった。

そして、翌年、清盛の訃報が届いた。

かれの病身は焼けるように熱く、最後まで高熱に悩まされていたが、それは東大寺、興福寺を焼いた報いだ、という噂が流れた。清盛の妻は、牛や馬の顔をした鬼たちが猛火につつまれた車を引いて、かれを迎えにやって来る夢をみた。

「わが墓に源頼朝の首をそなえるまで、追善の供養など無用」

それがかれの遺言となった。

あれほど栄華をきわめ、名誉、地位、富を手に入れたかれも、それらのなにひとつ持つこともなく、あの世へと旅立っていった。

この世から持参できるものは、他人にほどこした愛の行為、無私の行為の実績だけなのだ。いかなる人間にも例外はないのである。


西行は歌集の山家集をまとめ、高野山を下りて伊勢に移ることにした。

六十三歳のかれは、残り少ない人生を、一所不在、漂泊流転の日々に身をまかせようと考えたのだ。柿本人麻呂と同じように大自然の法則にもとづいた運命の道を辿ることにしたのである。

無常の漂泊流転の人生は仏教では、生まれ変わり死に変わりを繰り返す、という意味をもつ。

西行の心には迷いがある。

(この無常、変転の世で仏の教えは、本当に人々を導く力があるのだろうか。この末法の世で、仏法がどれほどの人を救えるのだろうか)

迷いは深いのである。どうして、こんなに迷うのか、自分でもわからなかった。

(歌道、仏道、果たしてその道は交わるものなのであろうか)

迷えば迷うほど、霧は深くなる。

（煩悩の大海に入らずんば、いっさいの智を得ることあたわず、煩悩のなかにこそ衆生があり、仏と歌の道もある）

仏道では人間の煩悩を救おうとするが、歌はそうではない。歌はむしろ煩悩を肯定し、煩悩に苦しめられる人間の真実（仏性）を詠もうとする。

西行には果たさなければならない、清盛との約束もある。

（平家の行く末がどうなるのか、それを見届ける）

余生をついやしても、その約束だけは守らなければならない。

（あれほど栄華をきわめた平家なのだ。そう簡単には滅びはしまい）

と西行は確信していた。

だが、その西行の予測は外れ、源義経という天才的な武将があらわれ、あれよあれよという間に平家は壇ノ浦にまで追いつめられてしまった。わずか四年のことである。

平家の赤旗は打倒され、八歳の安徳天皇は海に沈められた。

（清盛が幸せだったことは、この壇ノ浦の悲劇を見ずにすんだことだ）

早く寿命を終えたことは、天が与えてくれたかれに対する褒賞のようなものなのか。古代からつづいた公卿、貴族だけの政治を終わらせ、新たな歴史を切り拓いたことへの……。

西行は一度、戦場に足を踏み入れたことがあった。そこにはすでに無数の血だらけの兵士が横たわっていた。

西行は霊視ができる。兵士たちは刀で切られたり槍で突かれたりして死ぬが、そのとき、しばらくは気絶したようになって横たわっている。

そのうち、霊となった兵士は気づいたように立ちあがり、自分の死体のまわりをうろうろする。自分が殺されてしまったことを自覚できないのである。

兵士は肉体がなくなっているにもかかわらず、まだ生きているつもりで、また刀をふるって敵と戦おうとする。

けれど、刀は霊刀、それで敵をいくら斬っても、相手は倒れてはくれない。そうなるとよけい必死になって、霊刀をふるい敵に立ち向かおうとするが、その様はこっけいでもある。

いつまでもそうやって奮戦しようとする兵士もいるが、そのうち、これはおかしいぞと気づく。すると、今度は自分の屍に入り生きた人間になろうと懸命になる。九度も挑戦する兵士もいるが、そのうちにいくらやっても、これはムリだ、とわかるようになる。

やがて、兵士は肉体と幾本もの魂の緒、銀色のヒモで結ばれた霊体となって空中に浮かび、下にある自分の遺体を眺めるようになる。そして、銀色のヒモが切れると、霊体（魂）、霊的実在は細長い風船のように天に向かって上昇していく。

（戦をやると、こうしていちどきに多くの未熟な、心の準備もできていない霊魂が浄土へと昇っ

ていく。これを受け入れる側も、さぞ難儀なことであろう）
殺された兵士たちの悲運を嘆くと共に、浄土、霊界側の苦難にも想いを馳せたのだった。
高野山を去るまえに吉野の桜を見ようと思い、季節になって草庵に足を運んだ。

いざ今年　散れと桜を　語らはむ
なかなかさらば　風や惜しむと

（これで吉野の桜も見納めか）

西行の胸に高野山で過ごした日々のことが浮かび、感傷的な気分にならざるをえなかった。

天野の地にいる娘、清花に別れを告げに逢いに行こうと思ったが、思いとどまった。

妻の萩のもとへ行き出家した娘は、母が亡くなっても、そのままその地にとどまり、尼として仏道に励んでいる。ようやく得た心の平安を、乱すようなことをしてはならない。

かれは親しくしている二、三の友にだけ、別れの手紙をしたためることにした。

伊勢に移り、その地を転々とし、たまに旅に出る日々は、この世とあの世とのあいだを流浪するようなものだった。

（いつ、どこで倒れて死ぬかもしれない）
という覚悟で過ごす日々でもあった。

道を求める者は菩薩とされる。歌の道を究めようとして旅する者もまた菩薩であろう。あるいは心霊的威力を発揮する西行はシャーマン、巡遊神人でもあった。

ある村ではこの俗悪の世にある民衆の、魂をむきだしにして生きる、その暮らしに触れた。

村人は西行を見ると、その霊験を頼み、
「家に年寄の病人がいる。治してやってくだされ」
と懸命になって頼む者もある。

貧しい者たちへの心霊治療には、西行も快く応じる。

西行の癒しの内容はこうだ。まず陀羅尼（だらに）の呪文を唱え、霊体の発する霊的大気のオーラ、その色彩の状態を見る。病人の身体に及ぼす症状は、すべて霊と精神の反映なのである。

かれは病人に、
「そなたをこれまで生かしてくれた神仏に絶えず祈りなされ」
と説く。

病人は眼を閉じて祈り始める。心霊治療は霊的悟りをもたらすことが、その真髄なのだ。身体は癒えても魂が目覚めることがなかったならば失敗であり、逆に身体はなおせずとも霊を覚醒させることができたならば成功なのである。

「鎮まる霊よ、共に働け」

と西行は瞑目し、内なる霊声で本人の霊魂に呼びかける。

自分の背後にいるスピリットの波長をおのれの魂に受容し、手のひらを病人の患部にかざすスピリチュアル・ヒーリング。その霊波は患者の松果体、太陽神経叢を通じて体内にゆきわたる。

この処置で完全に治癒する者もあるが、どうしても治らない者もある。カルマの法則が働いている場合か、本人の寿命が尽きようとしている病人で、そのような病人をあえて治療しようとすることは、天の理法に逆らうことにもなる。

家族は、

「お坊さまが手をつくしてくだされても治らぬのか。婆よ、こうなれば、もう往生せねばならぬの」

と諦め、病人である老婆に言うと、

「そうじゃの。それではわしは向こうに行こうかいの。ここにいては家の者に面倒をかけることになるからの」

老婆も悟り切った口調で答え、ためらうことなく姥捨て山に入ることを決断する。

家族は西行に懇願する。

「お坊さま、この年寄が山に入ったら、すぐに成仏できるようにしてやってくだされ」

西行は快く承知し、翌日の早朝、老婆が姥捨て山に出発するとき、心をこめて法華経を唱えてやる。

「ああ、婆。おめえは運がいいぞ。最期にこんな偉いお坊さんに巡りあうことができて」

「そうじゃの。ほんとにそうじゃ」

と老婆も嬉しそうに言い、家族と共に西行に手をあわせる。


ある日、泊まるところがないままに、西行は江口の里に足を向けた。前世からのカルマの返済にあえぐ、苦界に身を沈める遊女たちのいる里である。

夜、川岸に立つ遊女をみつけ、思いきって一夜の宿を頼むと、

「あなたはお坊さま、出家の身なので、このような現世の仮の宿になど泊まろうとなど思いなさいまするな」

と遊女。

月影を受け、優しそうな顔をした遊女だった。西行はその彼女の思いがけない言葉に、

「いや、わたくしはただ眠らせていただければ、それでよいのです。土間の隅でもかまいません」

遊女はしばらく考えていたが、

「それならば、わたくしのところへ、どうぞ」

と川岸の葦を張ったばかりの仮小屋に案内する。

「こんな所でもよければ」

と言う。

「はい。もう充分です」

西行が礼を述べると、遊女は、

「お坊さまを御泊めするからには、わたくしの身の上話も聞いてください」

と語り始めた。

「わたくしは幼いころ親に売られ、このような身になりました」

あらためて遊女を見ると、年は四十歳くらいであろうか。それほど長いあいだこの境遇にあるのに、美しく清らかな顔をしている。

「これまで幾度、わが身の上を恨み、死のうと思ったかわかりませんが、でも、こうしてなんとかいままで生きてきました。前世の宿業が大きいせいなのか、死のうとすると、まだ死んではいけないという声が聞こえてきて、死にきれないのです」

「しかし、いまはこの歳にもなると、もう生きるも死ぬもありません。……いまさらなにを、だれを恨むことがありましょう。みんなそれぞれ必死になって生きているだけなのです。

ただ夕暮になりますと、遠くの野寺の打ち鳴らす鐘の音がしみじみと聞こえ、なぜか涙のこぼれるのを抑えきれないのです」

「けれど、お坊さま、わたくしはできるだけこの世で長生きをしたいと思っております。この苦しみの世を生きて生きぬいて、そうすれば、たとえこの汚れた身であっても、わたくしの魂は、いくらかは清らかなものになるのではないでしょうか」

貧者の一灯、天を恨まず人を恨まず……。この遊女はなんと気高い心、崇高な魂の持ち主なのであろうか。西行は彼女の魂の放つ香気に心を強くとらわれた。

そして、維摩経にある、一節を思いだした。

「蓮の花は高原の陸地には生ぜず、泥地のなかにこそ生じる。また種を空中にまいても芽は出ず、糞土の地にまけば、やがて茂るようになる」

西行は遊女と魂と魂の触れあう一夜を過ごし、語りあかしたのだった。

数ケ月のち、かれはまた近くを通ることがあり、その遊女に逢いたいと思い、訪ねることにした。でも、もうそこには彼女の姿はなく、あの葦でこしらえた「仮の宿」もなかった。


俗世間を離れ、山の自然のなかに入ると、無常流転する生命、霊の存在が感得され、限りない安らぎが得られるのだった。

伊勢神宮にも初めて参拝した。神の住む森である。純白の細かい小砂利、杉、松、その他の老木が立ち並んでいる。杉のこんもりした木立ちの中を流れる渓流。

（このからりとした澄明な雰囲気は、どうであろう。これに対し、仏寺の仰々しさは……）

それが荘厳な建物であればあるほど人間臭さがただよい、このような清浄な世界からは遠ざかる。

そして、この神秘的な森にいると、木の葉一枚落ちるのにも、大自然、大宇宙の聖なる摂理が関与していることがはっきりと認識される。

西行はこの時、一瞬ではあるが、白木造りの神々しい宮の奥に、光につつまれた白装束の女神らしい姿を眼にした。

なにごとの　おわしますかは　知らねども
かたじけなさに　涙こぼるる

（もしかしたら、このような世界にこそ歌道の悟りがあるのかもしれない）

西行は自作の秀歌、七十二首をえらび、これを三十六歌仙になぞらえた歌合せの歌集とし、内宮に奉納した。

10

西行、六十九歳、二度目の奥州への行乞無常の旅に出ることにした。

東大寺の再建のための砂金の勧進が目的であったが、おのれの死期を悟り、死後の人生にそなえた生き方をしなければ、と考えた末の旅でもあった。

（この年老いての長旅、おそらく行き着くこともできず、途中で行き倒れてしまうに違いない）

かれは身のまわりの整理をし、出立した。

いかでわれ　今宵の月を　見に添へて
死出の山路の　人を照らさむ

旅の途中、鶴ケ岡八幡宮で偶然にも源頼朝と出会い、初めて面談をした。

「西行どの、貴僧のことは文覚上人からよく聞いておりまする」

「ああ、文覚さんから」

文覚は以前、出家者としての西行の行動に不満を抱き、非難を浴びせようとした僧侶である。

西行はかれの名が頼朝の口から出たことに驚いたが、文覚こそこの頼朝に平家打倒を決意させた男だったのである。

「ところで、西行どの。このたびの奥州への御用は、いったいどのようなことですか？」

頼朝が不審そうな表情になったのは、そのころ弟の源義経が奥州の藤原秀衡を頼って逃亡している最中だったからだ。

西行が秀衡とは親族の関係にあり、しかも、平清盛と親しかったことを知る頼朝には、もしやと思ったのであろう。

「わたくしが奥州に参りますのは……」

と東大寺の砂金の勧進の件をいうと、頼朝は納得し、

「このわたくしからも藤原秀衡どの宛てに、お願いの書状をしたためましょう」

と言ってくれた。

そして、かれはふいに改まった調子で、

「西行どのは、平清盛どのの義母、池禅尼さまとは親しくされておられる、とうかがっておりますが」

「はい。清盛とは同じ北面の武士であった関係上、ずいぶんと沢山、お目にかかりました」

「わたくしは実は池禅尼さまに命を助けられたのです。あのお方が平清盛どのを説得してくださらなければ、いまのわたくしはありませんでした」

「はい。そのように承知しております」

源氏を敗北させ、一族のことごとくを殺そうと考えていた清盛を、

「そのような無慈悲なことはおやめなさい」

と池禅尼はとめたのである。

が、あのとき、その池禅尼を、そのように仕向けたのは西行だった。そして、頼朝、義経の二人の助命を彼女に願ったあの一言が、皮肉なことに今日の平家滅亡を招いたのだ。

そのことが西行の心に澱(おり)のように残り、どうしても晴れ晴れとした気持ちにはなれない。

頼朝は言う。

「平家をこのように滅ぼしたのは、かならずしもわたくしの本意ではありません。無常の時勢の成せるワザ、いや、京の御所におられるお偉い方たちの身勝手な振る舞いなのです。池禅尼さまも、今日の様をどれほどお嘆きであることかと思うと、この頼朝、慚愧にたえません。一度、あのお方をお訪ねし、お詫び、お慰め申しあげたいと思っておるのです」

そう言う頼朝の口調には真情があふれていた。

頼朝は、最後になって、

「西行どのと申せば、歌詠み人として、だれ一人知らない者はおらぬほどのお人。ぜひ、わたくしにも歌の心、その奥義を教えてくれませんか」

と突然、言いだした。

西行はやや間をおいて答えた。

「わかりません。わたくしは、月や花を見て、ただ三十一文字をつらねている、ただそれでだけのこと。とても奥義など……」

かれは頼朝に胸の奥までのぞきこまれた思いで、あとはただ押し黙るしかなかった。

翌朝、頼朝は西行に銀の猫を記念にと渡した。西行はていねいに礼を述べて受けとったが、寺の門の外で遊んでいる子供を見ると、それを惜しげもなくくれてやった。

白河の関を越え奥州に到着し、平泉では親族の藤原秀衡の歓待を受けた。

西行は中尊寺の金色堂に向かった。杉木立の山路を抜けていくと、それはあった。金色の光芒を放ち、あたりの空気を清浄に染め、金色堂だけが特別に空中に浮いているような印象だった。

(まるで浄土に昇ったようだ)

西行は胸を締めつけられ、霊肉一如といった感覚を覚え、しばらくのあいだそのまえから動けなかった。

平泉で旅の疲れを落とし、藤原秀衡に別れを告げ、帰路に着いた。

そして、小夜の中山の地(静岡の掛川)にまで帰り着いたときには、さすがに感慨がわき、熱いものが胸に迫った。

(もうもどってくることはできない)

と諦めていたのに、こうしてまたここまで無事に帰り着くことができた。

年たけて　また越ゆべしと　思ひきや
命なりけり　小夜の中山

いまこそ、あの空也の、

「捨ててこそ……」

という金言が実感でき、

「仏法に値なし、身命を捨てることこそ値となる」

というかれの言葉が理解できるのだった。

（考えてみれば、自分はこの俗界に生を受け修羅の世を過ごし、どれだけ多くの人の生き死にを見てきたことか）

（まさに生きる中に死があり、死の中に生がある、ということなのだ）

心なき　身にもあはれ　知られけり
鴫（しぎ）立つ沢の　秋の夕暮

たとえこの世が無常の世であろうと、それをどうして悲しむことがあろうか。

（無常のままに生き、死ねばよいのだ。命を惜しみつつ死ぬのではなく、命を捨てて死ねばよいのだ）

それが天の理なのである。西行は肉と霊の相克（そうこく）を克服し、それが乖離することのない新境地に達したのである。


奥州の長旅を終えた西行は、やがて河内国の弘川寺に身を寄せ、そこで歌を詠ずることを断つという誓い、和歌起請（きしょう）をおこなった。その寺を終焉（しゅうえん）の地と定めたのである。

ある日、明恵と名乗る若い僧が訪ねてきた。明恵はいずれ華厳宗の中興の祖といわれる名僧になるが、西行にとってはまだ青二才も同然である。

ふだんは人にも逢わないかれが、このときはどんな心境になったのか、明恵との面会を許した。

明恵は西行のまえでひどく緊張し、

「どうか、和歌の心得をお教えください」

と頭を下げた。

西行は語りだした。

「和歌を詠む心得を申せというのか……そうだな。わたくしの詠む歌は、世の常の歌人のものとは異なるものだ。花を詠めども花として思うことなく、月を見ても月とは思わず、いうならば色即是空、空即是色の心境。歌はすなわち如来の真の姿、歌以外に見仏を求めてはならぬ、歌の中にこそ仏がおわす。されば一首、詠みいでるは一体の尊像を刻むがごとし、一句思いつづけては秘密の真言をとなえるのと同じ」

水の流れるようにそう説く西行ではあったが、その表情には苦悶のようなものが浮かんでいた。明恵には、西行のその表情の意味を解くことはできなかったが、なにか心に葛藤するものがあるのだろうか、とは思った。

(自分はまことの歌人として、人々に魂の浄化をもたらす幸ある歌を詠んだであろうか)

西行は二千首も詠んだにもかかわらず、まだ、

（……天から与えられた使命を成就させたであろうか）
という忸怩（じくじ）たる思いがあるのだ。

寂寥孤独の旅人、西行は自分の命のつきる月日も予知している。かれの霊のために定められた時期に地上を去るのであり、そのことはこの現世に誕生するまえにみずから選択していることなのであった。

うらうらと　死なんずるなと　思ひ解けば
心のやがて　さぞと答ふる

願わくは　花のもとにて　春死なむ
その如月（きさらぎ）の　望月（もちづき）のころ

西行の影響を受けた歌人で、千載和歌集を編んだ藤原俊成は、西行が歌のとおりに、かれが二月十六日の満月の日に七十三歳の往生を遂げたことに衝撃、感動し、こんな歌を詠んだ。

願ひおきし　花の下にて　をはりけり

はちす（蓮）の上も　たがはざるらん

みごと、歌に詠んだごとくに死んだ西行、かれはかならず蓮の花咲く浄土に行くに違いない……。

だが、死への憧れを抱いて生きた、生死（しょうじ）の詩人である西行は、俊成の詠むように浄土に行くことだけを考えていたわけではない。そのつぎの世界、来世のこともすでに頭に描いていたのである。

あはれあはれ　この世はよしや　さもあらば
あれ来ん世も　かくや苦しかるべき

求道者として生死ぎりぎりの生涯を送っても今生（こんじょう）では、ついに仏道、歌道の完全な悟りを得ることができなかった。その自分はまた生まれ変わり、来世でも歌人となって、歌の道を探し求める難儀な生涯を送ることになるであろう。

その覚悟をもって、いま命終（みょうじゅ）する……西行は死の床にあっても、そんな思いを馳せていたのだ。

西行法師　幽界・霊界の章

1

西行は断末魔の苦しみが起きないうちに生命の境界線を通り過ぎ、その霊魂（魂）は肉体を去ることができた。死ぬことによって本来の自己に還れる、という意識があったからであろう。

霊体にはそれを被う原子を吸着する特性があり、その物質に霊力が形を与える。そして、肉体と霊体とを結ぶ霊子線（シルバーコード）が切れると、無意識状態におちいった。

やがて、意識がもどると、とたんに渦巻状の暗いトンネルにすとんと落ちた。そこを西行の霊体は物凄いスピードで飛んでいく。風を切るような音がする。

すぐに前方にぽっと第一の光明があらわれ、そこに近づくにつれ光は輝きを増し、直視できないほどになった。

光の内部は黄金色に染まり、かれは至福の〈根源の光明〉に抱擁され、圧倒的な恍惚感につつまれた。

光のなかに人影があらわれた。胸に染み入るような静寂と平穏につつまれて、懐かしい人たちが佇んでいた。

幼くして死に別れた母親、そして、父親、妻の萩、弟の仲清、先祖の人々。かれらはそれぞれが所属する界層から階段を下りてきてくれたのである。

(……母上)

まるで娘のように若々しい母親は、西行に両手をさしのべ、にっこり笑っている。

「お還りなさい」

と母は言う。

西行は熱いものがこみあげ、言葉にならず、母の手をしっかりと握りしめる。やはり若々しい姿になっている父、妻、弟は、その光景をただ微笑して眺めている。

「お還りなさい」

と先に逝った妻の萩も言う。

西行は自分のほうに近づいてくる霊人たちに気づく。歌人の仲間、寂然と西住だった。

「西行さん、待っておりましたよ」

と寂然は微笑む。

さらにもう一人、泰然と構える霊人がいる。

「おお、清盛!」

西行は駆けより、平清盛と互いに肩を抱きあった。清盛がここにあらわれるということは、寂滅為楽（じゃくめついらく）の環境にいる類魂（るいこん）集団にいるということであろう。この世界でもかれはかれなりの努力で進化を遂げているのだ。

「そなた、ずいぶん変わったな」

と西行が言うと、清盛は現世では見られなかった穏やかな顔つきで、ただうなずくだけだった。

……西行は現世で深い縁のある人たちにかこまれて、しばらくのあいだ楽しい時間を過ごすことができた。

と、突然、かれのまえに紺青色に光り輝く、まるで女神のようなうるわしい霊人があらわれた。

その女人には見覚えがあった。

かれが二度目の山岳修行のとき、峰駆けで道に迷い魔の暗い森に入ってしまい、ついには生命を落としそうになったことがある。あのとき、かれを導き、助けだしてくれたスピリット（背後霊）だった。

（あのときはすっかり亡き母上だとばかり思ったが、そうではなくこの人だったのか）

コノハナサクヤヒメと呼ばれる霊界でも高い霊格をもつ霊人だった。

かれを迎えに来てくれた人たちは、すっとその姿を薄れさせ、大気に吸収されるように消えていく。それぞれが所属するエリアに帰っていったのである。

独りだけになった西行のまえに、今度はスピリチュアル・ガイドがあらわれた。光芒を放つ白衣をまとった神々しい霊人（スピリット）である。

かれはそのガイドの霊人の案内で、幽界の宮殿のような建物に連れていかれ、そこで現世での自分の人生の記録をパノラマふうの映像で見せられた。

この完全で、しかも赤裸々な人生回顧、自分で自分を容赦なく裁くセレモニー。これは霊界に入る人ならばだれでも受けなければならない洗礼である。

そのあと、西行は熟睡状態に似た休養期に入り、魂から現世での物質的な残滓を落とし、純度を増した成熟した霊人の状態になった。

覚醒した西行に、ガイドの霊人は、

「あなたの住む世界に行きましょう」

とさらに上層のエリアに案内する。

西行の霊格、霊質にふさわしい類魂のエリアを選んでくれたのである。互いに愛慕の情を抱く、愛の純粋性を同じくする仲間たちである。

「現世の荒波にもまれて得た本人の霊性によって、どこに住むかが決まるのです」

とガイドの霊人。

このエリアにマッチする霊人は、ここより下の層、次元には行けるが、上の層、次元に昇ろうとすると、そこの光輝にはあわず居心地も悪く、下手をすると跳ね返されたりもする。

霊界の上層は対立的関係がない世界であり、存在するのは叡智の多様性である。

人間は現世と霊界で魂の浄化、進化に努力し、自身の霊魂の光輝を増して、一歩ずつ上をめざさなければならない。すべての人間は進歩を遂げようとする霊的本性をもっている。

西行の住むコミュニティーは、同じような顔つき、性格の霊人ばかりで、親子兄弟以上に親密で、どの霊人もすでに数百年まえから知り合いだったような感じを受ける。

コミュニティーは円形に造られ、中心には最も霊格が優れ、このエリアを統括する本霊（メインソウル）がおり、外側にゆくにつれ霊格の下がる霊人が住む。新たな霊人がここに来ると、家や街角から住人たちがどっと飛びだしてとりかこみ、歓迎する喜びの声をあげる。

家の近くには安らぎの川が流れ、水面の色彩、匂い、形などは絶妙な癒しの効果を与えてくれる。そのかたわらにある森、木立ち、草原などは自然霊の意志を示し、心に染み入るような印象をもたらす。

西行にとっては何よりも安楽の地ではあるが、やはり、しだいに好奇心に突き動かされ、このエリア以外のことが知りたくなってくる。

（霊界、幽界の内容はどうなっているのだろうか）

ガイドの霊人に連絡することにした。

「なにかあったら、わたくしを呼んでください」

かれからはそう言われていた。ここでの伝達方法は思念によるもので、すぐに相手側に意が通じる。宇宙はダークエネルギー、ダークマターによって、そのほとんどを占められている。霊界ではこの物質を利用して互いに通信をおこなっているのかもしれない。

ガイドの霊人はたちまちにしてあらわれる。光の球体のオーブになってやって来て、かれのまえで人間の姿になった。

「どうしましたか、西行さん」

と柔和な表情で、かれは尋ねる。

「実はお願いがあります」

と西行は、要件を切りだす。

「ここは実に居心地よく素晴らしいところですが、いつまでもじっとしていても、自分の進歩、向上を実現することは難しいように思えます。できたら、この世界のあちらこちらを見学し、学んでみたいと思うのですが」

「そうですね。あなたにはそれが必要かもしれませんね」

ガイドの霊人はあっさりと承諾した。かれは西行が現世にいるとき、歌人、僧侶であったことを知っている。

「この世界がいかに奥深く、複雑であるかを知ることは大いに有益なことです。もし、あなたがまた現世に転生するようなときは、きっと役立つはずですから」

「はい」

「現世でのさまざまな人間の死に様、それがここではどんなふうに受け入れられ、どんなふうになるのか、それをしっかり学ぶことです」

ガイドの霊人は、西行にそう告げると、

「それでは、最初は未熟な霊たちに逢ってもらいましょうか」

とかれは眼を閉じ、黙想をする。

時間、空間のない、「永遠の今」の霊界。これは禅宗で説く「而今（にこん）の現成（げんじょう）」であろう。

思念すると、すぐさまどこへでも自由に行くことができる。


幽界の下層にあるエリア、そこには暗黒界と光明界をつなぐ光の架け橋がある。その下は深い谷になっており、その底は暗闇につつまれて見ることができない。暗闇の状態はそこに住む霊人たちの霊性を反映する特有の世界なのだ。

降りていくにつれ陰気な闇は濃くなり、しかも、それは地上とは異なりただ暗いというだけではない。憎悪と絶望の冷気が押し寄せてくる。

恐怖のともなう実体のある闇は、まさに水に溺れるといった、窒息しそうになるほどなのだ。

見上げると、遥かにぼうっと紺青色に光る架け橋が見える。

「ほれ、見てごらんなさい」

ガイドの霊人が指し示す。

まるで救いを求めるように、一人また一人、光の架け橋をめざして暗い谷をよじ登ってくる霊人がおり、深い谷間からは仲間たちが絶叫、罵倒する声が聞こえてくる。

「ああやって努力しているが、でも、本人自身の霊的な進歩がなければ、上に辿り着くことはできないのです」

確かに、もう少しで谷から脱出できそうなところまで来て、またずり落ちていく者もある。そうやって幾度でも、同じことを繰り返しているのだ。

それどころか、上に登ろうとする者の足をひっぱり、邪魔をしようとする者さえいる。光明の世界を嫌う者たちで、仲間の減るのを恐れ、そのような行為をしているのだ。

本人の霊質の向上がないまま、いくら懸命に行動しても願いは叶わないのである。この世界では、あくまで魂の進歩、純化いかんがすべてで、地上のように行動を起こせば、それで成果があがるというものではない。

この息づまる濃度をもつ暗闇で、苦痛、苦悶の日々を送り、自分ではどうすることもできないほどの絶望の状態、限界に達すると、そこでようやく覚醒、意識し、救いを求める叫び声をあげるようになる。

光の使者（高級霊）は、その声に初めて救いの手をさしのべ、本人が耐えうるていどの明るさの世界へと導くのだ。いきなり高次の光明界（ゾーン）へと連れてくると苦痛をおぼえ、眼がくらみ、むしろ、なにも見えなくなる。

重く暗い下層界に降りていくと、一つのコミュニティーが存在していた。そこの住人はみな、青ざめた、やつれた顔をし、薄汚れた白衣をまとっている。

「現世で暮らしていたとき、特定の宗教に凝った人たちなのです。この人たちはその宗教のシバリからまだ抜けられず、こうして教祖のもとに集っているのです」

かれらはここでも特定の霊団を結成して教祖の言うがままに、霊的真理からは疎遠な不毛、偏狭な儀式とドグマを信仰し、その思想的牢獄から解放されず、呪縛から逃れることができないでいる。

邪悪性をおびた教祖と特殊な性向をもつ霊たちのせいで、大気は悪臭を放ちよどんでいるが、信者たちはそれすらも快適なものと信じている。邪悪な霊が邪悪な霊を引き寄せる力は強いのだ。

神仏を信じない人間でも霊格が上の者もおり、信仰心の篤い人間でも霊格の低い者もいる。霊格のていどは信仰心のそれに依るのではなく、要はその人間の行動に依って測られるものなのである。

そして、このようにここにいる頑迷な信者たちも、かなりの時を要するものの、やがてその空疎な教えに気づき霊的に自覚し、それぞれに進歩しようとする志を抱くようになるに違いない。

2

霊界での意思の交流は思念のやり取りでおこなわれるが、自分と霊的に同じかその下にいるレベルの者としか通じ合うことができない。

(崇徳は、いまどこにいるのだろうか)

かれの思念は崇徳には届かないのである。そこで、かれはガイドの霊人にその探索を依頼した。

「探してみましょう」

とかれは快諾し、やがて、崇徳のいる界層を教えてくれた。

「あの人は暗黒の層におりました。そこへ行ってみますか」

とガイドの霊人は言い、西行を崇徳がいるというエリアに案内をする。先に訪れたことのある特定の霊団の信者たちが住む界層に近い層だった。

その地が放つ波長に接するにつれ、住人たちの思念が波のようにつたわってきた。腐敗した五体が放つ悪臭がただよい、寒気と熱気がぶつかりあい疾風のような音が聞こえる。

残虐行為、悪事を好む霊人たちのエリアであり、愛の鮮明度の欠けた界層だった。

(ここには現世で悪行を重ねた悪人たちがうごめいている。こんなところに崇徳はおられるのか)

善と悪は大宇宙、大自然の聖なる摂理に基づき、光と影、コインの表と裏のようなものである。

それは同根より生じ、人間の魂の進歩を助けるものが善行、魂の発達を阻害するものが悪行、この二つは同等の意義をもち、いずれも必要なのである。

崇徳が住んでいるという暗鬱な地を訪れたとき、西行は醜悪なバイブレーションを感覚し、この界層の波長にあわせるのに苦労をした。

霊格、霊質の低い霊人たちの住むコロニーで、かれらが抱く無慈悲、残忍な思念が迫ってきて、思わず吐きそうになる。

樹木もあるにはあるが、煤けた色の葉がつき、このエリアに住む者の敵意をあらわすかのように、その形は鋭くギザギザになっている。

小川は水が少なく石ころだらけ、ヘドロに似た濁った水面が不気味に光っている。

「崇徳さま、久方ぶりです」

と西行が呼びかけると、こちらを振り返ったものの、西行とは気づかないようだ。その姿が見えないのか、きょとんとしている。

「だれか？」

西行は崇徳の霊体と重なりあうようにして、また名を呼ぶ。

「おお、西行か。どこにおる？」

ときょろきょろとあたりを見まわす。

崇徳の霊体の振動数、波動は物質性の強いそれであり、波長の進んだ西行をまだ完全にとらえることができないようだ。

「近くにおります。わかりませんか」

「わからない」

「間違いなくあなたさまの近くにおりますよ」

「そうか。……よくぞ来てくれた」

ようやく西行の霊姿に気づいた崇徳は、その眼に涙をにじませて言う。

「この世界で、いかがなされておられるかと案じておりました」

「このとおりだ。ここから一歩も出ることができないでいる。まだ現世に執心があるからなのであろうか」

西行の頭に歌が浮かぶ。

あさましや　いかなる故の　報いにて
かかる事しも　有る世なるらむ

崇徳は四国に流されてから、京の都へ帰ることを必死に願った。そのため三年のあいだ、指先から血をだしてまでして五部の大乗経を書き写し、それを京の寺に納めてほしいと朝廷に差し出した。それで自分の罪をつぐなうつもりなのだった。

しかし、弟の後白河天皇は、

「呪詛がこめられているのではないか」

と疑い拒絶し、写本を送り返した。

これに激しく憤った崇徳は、

「自らの罪が重いと思うからこそ大乗経を書き写し、その功徳によって救われようと願った。それも聞き入れられないとするならば日本国の大魔縁となり、天皇を殺して民となし、民を持って天皇となさん」

と舌の先を食いちぎり、流れる血をもって大乗経の奥に誓いの言葉を書きつけ、五部の写本を海の底に沈めた。

そして、自分は髪の手入れをせず爪も切らず、生きながら天狗のような姿になった。

死後、遺骸は白峯の地で荼毘(だび)に付されたが、その怨念は煙を都の方向へとたなびかせるほどであった。

西行は現世で五十一歳のとき、かれの墓に詣でた。そこで歌を詠んだ。

よしや君　昔の玉の　床とても
かからむ後は　何にかはせむ

現世の執着を忘れ成仏せよ、と叱責したのである。

世間からは怨霊として恐れられている崇徳。幼いころより親しくしていたかれが、もう現世に対する妄執を捨て、寂滅為楽の世界に気づいてもらいたい、と願ったのである。

崇徳は西行に、

「わたくしはこの世界に入ったとき、黒い雨、大暴風に遭い、そのなかに忿怒する仏の姿も見た」

と語った。でも、それらの幻影はすべて自分が生みだす妄念に他ならないだろう。

「わたくしは残念でたまりません。あなたさまは現世では名誉と権力に執着し、煩悩と妄念にとらわれ、魂を進化、浄化することの努力を忘れておりました。でも、あなたさまは優秀な歌人でもあるのです。どうして、妄執を捨て、歌の世界に生きることができなかったのでありましょうか。あなたさまならばそれもできたはず」

崇徳が一生を悲惨な状態で送ったことには、それなりの意味があるのだ。霊魂の発達の遅れている崇徳は、そんな現世での自分の運命の教訓から憐憫、慈悲の大切さを学ばなければならないのである。

崇徳は西行に恨みつらみを述べ立てる。

「わたくしのそばにいる影のような者たちは、いったい何者なのか。このような邪悪な、魂の壊れたような者たちに、ずっとまとわりつかれているのだ。そなたにはわかるまい。わたくしの無念は……」

「あなたさまのその無念はよく存じております。けれど、かくまで妄執にとらわれる自分を、惨めとは思わなかったのでしょうか。どうして、そこまで妄執にとらわれてしまったのでしょうか」

思念がすべてであるこの霊の世界で、互いの思念が衝突するほどつらいものはない。西行は胸がふさがる思いで感情をこめて告げた。

「わたくしが存じているあなたさまは、幼いころから天真爛漫、だれに対しても優しい愛情をそそいでくださるお方でした。あなたさまは、本来はそのような魂の持ち主、それがまことのあなたさまであったはず」

西行の気持ちが通じたのか、しだいに崇徳の顔が紅潮し、その唇から嗚咽がもれだした。

「どうか、まことのあなたさまご自身に立ち還ってください。あなたさまの魂の輝きをとりもどしてください。現世にいる親しい人たちは皆、そう願っておるのです」

崇徳の嗚咽がとまった。しばらく無言だった。そして、やがてぽつんとつぶやいた。

「……そなたの申すとおりかもしれないな。いまさら悔やんでも仕方のないことであるが、そなたのように仏に讃迎（さんごう）の祈りをささげ、新たな光明の世界を求めるべきであったのかもしれない」

西行は、その崇徳の言葉に安堵した。

このような心境になれば、霊質が変化するのもそう遠くはないであろう。霊人の中にある神性な部分が自覚を促し、祈りと自省によって霊性が純化され、光と旋律の世界に導かれるのも間近いかもしれないのだ。

かれは崇徳に別れを告げることにした。来世の地上世界ではわからないが、もうこの世界では逢うことはないはずであった。


ある日、西行は霊界の上層にきらきらと輝き、時折、黄金、深紅、紫、青色の閃光を発しながら、光の球体が弧を描いて飛んでいく光景を見た。

超越界にいる高級霊人たちが、深紅と黄金と緑の帯がひるがえる遥かな高みを渡っていくのだ。なにかの祝いの儀式のようで、聖歌を想わせる妙なる音楽がひそかに流れてきていた。音楽は霊たちを高揚させる。

(あの界層に行くには、どれほどの霊格、霊質が必要なのであろうか)

霊界は幾層にも上に連なり、最高の層、光明と叡智の大根源の世界には、現世で名高かった偉大な高級霊(マスター)たちもいるという。

そこまで行くにはそれまでの霊体を幾度も捨て、さらに洗練された霊体をまとわなければならないが、そのたびに死に似た現象を体験することになる。

深く入りて　神路の奥を　尋ねれば

　このとき、西行は地上世界にいる娘、清花が、かれとコンタクトをとりたいと願う祈り、思念の波動を夕暮の微風のごとく受けとった。愛のこもった人間の思念は、次元の壁を越えて小さな色のついた明かりのように届くのである。

（ああ、清花がわたくしのことを強く思ってくれている）

人が死ぬと、遺族は墓、戒名などの物にこだわるが、霊界にいる霊人にはそのような物に関心はない。大切なのは故人を思う気持ちなのである。

でも、遺族が霊界にいる人間にあまりに執着しすぎると、それは霊界の人間の修行の妨げともなる。

　娘が父親の西行のことに思いを馳せると、その思念はすぐにこちら側に届く。

（あの娘は、この父親のことを最後まで許してくれなかったが、いまはどうしていることか）

ふいに娘のことが気になり、かれは地上の世界へ行ってみようと思った。

ふつうこの霊界の住人になると、もう現世には関心をもたないようになる。そこは暗く濁ったような世界で、楽しいところではないからだ。でも、西行には娘、清花のことだけは特別だった。

　地上世界に行くには、自分の振動数を減らす霊体質にならなければならない。下に降りるにつれ、しだいに身体の光度をうしなっていき、辿り着いたときは地上の波長に馴れず、一時的にまわりが見えない状態になるほどだ。

かれは娘に逢いたいと強く祈り、思念した。すると、まわりのすべてが変化し始め、徐々に消え失せ、かれはほとんど無意識状態になった。

ふっと気づくと、現世で住んだことのある高野山の草庵のなかだった。そこに清花がいた。

彼女は母親の萩と一緒にいた天野をひきはらい、楓の古木のある西行の麓の庵に移っていたのだ。

清花は朝の読経に専念しているところだった。

(すっかり一人前の尼になっておる)

かつて天野の地で、かれの顔を見て、

「わたくしには父親などおりません」

と冷淡に拒絶したころの清花ではないようだった。

西行は胸がいっぱいになり、

「清花」

と呼びかける。

でも、一心不乱に読経をつづける清花には、その声は届かないようだ。彼女のきゃしゃな身体は、真珠色のオーラにつつまれている。

西行は娘が読経を終えるのを、辛抱づよく待つことにした。

庵の壁に歌が一首、飾ってある。それは西行の詠んだ歌だった。

散る花は　また来む春も　咲きぬべし
別ればいつか　めぐりあふべき

この歌が掲げられていることで、西行にはいまの清花の心情が理解できた。

(清花はわたくしのことを許してくれているようだ)

胸に熱いものがこみあげてきた。

清花は自分がかつて父親に対して執った態度を深く後悔しているのだ。西行の死を知ったとき、激しい悔恨の情に襲われて、

(父上をつらい目に遭わせたまま死なせてしまった。なんと親不孝な娘であることか)

と自分を責めたに違いない。そして、その罪の意識はいまでもなお彼女を苦しめているのだろう。

しかし、それは西行にとって望むことではない。ようやく肉体の束縛から解放され、自由になった魂を娘から祝ってもらいたいのだ。

(娘よ、もうわたくしのことを気にかけないでおくれ。わたくしはこうしていまは素晴らしい世界にいるのだから)

西行がそう胸の奥でつぶやいたとき、読経を済ませた清花が立ちあがった。

「清花ッ」

西行は意識を集中し、念じる。

清花は修行が進んだせいで魂が浄化され、強い霊感を保持するようになり、西行の波長に同調できる〈受信装置〉がそなわっている。

彼女は、なにかの存在を感じたように、おやっというふうに振り向く。

「清花、わたくしだ。おまえは立派な尼になったんだね。この歌が飾ってあるということは、おまえを不幸な目に遭わせてしまったこの父を許そうとしてくれているんだよね。ありがとう」

すると、清花は手にもっていた法華経の経本を落とし、はっとなり、

「もしかしたら、父上。この世にもどってきておられるのですかッ」

と叫んだ。

彼女の魂の放つ特別な波動をキャッチし、西行は思わず彼女を抱き締める。

「ああ、父上ッ」

清花も両腕を差し伸べ、身体をふるわせる。

「父上、ここにおられるのですね」

清花は感きわまった声をだし、頬を涙で濡らし始めた。

（娘よ、苦労させたな。すまない。そなたに苦しい思いをさせたことを、どうか許しておくれ）

互いに霊的な心をひらいて抱きしめあう至福の時であった。

（ああわが愛する娘、清花よ）

どのくらい時間が経ったことだろう。やがて、別れなければならない時がきた。

「娘よ、おまえがこの世での務めを終えて、光の浄土に昇ってくるのを楽しみに待っておるからね」


霊人には常に上昇志向がある。自分の霊格、霊質を高め、さらに光度を増す上の層に上がろうとする。そのためになにか仕事をやりたい、なにか役割を与えてもらいたい、と考えるようになる。時間と空間のないこの霊界では、衣食住のためのカネは必要ではなく、働くことも睡眠をとる必要もなく、いくら動いても疲労せず病気をすることもない。

そうなると物足りなさを覚えて、まだ物的観念から抜け切れない者は、思念、想念で現世と同じ仕事を作りだすが、しょせん自己満足、からまわり、ムダな行動とすぐにわかる。

カネ儲けを生き甲斐と考えて人生を過ごしてきた人なんか、つまらなくなり死にたいとさえ思いつめるかもしれない。でも、ここでは死ぬために使用する肉体というものがない。現世では肉体があるため大いに泣かされるのに、ここでは肉体が存在しないために悔しい思いをすることになる。

（でも、自分のいまの霊格に適した、ここでしかやれないことがあるのではないだろうか）

そのことをガイドの霊人に相談すると、霊的理性を感じさせるかれは、しばらく考えていたが、

「そういえば、あなたは現世では歌人であり、僧侶でしたね」

と言い、

「ここでの仕事は原則として愛の奉仕を基本とするものになります。あなたにもふさわしい仕事があると思います」

とかれをある特別なエリアに連れていった。

3

そこは赤茶けた色の広漠たる世界で、人の姿がほとんど見られない、さみしい感じのするところであった。西行が佇んでいると、そこに向こうから一人、みすぼらしい姿をした男が、ふらふら寄ってきた。

西行を見て、なぜかひどく驚いた様子になった。まじまじとこちらを眺めている。

「あの、あなたはどなた？　ここは何処ですか？」

ここにいる自分が信じられない、といった調子で、おずおずと質問する。

かれには隣にいるガイドの霊人の姿を見ることができない。ガイドの霊人は高い振動数をもち霊的波長が異なるので、男には見えないのだ。

「ここは浄土、霊界ですよ」

「は？」

男は不思議そうな顔をする。

「あんたはおかしなことを言う。わしはな、畑にいたとき戦の騒乱にまきこまれ、逃げまわっているうちに河に落ち、そのまま流されてしまい、そして、気がついたらここに辿り着いたというわけなのだ。死んだのではない」

「いいえ、あなたは死んでいるのです」

「バカなことを言うなッ。あんたは頭がおかしいのではないか」

男はむきになって答える。

「それよりか、ここには泊まる場所も食べ物もない。いったいどこに行けば良いのか、教えてくれ」

「それは必要ないでしょう。あなたは空腹ではないし、疲れてもいないはずだ」

男ははっとなって顔をあげる。

「おお、確かにそうだな。腹も減ってはいないし、あれほど水に流され、ここに来ていやというほど歩いたというのに、ちっとも疲れてはない。これはいったいどういうことなのか」

「はい。それからここでは夜もありませんよ。ですから、泊まる場所もいらないのです」

男はぽかんとしている。

「ですから、言ったでしょ。あなたは死んでいるのだ、と。だから、こんなふうの状態になるのですよ」

「そんなわけはない。わしはこうして、ちゃんと生きているではないか。バカなことを言うなッ」

と男はぷりぷりして向こうに行ってしまった。

「どうですか、西行さん。ああいうふうに依怙地になって、なかなかこちらの言うことを信じようとはしてくれないのですよ」

とガイドの霊人。

「特に厄介なのは、死後の世界の実在を信じていない人たちです。そのような未発達の魂の持ち主は、自分が死んだら無になると思っている。そんな人間が、ここに来ると呆然となり、途方にくれてしまい、自分でもどうしたらよいかわからず、ああやっていつまでもさまよっているのです」

「……」

「そのような人間が、こちらの世界へどんどんやって来るので、まったく手を焼いているのです」

〈眠れる魂〉を抱えたままで生き、霊界への適応性を身につけないままにやって来る。そのような人間が実に多いのだ。

「どうですか、西行さん。あなたにはあの人たちの導き役をやってもらいたい、と思うのですが」

「わかりました。かれらに自分が死んだことを自覚させ、ここが霊界であることを意識させれば、よいのですね」

「そうです。でも、かれらはなかなか手ごわいですよ」

ガイドの霊人は、そう言って笑った。

「しかし、かれらを早く目覚めさせ、光明の世界へと導いてやらなければなりません。それがこの世界の責務でもあるのです。歌人であり、僧侶でもあったあなたであるからこそ、この導き役が務まるのだと思います。だいじょうぶ、あなたならやれるはずです」

かれは西行に自信をつけさせるように、言葉を強めて言った。

「はい。ぜひ、わたくしにやらせてください」

まだ霊的感受性の乏しい、未熟な霊たちの面倒を見る。実にやりがいのある仕事である。このように他人へ奉仕することの中に、霊は喜びを見出す。そして、その行動はかれの霊的エネルギを増し、確実に霊的成長をもたらすものなのだ。


西行はこの殺伐とした荒れ野のエリアを訪れ、

「ここはどこだ。ここはどこなのだ?」

とあてどなく彷徨する霊を見つけようとした。

そして、かれらを自覚させようと熱心に説得する。ガイドの霊人の言うとおり、一筋縄ではいかない連中だった。

「ここは霊界です。現世ではないのですよ。あなたはもう死んでいる、生きてはいないのですよ」

と言えば言うほど、相手は反発する。

大寺の高僧だったのだろう。紫色のきれいな袈裟を身にまとっている男の人が来た。僧侶だった人間ならば、素直に聞いてくれるだろうと思うと、

「ここが浄土ならば、さまざまな仏がおわすはずだ。仏の姿がまるで見えないではないか、それに蓮の花も咲いてはいない。それなのに、どうしてここが浄土だと言うのか」

と食ってかかる。

「さまざまな仏……あれは仏教の教えにだけあるものなのですよ。ここではそのような名の高級霊はおりません」

「ウソを言うな。それならば、おまえは仏典にあるものは、すべてでたらめだと言うのか。この不信心者めッ」

こうなると、もう手がつけられない。

熱烈な信者ほど「天の理法」で人間が生かされていることを知らず、自分の信じた教えが正しいと思ったら頑として変えようとはしない。霊格の高さは信仰心が篤いかどうかで測れるものでなく、行為そのもので測るべきなのである。

「あなたは死んでいるかもしれないが、わたしはそうではない」

と言ったり、

「黙って聞いていると、あなたはわたしのことを死んでいる、死んでいる、と言うが、もしかし

たら、あなたはわたしを殺すつもりではないのか」

とへんに疑ったりする。

あの世などない、死んだらすべて無になる、と考えている者は、

「どうなっているのだ。わしはまだこうして姿がある。なにもかもなくなるはずではなかったのか。このような姿をしているわしは誰だ？　わしはいま何処にいる？」

とほとんど錯乱状態になる。

裕福な家に育ったのだろう。肥満した身体をふるわせている男の人を見つけた。西行は、

「あなたはいまあの世、霊界にいるのですよ」

と語りかける。

「あの世？　そんなものがあるわけはない」

「でも、ほらこうして、あなたはここにおり、わたくしと話しているではありませんか」

「それが不思議なのだ。……あ、そうか。これは夢か、夢だ、夢を見ているのだな。わしはいま夢の中にいる」

「いいえ、夢ではありませんよ。これは現実なのですよ」

「いいや、これは夢だ。夢の中でまた夢を見ているのだ。だから、いままで眺めたこともない風景を見たり、わけのわからないことを言う人間の幻を見たりしている」

そう自分自身を納得させ、肉体から離れてもう久しいのに、西行がなにを言っても、この事実

を認めようとはしない。

(最後の決め手として、亡くなった肉親や知人に会わせてみよう。そうすれば、いくらなんでも自分も死んだと気づくに違いない)

そう考えて、その人たちを連れてくると、

「あっ、幽霊だ！」

と飛び上がって驚き、逃げてしまう。幽霊が幽霊に仰天するのである。

(霊的真理に無知で、それに目覚めることなく、死後のこともまるで学ぼうともせず、それどころか死んだら自分のすべてが消滅し、完全な虚無の世界に入る、などと考えている人間ほど不幸な者はいない)

地上で霊界生活に入る準備をまるでしない、そんな無知蒙昧な人間は、もう一度、地上世界へ戻すしかないということもあるのだ。

むろん、霊界ではそのような未成熟の魂の持ち主にも、できる限りの霊的な恩恵が与えられ、魂の浄化作用を助けてくれる。そして、本人の物質性の波動が希薄になり、魂の覚醒がおこなわれるようになるのを気長に待つ。

(それにしても、自分が死んだという意識のない人間が、こうも多いとは驚いた。生きているときだけでなく死んでからも、厄介者になるとは……)

考えようによれば、それほど死という現象が自然なのかもしれない。かれらはまるで近くにある他国に来たような感覚でいるのだ。

別の次元にやって来ているという自覚のないかれらは、おそらく地上生活での自分の肉体の各器官が、そのまま存在していると信じていることだろう。

その肉体に対する実感は、この世界を明瞭に意識することによって次第に退化、消失し、精妙化した自分の霊体を感覚するようになるのである。

西行は一人でも現世で背負った苦労を取り除き、安楽にしてやりたい、という信念で懸命に働いた。その努力のかいがあり、そのうちかれらはここが地上世界と同じ光景なのに、でも、どこか違っている、と気づくようになる。

そして、ここが間違いなく霊界、浄土である、と信じられるようになると、

「ああ、あの世というものが本当にあったのか。これで現世で味わった苦労も報われることになるのだな」

とほとんどの者が喜悦の表情を見せ、うれし涙を流し、現世、地上世界が、立派な霊として霊界に居住できるための保育所であることを知るのである。

西行はこうして数々の体験をこなした結果、それなりの霊的発達を遂げることができたが、しだいにこの仕事にも熟練し慣れてきた。でも、そうなると、霊人としての志も希薄になってくる。

人間はどんな恵まれた環境で、どんな素晴らしい仕事に従事していてもマンネリになると、刺激がなくなり飽きがくるものである。霊人もまた同様なのだ。

霊人の場合は、霊魂の本性のもつ向上心がふたたびめざめるからでもあろう。この仕事だけでは充分な満足感が得られず、もっと魂の進歩、浄化のためにやることがあるのではないか、と渇望するようになる。

西行は類魂のエリアにもどり、ガイドの霊人を呼び、疑問に思っていることを率直に述べた。

ガイドの霊人はうなずいてこう述べた。

「あなたはいま、奈落の底に沈んでいる霊の救済に身を投じてくださり、立派な仕事をやっておられます。あなたの働きで、どれだけの未熟な霊や堕落した霊が覚醒したことか。それなのに、もうこの仕事をやめたい、というのですね？」

「はい。自分でもどうなっているのかわからないのですが、心の底から発するような声がしきりに聞こえてくるのです。まだ自分には他にやることがあるのでないか、と」

「わかりました。ある方をお連れしましょう。きっとその方ならば、あなたの悩みに答えを出してくれるはずです」

とガイドの霊人は言い、姿を消した。

やがて、ガイドの霊人は、最高の叡智を示す紺青色の光明につつまれた高級霊を伴ってやって来た。

まん丸い毬のような形状で訪れ、西行の眼のまえで人の姿になった。眼がくらむような光り輝く、いままで見たこともないほどの神性をおびた霊人だった。

西行の話を聞いて、かれは、

「あなたはさらに自分自身の霊格を向上させたいと望んでいる。だから、ここの仕事ではもう満足できなくなった、というのですね？」

「はい」

「そうですか。それではあなたに選択の道を示すことにしましょう」

「……」

「この霊界にまだとどまるか、それともまた現世、地上世界にもどってもらうか、そのいずれをとるかです」

「えッ、地上世界にもどるのですか？」

「いずれを選んでもいいのですよ。でも、あなたの場合、地上世界にもどるほうがよさそうですね。いまのあなたにとって、確かな目的をもってあの世界に転生し、あの世界で試練を受けることが、いちばん適切であるように思えます」

「……」

「あなたが心の内面をよく耕し、霊格、霊質を高めるには、それが最上の方法だと思いますよ」

と高級霊は言い、

「それにあなたには償わなければならないカルマもまだ残っておりますよね。この霊界での修養で、あなたの魂はだいぶ鍛えられ、浄められました。でも、現世で積んだカルマの返済をするには、まだ足りません。どうですか、やはり地上世界へ行ってみるのが最良だと思いませんか？」

西行はあいまいにうなずく。

（なんの悩みも苦しみもない、思念、想念でなんでも自由に手に入れることのできるこの天国から、苦難と悲哀の海の地上世界へと転生し、また厳しく無常の世界を体験しなければならないのか……病人が病を治すのに、苦い薬を飲まなければならないのと同じだ）

しかし、考えてみれば……と西行は思案する。

（人々の心に幸いを届ける歌を詠むため、さらに霊格の高い詩人となるために、まだ自分としては地上での修行をやらなければならないのであろう）

心の揺れるそんな西行をみて、高級霊は、

「西行さん、人間的欲情、劣情の炎の渦巻く現世に転生することは、あなたにとってとても辛いことですが、しかし、この世界にもどったとき、あなたは必ずそんな地上人生での苦労に感謝することになると思いますよ」

なにもかもお見通しなのである。この世界ではすべてが明白になり、なにごとも隠しとおすことなどできないのである。

西行は以前、ガイドの霊人が、

「地上は残酷、残忍な世界です。でも、そのような環境であるからこそあなたの魂は純化、進化の機会をもち、利他愛、慈悲心というものが育つのです」

と言っていたことを思いだした。

現世、地上生活はあくまで霊魂の修行、鍛練の場である。金塊が不純物を取り除く試練の場所なのである。喜びと悲しみ、楽しみと苦難、健康と病など、こうした相反する体験によって魂は進化するのだ。

時に悪行にも身をさらし、善行にも挑みしてこそ、人間はその霊的人生を全うすることができる。善人としてただ平々凡々、正直に生きただけでは、霊的資質を発達させることはできず、それは好ましいことではない。

そして、現世で蒔いた種が、無垢と愛をシンボルとするこの霊界で芽を出し、花を咲かせることができるのだ。地上の人間の営みは、その一つ一つが霊的な意味を有しているのである。

それゆえこの霊界では地上での生活を求め、肉体を提供してくれる機会を待ち望んでいる霊人が無数にいるのであろう。

西行は覚悟を決めた。

「わかりました。魂の試練を受けに参ります」

「そうですか、決心されましたか。むろん、現世ではあなたはまた歌人としての使命をたずさえていくことになります。詩歌の道を究めることは、人間の生死、霊性の道を究めること、その真理を悟り得る、進化した霊魂の持ち主にならなければなりません。

その目的を成就し方向を誤らないよう、あなたの背後霊の一人には、ある特別な霊人になってもらうことにします」

この世とあの世を橋渡しする守護霊、背後霊の仕事は、あくまで本人の使命を現世で全うさせ、宿命を成就させることにある。そのために、本人にあえて苦悩を背負わせ、悲しい出来事にまきこむこともあるのだ。


高級霊が眼を閉じて思案すると、すうっと一人の霊人があらわれた。

変わった衣服をまとい、白いアゴヒゲのある長身の人で、全身の輝きが紫色を帯びている。

「この人はね。かつて杜甫（とほ）という名の詩人だった人です」

「おお、あなたが……」

西行は驚きの声をあげる。

杜甫は詩聖と評価され、至上の詩人として認められている。西行より四百年ほど前の大陸（中国）の詩人、苦難の人生を送りながら詩を書きつづけた人である。

「現世ではこの人が、いつもあなたの背後で見守ってくれることになります」

「ありがとうございます」

と西行は同じ霊系の先輩霊、杜甫に、敬慕の気持ちを抱きつつ頭を下げ、それからかれに尋ねた。

「ところで、杜甫さん。あなたに一つ、お尋ねしたいことがあります」

「なんでしょう」

杜甫はにこやかに応える。

「はい。あなたは詩歌というものを、どのように考えておられますか。よかったら、わたくしに教えてください」

杜甫はしばらく黙考する。

「そうですね……まことの歌には、天の理法の霊的真理が宿るものだと思います。詩歌は霊界と現世、この二つの世界に架かる橋のようなもの。霊界の真理が現世に伝えられ、現世から人間の真実の声がこちらにも届けられる。詩歌はそのような役割をになっているものだと思うのです」

「……」

「あなたがそのような天界の真理を、典雅なる言葉で世に伝えることができる歌人になれるよう、わたくしもお手伝いをいたしましょう」

西行はまた深々と杜甫に頭を下げた。

高級霊は西行に、

「ことわっておきますが、あなたは前々世では柿本人麻呂、前世では西行、と朝廷や世間に知られる名高い歌人でした。けれど、今度は、そんなふうにはなりませんからね」

と念を押した。

現世に転生する人間は、それぞれに使命を帯びている。それはたとえば仕事を通して社会に貢献すること、学究を通して人類の発展に尽くすこと、自分以外の人間を幸せにすることなど、さまざまのものがあるだろうが、本来的、第一義的な使命は本人の魂、霊魂の進化、浄化なのである。

それゆえ、偉大な魂の持ち主である霊人であっても、現世では無名の生涯を送ることもある。有名であることが霊性の高さの証明にはならないのである。むしろ無名の生涯を過ごすこと、そのほうが自然で、霊界の理にかなっていることなのである。

そして、高級霊は最後にこう告げた。

「ああ、それから……あなたはこの霊界で獲得したものを活かし、地上で最善をつくし、立派に使命を成就して帰還したならば、あなたの魂は完全に浄化されており、もう二度とあの物質界に生まれ変わることはないと思いますよ」

苦難と試練と悲しみの業火の燃える現世、三次元世界で天寿を全うし、務めを終えたならば、西行の魂はカルマを越えて上昇する清浄霊となり、至福の光のエリアに入れるというのだ。

「その言葉には、勇気づけられます」

西行はふるいたつ思いだった。

松尾芭蕉　現世・転生の章

1

松尾芭蕉が誕生したのは、一六四四年（寛永二十一年）。柿本人麻呂が西行に転生したのは四百十年目、今度は西行が亡くなってからほぼ四百五十年目にあたる。

妊婦は霊魂の水路であり、転生すると定められたとき、なにか支障が起きれば誕生するのに使われる母胎の胎道は閉ざされる。

霊魂（魂）は子宮に入るまえは、母親になる女性のそばに漂っている。受精すると細胞との関係ができ、胎児の中に入るのは早くて六週目くらいである。

従って、この段階で流産などの事象が生じても生命が奪われたということにはならず、現世から霊界へと生命の顕現の場が変わるだけのことである。

ただ正しい動機にもとづかない人工中絶は殺人行為と同じであり、当事者は死後、その行為のために地上に誕生できなかった霊と対面させられることになる。

誕生したばかりの赤子のなかにいる霊魂は、これから危険な長い旅に出発する旅人の心境になり、その恐怖感におびえ、また子宮のなかにもどりたいと願ったりもし、かなり不安定な状態にある。

いわゆるトランス状態である。眠りというトランスにある赤子は、霊体がわずかに身体の外に出ており、とろんとした眼になっている。

この段階において霊魂は、地上で成就すべき目的を明瞭に自覚している。それは霊魂の内部に深く刻まれている。

人間の子に生まれてこようとする霊魂には両親を選ぶ自由があるが、芭蕉の霊魂は父に松尾与左衛門、母は梅という親を選択した。母の梅は忍者で有名な伊予国宇和島の産で、桃（百）地氏の娘である。

松尾家は半分が侍、半分は農家という郷士であった。侍としての収入はなく、父、与左衛門は農業をやりながら手習いの師匠をやって生計を立てていた。

芭蕉は次男で、幼名は金作、元服後は宗房と名乗った。兄の半左衛門に姉が一人、それとかれの下に妹が三人。

芭蕉には生まれたときから、生まれ変わりを示す二つの証があった。前前世、前世の柿本人麻呂や西行と同じ桜花の形をした赤いアザが首に、それと額に細くキズがあった。

そのキズは西行が旅に出て、舟の渡しの場で武士にムチで打たれたとき、できたものである。芭蕉も河の水に対して、生来、異常な恐怖を示した。

母親の梅は赤いアザを見つけ、

「この子は、こんなところに変なシルシがあるよ。気味が悪いねえ」

と笑った。


芭蕉がふいに変なことを言いだしたのは、三歳のときのことである。

「われは昔、西行という僧侶で歌人だった」

と前世での自分の名を告げた。

前世、過去生の記憶は潜在意識に貯えられたものでなく、霊魂に刻まれたものである。

「僧侶なので、魚や肉は食べたくない」

と言い、習ったはずのない法華経の一節を暗唱した。

「桜花が好きだ。吉野とかいうところに、しばしば桜花を見に行った」

と言い、三歳児にはとても考えられない、西行が出家をするときにこしらえたという、こんな歌を詠んで聞かせた。

そらになる　心は春の霞にて

世にあらじと　思ひ立つかな

この芭蕉の異変に、母親の梅は、

「金作の頭がおかしくなった。気が触れてしまった」

と仰天した。

父親の与左衛門は、

「バカなことを言うものではないッ」

と叱りつけた。

芭蕉のおかしな様態を見て、父親は、

「天満宮の水をもらってきて、それを金作に飲ませろ」

と母と姉に命じた。

天満宮の湧き水は神水であり、万病に効くという噂があった。

母たちは、それを汲んできて、朝、昼、晩と、嫌がる芭蕉をつかまえてむりやり飲ませた。

しかし、前世の記憶は遅くとも四歳、五歳くらいになると、霊魂は忘却の河を渡り、自然に消えていくものである。過去の詳細な記憶がいつまでも残っていては、健全な成長の妨げになり、現世での人生の障害にもなるからで、天の配慮なのである。

芭蕉の場合も、そうであった。その記憶は歳を取るにつれ、すっかり潜在意識の底に沈んでしまった。自分がどんなことを言ったのかも覚えてはいないのだ。

けれど、父親も母親も、

「天満宮の神水はご利益がある。まこと凄いものじゃ」

と天満宮への信仰を深めるのだった。


芭蕉の二度目の異変は、かれが十三歳のときに起こった。父親の与左衛門が急死し、四十九日が過ぎたころ、突然、奇病にかかったのである。

頭痛がやまず、横になって寝ると痛みがひどくなる。仕方がないので一日中、頭を上げたまま起きていなければならない。

食欲不振になり何を口にしてもノドを通らず、お茶さえ満足に飲めないほどになった。

そのような状態が三日ほどつづいたかと思うと、けろりと治る。そして、また同じ症状を繰り返す。

ある日、落雷のような轟音がし、家のなかに火柱が立った。

「火事だッ。火を消せ、火を消せ」

とわめき、桶をもって水を座敷に撒き散らした。

母親に背中をどんっと叩かれ正気にもどると、それは幻覚だった。

やがて、芭蕉は霊肉分離の現象である夢遊病（セミトランス）にかかったように、真夜中に寝床を抜けだして、あたりをふらふらさまようふうになった。

そして、しばらくすると、また寝床にもどってくる。

家人が不審に思い、

「おまえ、毎晩、どこに行っているのだ？」

と尋ねると、

「え？　このおれが何処かに出かけたというのか？　おれはまったく覚えていないけど」

と不思議そうな顔をする。

沖縄の霊媒師（チャネル）、ユタの場合、この症状をカミダーリィと呼んでいる。神が憑く証とするのである。

この病になる人は、我執が強く正しいことであるならば誰になにを言われようと、その信念を曲げず頑張り通す性格の持ち主であるという。

母親の梅は芭蕉の物狂いの行動に気づいてから、

「天満宮の神水をもらってきたから、これを飲め」

としきりに勧める。

でも、今度は天満宮の神水をいくら飲んでも効き目がない。芭蕉の異変はやまないのである。

芭蕉はしだいに体質が変化し、霊感が研ぎ澄まされるようになった。霊的な能力が身につくようになると、気持ちが穏やかなときには、ひょこんと霊の姿が見えてくる。

霊は主に上半身が認識できるが、全体的にぼうっとして見え、その色、服の柄とかは、すこしわかることもある。霊には表情はなく眼だけがくっきりと見える。

独房で長く過ごす死刑囚も、自分が殺害した人の霊をよく見ることがあるが、その霊は半透明でぼうっとした姿であると言っている。

善霊と悪さをする邪霊は、オーラの色が異なり直観的に判断できた。

霊たちに眼をあわせるとすうっと寄ってきて、話しかけてくるのもある。その言葉はテレパシーとなって、芭蕉の胸に届くのである。

そして、かれらを見たあとは、かならず胃がずんと痛み肩がひどく凝った。

芭蕉のサイキック能力はさらに増し、見知らぬ人を見て、

「あの人はもうじき死ぬ人だ」

というようにまでなった。

自分自身のこともなんとなくわかった。なにか危ういことがありそうな日には朝起きると、実に嫌な予感がした。

母親は、そんな奇妙な事ばかりを言う芭蕉が、外で悪い噂になるのを恐れ、

「家の中にいるのだぞ。家の中にじっとしておるのだ」

ときつく言い渡した。

そのうちに芭蕉のまえに、白く光る衣をまとった老人があらわれるようになった。

老人は、かれに、

「これからわしの行くところについてこい」

と命じる。

老人に連れていかれたところは現界と幽界のあいだにある次元界で、そこは山で修行をする修験者、仙人たちのコミュニティーだった。

「おまえもこの仲間になれるはずじゃ」

と老人は言う。

芭蕉はかれらに触れ合うことで、天賦の霊的な才能が発掘され、自分も一人前の霊能者（ミーディアム）である、と自覚できたのだった。

芭蕉の身に起こった異常現象、カミダーリィは半年間つづき、それからは何事も起こらなくなり、正常な生活にもどることができた。しかし、芭蕉は自分のことについて、

（普通の人とはかなり異なる才能があるようだ）

と認識し、霊能力、稀有の能力がしっかりと身についたことだけは実感できた。

十七歳になったとき、かれは主家の藤堂新七郎家に仕えた。一家の大黒柱を亡くしたかれの家の生計は、兄の半左衛門の肩にかかり、親子七人の暮らしは厳しく、芭蕉が働きに出るしかなかった。

「おまえに暮らしを支えてもらわなければ、とてもやってはいけないのだよ。だから、助けておくれ」

　と母親の梅からの懇願だった。

　芭蕉は藤堂家の若殿、良忠の近習となり、甚七郎と呼ばれた。仕事は賄い方をおおせつかった。

　芭蕉と歳の近い良忠は衆道のたしなみが深く、かれをその相手に選んだ。衆道は男色、性愛の対象を男性とするホモセクシュアルのことである。


　男色の歴史をひもとくと、古代ギリシャの、

「男色は高尚な美風である」

　とするソクラテスの言葉がある。

　衆道（男色）は室町時代のころから盛んな風習である。戦場で生死を共にする主従和合の契りであり、精神的な結びつきを深める意味でも、この習俗は愛好された。

　特に江戸時代、徳川幕府、三代将軍家光は、男色将軍とも呼ばれ、その方面で夢中になっているので、その下にいる武士たちも、それに懸命にならった。

　戦国時代の遺風、武士道の華として、女を相手にするのは軟派、男を相手にするのは硬派という風潮である。

　若い侍などは衆道の行為が、少年から成人になるイニシエーション（通過儀礼）とみなされる

ので、必死になって相方、念者を探した。

庶民も負けじと湯島などにある陰間茶屋に通い、嬌声を発して誘う男娼を求めた。

藤堂家の下屋敷に住む芭蕉も、その屋敷の主、良忠と菊花の契りを結び、愛欲にひたった。かれの場合、そのような体質になったのはカルマの影響もあるが、霊能者の素質をもつようになったせいでもある。

つまり、芭蕉のようにシャーマン的才能を持つ者は、本来的に性転換が自在の双性なのである。

つまり、男性であっても女性には性的魅力を感じず、同性の男性にだけ感じるようになるのだ。

2

芭蕉が藤堂家で学んだのは男色ばかりではない。俳諧の道に入ることを勧められたのも、この良忠からだった。風雅を好む良忠は冷泉家に和歌を学び、京都の北村季吟（きぎん）から俳諧の教えを受けた。季吟の師匠は、貞門俳諧を打ち立てた松村貞徳である。

蝉吟（せんぎん）の俳号をもつ良忠から、芭蕉は俳諧の作法の手ほどきをしてもらい、俳諧の末席に加わることを許された。実名の松尾宗房を俳号とした。

俳諧は室町時代末期に始まった。和歌の連歌は厳粛な雰囲気の席で詠まれるが、俳諧の連歌は滑稽を重んじることから酒宴の席で座興として親しまれた。

貞門俳諧は古風なもので、その流儀も人を笑わせるため、面白みを表面に出そうとするものであった。

芭蕉はこの時期、かれなりに充実した人生を送り、それなりに満足していた。

主君の良忠からも、

「そなたは筋がいい。優れた歌才の持ち主だ」

と褒められた。

さらに、良忠は興味ありそうな顔で、

「そなたの兄者から聞いたのだが、そなたは小さい時、自分は西行の生まれ変わりだと言っていたそうな」

と訊いた。

「はい。母も、そのようなことを申しておりました。だが、わたくしにはそんなことを言った記憶すらないのです」

「ほう、そうかな」

「はい」

「でも、西行の歌は好きなのであろう？」

「大好きです。それに西行には、なにか兄弟のような親しみを感じます」

「ふむ。そなたは前世で、やはり西行とは特別な因縁があったのかもしれないな」

「はい。わたくしにも、そう思えます」

芭蕉がそう言うと良忠は、我が意を得たり、という表情になった。

このころの俳諧の世界では、京都で盛んだった貞門俳諧の古風な、言語遊戯を主とする作風がしだいに飽きられてきていた。

これに対抗しようとしたのが、大阪の天満宮連歌所の宗匠になった談林派俳諧の西山宗因である。貞門派と異なるのは、言葉遊びより新しい世相、風俗を映す、ということを重視した点である。

そして、大阪派のなかで、がぜん頭角をあらわしてきたのが、井原西鶴（いはらさいかく）であった。芭蕉がその名を耳にしたのは、かれが二十歳のときのことである。

男色趣味をもち後に浮世草子の作者として名をあげるかれは、芭蕉より一歳、年上だった。十五歳でこの世界に入り、早熟の才を示し、このころには他人の句を評価する点者になっていた。

しれぬ世や　釈迦の死に跡に　金がある

大晦日　定めなき世の　さだめかな

西鶴は言葉遊戯のわざにこだわらず、率直に意味、内容で応じている。その点が実に斬新で、新奇を好む西鶴の面目躍如たる句である。

（これは凄い、とてもいまのわしには詠めない句だ）

と芭蕉は驚嘆した。

さらに、西鶴は俳人仲間と、こんな話をしているという。

「世間一般の風俗と異なる句を、なぜ人々は好むと思うか？」

「……」

「それはな、世はこぞって濁るが、われだけが独り澄む境地にいる、その違いなのだ。ゆえに汚濁した世のカスをなめるような句を、こしらえてはいけない」

芭蕉は、ほうと思う。

（わしと西鶴の力の差は、まだかなりのものだ）

残念ながら、その事実は認めざるをえない。しかし、いつまでもそうではない。いずれかれに追いつき、やがて追い越すようになる、と闘争心を燃やすのだった。歳の違わない西鶴をはっきりとライバルと意識した瞬間だった。


芭蕉にとって初めての女性問題が起きたのも、その頃のことである。

藤堂家の台所で下働きをする依世（いせ）という女がいた。芭蕉より四歳年下であった。

それほど美貌というのではないが、男好きのする愛嬌のある顔をし、唇の端にイボのある娘だった。

芭蕉が、まかない所に顔をだすたびに、なにかにつけて傍に寄ってきて、大きな瞳でかれの顔をじっと見る。恥ずかしいので、何も言えないのだ。

「あら、依世ちゃんは甚七郎さんに惚れたんだ」

とたちまち他の下女のあいだでも評判になった。若い娘は依世だけだったのだ。

年配の下女の一人は、

「甚七郎さん、依世ちゃんに何か言ってあげなさいよ」

とそそのかす。

積極的にアプローチをする依世に、いつも無愛想な顔をしている芭蕉を見て、多くの下女たちは、

「これはこのまま黙っては見ていられない。あの二人の仲をなんとかしてあげないと」

と余計な節介をやきはじめた。

最年長の下女にいたっては、

「甚七郎さん、依世ちゃんに何か優しい言葉をひとこと、言ってあげなさいよ」

とか、

「手くらい握ってあげなさいよ」

と、しりきりにけしかける。

でも、芭蕉にとっては大いに迷惑なことだった。どれほど娘がすり寄ってこようとも、まった

くその気は起きないのである。むしろ、女のヘロモンに圧倒されて肌がざわつき、気分が悪くなりそうだった。

「いや、わたしは……」

芭蕉は依世のことになると、あえてそれには関心がないというふうに口を濁した。

依世が近づいてくると彼女を避けるように、急いでその場を離れたりもした。

「甚七郎さんって女嫌いなのかねえ」

と下女たちは溜息をついて、

「あれじゃ、依世ちゃんがかわいそうだ」

と依世に同情した。

けれど、依世は芭蕉からそんなつれない態度をされても、まだ諦めようとはしない。なんとかかれの気を引こうとして、自分で縫ったというしゃれた小袖を持ってきて、

「甚七郎さん、これを着てください」

と差し出した。

彼女としては、清水の舞台から飛び降りるような決心だったに違いない。このときだけは、いままでにない必死なものがその瞳にあった。

ここまでやれば、いくら石頭の男でも、すこしはその気になってくれる、と思ったのだ。

でも、芭蕉は依世のその好意を受け取ることはできなかった。

「有難いことだが、これはもらうわけにはいかない」

ときっぱり断った。

薄情のようだが、依世を愛人として考えることはできない。女性は生理的に受けつけないのだ。

この娘の気持ちは痛いほどわかるのだが、このことだけはどうにもならない。男として彼女の愛を受け入れることができないのだ。

(この娘には申し訳ないことだが、こうするしかない。わしの特別な体質を話しても理解してはくれないだろう)

霊能力が得られたかわりに、正常な男としての体質を捨てることになってしまったが、これも天の意志なのである。

(……甚七郎さん)

依世はその返事に青ざめ、涙を浮かべた。逃げるようにして、芭蕉から離れていった。

その様子を見守っていた仲間の下女たちも、

「もらってやればいいのに」

と小声で言いあった。

当然、この一件は下女たちのあいだで、大きな不評を買うことになった。

「甚七郎さんたら、ひどい男だよ。依世ちゃんが、ああまでして好きだよ、好きだよ、と慕っているのに、それを無情にもぽんと突き離してしまうのだから」

芭蕉を非難し、かれに冷たい視線を浴びせてくるようになった。

依世もそんな状況にはがまんできなくなったのだろう。芭蕉を慕う気持ちを捨てきれなかったのかもしれない。

「甚七郎さんの顔を見るのがつらい」

と依世が苦しそうな顔で、そう言った、という話を聞いた。それからまもなくして、彼女は奉公をやめてしまった。

そして、数ケ月後、依世が悪い評判の男と一緒になり、この地を離れて江戸に行ってしまった、という噂を耳にした。

(依世が幸せになってくれればよいが)

不幸な目にだけは遭ってもらいたくない、芭蕉は胸が迫った。

寛文六年(一六六六年)、芭蕉が二十三歳のとき、主君、良忠が二十五歳の若さで急死を遂げた。

芭蕉にとっては愛人と俳諧の友を同時にうしなったようなものである。

(良忠さま!)

芭蕉は慟哭し、魂が抜けたような状態が一週間ほどつづいた。主君の遺骨を背負って、西行と縁の深い高野山に登り、報恩院に納骨した。

(わしはこれから、どうしたらよいか)

と途方にくれた。

このまま藤堂家にとどまるか、それとも二君に仕えずという志を全うするか、独りで悩んでも答えは出なかった。

かれは自分の進む道を探し求め、良忠の師、北村季吟のいる京都に赴き、門人になった。主家の特別な許しを得てのことで、かれは俳諧と国学を学び直すことにしたのだ。勉学に没頭すれば、有益なヒントが得られるかもしれない、と考えたのである。

芭蕉はそこで、また西鶴の活躍する様子を耳にした。

西山宗因の談林派俳諧の鬼頭となっている西鶴は、保守派の俳人たちから、

「西鶴の句は、あれはオランダ流というようなものだ。まともな俳諧ではない」

と罵られていた。

オランダ流とはオランダの言語のごとく、まるでチンプンカンプンだ、という意味である。

しかし、西鶴はそんなことは歯牙にもかけず、大阪の生國魂神社で万句俳諧の興行を催し、「生玉万句」として初めての句集を出版する、と公言していた。

西鶴に霊的きずなを感じ、ライバルと意識する芭蕉は、これに刺激され、

（自分も句集を出さなければならない、それも西鶴よりも早く）

と焦りを覚えるようになった。

寛文十二年、かれは「貝おほひ」という句集をこしらえた。これは三十番の句合（くあわせ）で、左右にわかれて同じ題で句を詠み、その優劣を競うものである。

かれはこの作品集を伊賀上野の天満宮に奉納し、

（これで一歩、西鶴より先んじることができた）

と自負した。

けれど、二年後に西鶴の「生玉万句」が出されると、その句集は談林俳諧の記念碑的作品とまで評され、芭蕉は敗北感に打ちのめされることになった。

それでも、芭蕉は「貝おほひ」を完成させたことによって、人生の方向を見いだした。

（俳諧師としての道を行く）

と決心したのである。

（それには江戸だ。江戸に出よう）

大阪や京都とは異なり、江戸ではまだ俳諧はそれほど隆盛ではない。師の北村秀吟も、江戸こそ新天地だ、と言っていた。

（師の申されるとおりだ。あそこに行けば、この自分にも活躍の場はある）

と思い定めた。

そう決断した芭蕉は京都よりもどり、母親の梅と兄の半左衛門にその決心をつたえた。

「なんだって、お屋敷勤めをやめるって、おまえ何を考えている」

と梅はすぐに反対した。

芭蕉は、自分は俳諧の道を進みたい、俳諧師として成功するつもりだ、と正直に打ち明けた。

「なにを愚かなことをッ。夢みたいなことを考えるものではないッ」

梅は言葉を荒げる。

「俳諧なんて金持ちの旦那衆がやることだ。俳諧師なんて遊び人ではないか。おまえはそんなろくでもない人間になろうというのか！」

と梅は唇をふるわせる。

さすがに、そこまで言われて、芭蕉はむっとなる。

「母者、なにを言う。俳諧は和歌と同じ、そんなものではない。それを愛好する人は、確かに金持ちの旦那衆もいるにはいるが、なかには武士だっているのだ」

と芭蕉は反論するが、梅は、

「いや、あれは遊び人のやることだ。俳諧など、あんなものは世の中には、まるで役に立たぬものだ。まともな人間のやることではない」

と譲らない。

芭蕉もしだいに興奮してきて、顔色が変わってきた。

（いくら母親でも、こうまで言うのは許せない）

すると、梅は急に口調をあらため、

「おまえは藤堂家に立派に勤めているではないか。それなのに、どうして、そこをやめようと言うのか」

と言いだした。

「おまえがあのお屋敷に勤めていてくれるからこそ、この家もなんとかやっていけるのだ」

それが母の本音なのだ。芭蕉が藤堂家につかえて家計を支えてくれるようになったので、やっと生活もすこし余裕ができた。かれが仕事をやめれば、たちまちこの松尾家は困窮する。

(母者は、この自分をこの家のための稼ぎ手としか考えてはいない)

兄の半左衛門は母の言葉を黙って聞いているだけで、一言も発しようとはしない。

兄嫁は病弱の身であり、そのためよけい家計を苦しくさせている、という気持ちがあるのだ。

「おまえには、済まないと思っている。ほんとはおまえの助けなど当てにせずに、やっていかねばならないのに……わしに稼ぎがないばっかりに」

と芭蕉にいつも頭を下げていた。

その兄の立場もわかるし、母親が必死になってこの家の暮らしを成り立たせようとしている気持ちもわかる。

しかし、芭蕉には芭蕉の人生がある。天から与えられた使命を成就するために、たった一度だけの今生の命をそれに使いきる責務がある。

「母親のわしが、こうまで頼んでいるのに、おまえは親兄妹を見捨てて江戸に行くと言う。それほどおまえが江戸に行く、行くと言うならば、親子の縁を切ってからにしてほしい」

涙を流しながら梅は口説く。そんな母親を、兄の半左衛門は、

「母者、もういいじゃないか」

と口をはさんだ。

「江戸に行っても、俳諧を作ることばかりしていては、暮らせるわけはない。なにか仕事をしなければならないはずだ。そうなれば、また宗房から助けてもらえることもあるだろう」

と梅をなだめた。

結局、芭蕉は母親を説得することができなかった。母親とのあいだに、深い溝ができた。そして、それから先、かれは長いあいだ母親との確執に悩まされることになるのだった。

3

芭蕉は江戸に出た。二十九歳の春である。

かれを世話したのは、北村季吟の同門、杉風（さんぷう）である。杉風は日本橋で「鯉屋」という幕府御用の魚問屋を営む、江戸市内に四ケ所の家屋敷をもつ経済力のある事業家であった。

杉風から俳人仲間の小沢太郎兵衛を紹介され、かれの持つ長屋に住むことになった。小沢太郎

兵衛は日本橋本舟町の町名主でもあり、芭蕉は名主の業務代行の仕事にもありつくことができた。
まだ俳諧で稼ぐことのできない芭蕉には、不定期な仕事ではあるが、そのアルバイトはありがたかった。

店賃の　高き軒端（のきば）に　春も来て

収入の少ない芭蕉が、物価の高い江戸でなんとか暮らしていけたのは、杉風のおかげといえる。でも、杉風が芭蕉を援助したのは、俳諧師としての腕前を買ったせいではなく、芭蕉の有する特殊な才能を認めてのことだった。

芭蕉は杉風を最初、見たとき、内面の霊能力が目を覚まし、はっとなった。かれの背後に男の生霊（いきりょう）が憑（つ）いていたのである。

生霊は死霊とは異なり、眼の力が特に強い。肩から上の部分がぼうっとなって浮かんでいる。その姿を見るたびに胃が痛み、肩が凝るものだから、芭蕉もたまらず杉風に告げた。

「杉風さん、あなたには悪さをする霊が憑いておりますよ」

「あなた、おかしな話をなさいますな」

最初、杉風は笑って聞き流そうとした。

「いいや、わたしには見えるのですよ」

と芭蕉は自分が霊能者の素質の持ち主であることを語った。

「ほんとですか」

杉風は真面目な顔になる。

「あなたに寄ってきている男の霊は、あなたに悪さをしかけているように思えます」

善霊とそうでない霊とは発するオーラの色が異なり、その善し悪しは直観的にわかるのだ。

「どんなふうの人ですか？」

「はい、それはこんな感じの……」

と芭蕉がいくつかの特徴をあげると、

「そうですか、そうですか……なるほどねえ」

それを聞いて、杉風はしだいに思いつめた表情になった。

結果的に芭蕉のその霊視の成果が、杉風を大損害から救うことになったのである。

杉風はそのころ、ある男から新規事業の話を持ちかけられていた。大口の出資を伴うものである。

芭蕉に言われて、かれがその話を調べ直してみると、それはまったくの架空の話で、大金をだましとられる寸前だった。

芭蕉は邪霊、悪霊の除霊に効果のある水晶の玉を振るって、杉風に憑く男の生霊を除いてやった。

「いやあ、助かりました。あまり話がうますぎるので、ちょっとおかしいとは思ってはいたのですが、あの男の口がそれはもう上手なので、それですっかり信じこまされてしまいました」

危うく損害をまぬがれることのできた杉風は、そのお礼にと芭蕉を宴席に招待してくれた。そこで出された鹿肉の料理、これがすこぶる美味で、眼の色を変えてむさぼり食う芭蕉の様に、杉風は満足そうな表情を浮かべていた。

それ以来、芭蕉に特別な能力のあることを信じた杉風は、商売のことでなにかと助言を求めるようになった。かれにとって芭蕉は、経営アドバイザー的な重宝な存在になったのである。

こうして、芭蕉の江戸の暮らしは細々とスタートした。

目出度き　人の数にも入らん　年の暮

満足な稼ぎもない自分、表面的には楽隠居のように見えるが、実は他人の好意にすがって暮らしているのだ、という自虐の句である。

ひとからもらって食べ、自分から乞うて食べる、といった状態なのに飢え死にせずにいたのは、かれの持つ霊能力体質によるものと言えたかもしれない。

芭蕉の俳道を究める日々は、富裕なパトロン、杉風のバックアップもあって、なんとか進み始めた。

作風もこれまでの松村貞徳の貞門派から、これに対立する西山宗因の談林派に転向した。江戸ではこの流派のほうが主流だったのである。

これで芭蕉も西鶴と同門になったわけで、いっそうかれのことを意識するようになった。談林俳諧の特質は、狂言による滑稽、俗語の多用に重きを置いている点である。けれど、西鶴のように新風をねらう芭蕉は、この世界をひろげ、自然や人間の感情に触れる句もこしらえるようになった。

庶民がつどう句会は月に数回ひらかれ、若干の茶代さえ支払えば、だれでも出入りすることができた。

芭蕉もひんぱんに出席し、句をひろうした。

愚案ずるに　冥土もかくや　秋の暮
蓑虫の音を　聞きに来よ　草の庵
忘れ草　菜飯につまん　年の暮

このような句は新鮮な印象をあたえ、多くの俳人たちの関心をあつめた。芭蕉の詩才に特別なものを感じたのである。

さらに、芭蕉に霊能力の資質があることが知れわたると、かれらの見る眼が、

「あのお方は、ただの俳諧師ではない。異能の俳諧師じゃ」

とすっかり変わった。

杉風からの後押しもあって、奥州磐城七万石の城主、内藤左京大夫、俳号、風虎のサロンにも入ることができた。

そのような実績と俳人たちの評価もあって、芭蕉は北村季吟から連歌俳諧の秘伝書「埋木」の伝授を受けることができた。

それによってかれは宗匠、師匠と呼ばれる資格ができ、他人の句を評価し、その採点料をもらう点者になれた。


芭蕉を師匠と仰ぐ弟子たちも、しだいに多くなっていった。曽良、其角、路通、去来、支考、杜国、嵐雪、凡兆などである。

孤高清貧の生涯を送る芭蕉の門人にしては、とかく異端児的人物が集まる傾向があった。

俳諧は修身の道ではないとされ、俳諧師の社会的地位も低い。そんな時代、堕落漢ばかりのこれらの弟子たちのせいで、芭蕉の一門はかなりうさんくさい一派と想われたに違いない。

でも、芭蕉はどういうわけか、そんな危険人物たちに魅了されたのである。

大阪の俳壇で活躍する西鶴のことは、芭蕉の弟子の其角がかれと交流のあることからひんぱんに耳に入った。

自分を大陸の孤高の詩人、屈原(くつげん)になぞらえる西鶴。かれは妻を亡くし、その追善興行として一千句を詠み、「俳諧独吟一日千句」という句集を刊行していた。

しかも、

「この一千句には、一句たりとも、いやしき句はなし」

と豪語し、あいかわらず意気軒昂である。

「宗匠にも、ぜひ一度、お会いしたい、と申しておられました」

と其角は芭蕉につたえた。

「そうか、西鶴は妻を亡くしたのか」

「はい。それでも西鶴先生は、すこしもめげることなく、俳諧の道に精進されておられます」

「うむ」

「それに西鶴先生は宗匠のことを、江戸に新たな風を巻き起こした俳諧師だ、と敬意を抱いておられます。どのような人物か、どのような句を作るのか、とよく訊かれるのです」

でも、芭蕉が西鶴に対する気持ちには複雑なものがある。かれの俳諧に対する求道の姿勢は、なにやら鏡にうつった自分自身の姿を眺めているような感じで、

(このあさましく下れる姿……)

と自己嫌悪に似た感情に襲われ、どうしてもかれを好きにはなれないのだ。

翌年、延宝三年、談林派の総師の西山宗因が江戸に来ることになった。

「この宗因先生がおらなければ、われわれはまだ古めかしい貞門流にしがみついておらなければならない。宗因先生はまさに俳諧の中興の祖である」

と常日頃、そのように言っている芭蕉たちにとって、俳諧の神様がやって来るようなものである。

「百韻俳諧の万句興行を打つぞ」

ということになった。

百韻とは発句から挙句まで、一巻が百句からなり、これを百巻あつめようという企画である。

芭蕉一門の初めての大興行だった。

一門の弟子がずらりと名を連ね、芭蕉はこの興行では桃青という俳号を用いた。

芭蕉は弟子たちに、

「一句はわずか十七文字、一字といえどもおそろかにしてはならない。俳諧も和歌と同じ、発句は頭からすらすらと自然に出るものが上品」

と諭し、弟子の支考は、

「宗匠の句は、まるで師から弟子へその心をつたえようとする祖師禅のようだ」

などと評した。

この万句興業を成功させたことで芭蕉の名もあがり、うさんくさい一門という印象を、あるていどぬぐいさることができた。

「宗匠、これで江戸の俳壇は、われらが完全に牛耳ることになりましたよ」

と曽良、去来、其角などは有頂天になった。

芭蕉としても、宗因を同じ師匠と仰ぐ西鶴に対抗し、万句興行を成功させることができたことに、一矢報いた心境だった。

4

江戸における俳諧の道が順調に滑り出したと思うまもなく、故郷の兄の半左衛門から、

「母親の梅が病になったので、一度、もどってくるように」

という手紙が届いた。

芭蕉はいきなり水を浴びせられたような気分になった。

(どうしようか、もどるべきか、それとも……)

と迷う気持ちがあった。

母とはケンカ別れのようなかたちで、故郷を離れたのである。その母の顔を見るのもつらい。

ようやく俳諧師として軌道に乗り始めた日々を、またおびやかされるのかという不安もあった。

(でも、もし母に万が一ということがあったならば……)

漸く決心がつくまで、芭蕉はいらいらしながら毎日を過ごした。


伊賀上野への帰郷は苦痛の旅だった。さまざまな思いが交錯するなか長旅を終え、芭蕉は実家に辿りついた。

芭蕉を待っていた兄の半左衛門が、その姿を認めると駆け寄ってきた。

「宗房、よう帰ってきてくれた」

と肩に手を置き涙ぐんでいる。

「はい。兄者もお元気そうで。ところで、母者の具合は?」

「うん。すこしは良くなってはいるが」

半左衛門は口ごもった。

「まあ、会ってくれ」

と芭蕉をうながした。

家の中に入るとその足で、芭蕉は母親の梅のいる寝間に顔を出した。

「母者、宗房です。具合は、どうですか」

と声をかけながら、伏している梅の傍らに腰を据えた。

梅は顔を向け、かれのほうをじっと見てから、いきなりこう歎いた。

「わたしがこうなったのも、おまえのせいだ」

芭蕉も思わずきつい眼になる。

「おまえがすこしもこの家のことを助けてくれないものだから、薬も満足に買うこともできない」

「……」

「もし、このままわたしが死ぬようなことがあったなら、それはおまえのせいだ」

芭蕉の胸に怒りとも悲しみともつかない感情が渦巻いた。

(この母親とは前世では、どんな関係だったのか。仇同士とはいかないまでも、敵対しあった仲だったのか)

芭蕉はただ黙って、母親の愚痴と非難の言葉を聞いた。

(同じ自分の子なのに、どうしてわしにだけは、こうなのか。欲得ばかり述べたて、おのれの意志どおりに子供の人生を振りまわそうとする。どうして、子供の進む道を祝福し、励まそうとする気持ちになれないのか)

芭蕉は本心から母親が嫌いになった。

(もう、母者の顔なぞ見たくもない)

芭蕉は一言も梅に返さず、無表情のまま立ち上がり部屋を出た。

「母者になにか言われたのか」

兄がすぐに寄ってきた。

「はい」

「済まぬ。実はな……」

と兄が言うには、兄嫁の咲までが母親の看病で倒れてしまい、生活が一段と苦しくなったのだ、という。

「だから、ついおまえを当てにしてしまうのだ」

「わかったよ、兄者」

芭蕉はそう返事するしかなかった。

こんな暮らしの事情では、なにかにすがろうと必死になるのもむりはない。母親に対する感情とは別に、そのことだけは納得できる気がした。


けれど、芭蕉はふたたび母親と顔をあわせて話をする気分には、どうしてもなれないのだった。母親のほうも芭蕉の気持ちがつたわるのか、かれを呼ぶようなこともなかった。

ただ、かれが江戸に出立しようとすると、兄が、

「宗房、これは母者からの頼みごとだ」

と言ってきた。

「姉の子の佐助のことだが」

「はい」

「一緒に江戸に連れていってもらいたい」

「佐助をですか」

佐助はいま十六歳、芭蕉の影響を受け、やはり俳諧に熱心になっている。俳号は桃印、俳諧についてもなかなかなもの、と芭蕉が評価している甥だった。

「あいつももうそれなりの歳、なにかの役に立つはず、と母者は申すのだ」

芭蕉には母親の魂胆が読める。

江戸に行って、芭蕉がまともに稼いでくれるかどうか、桃印にはその見張り役を務めさせるつもりなのだ。桃印本人もなにかの仕事にありついて稼いでくれるかもしれない、と考えたのだ。

(母者の魂胆はそうだが、けれど、あやつには才能がある。これからみっちり仕込めば、俳諧のほうもかなりの腕前になるに違いない)

芭蕉はそう思った。

「兄者、承知した。佐助を連れていくことにする」

「そうか。母者もこれで安心するだろう」

と母親の心を知るか知らずか、兄の半左衛門は素直に喜んだ。

江戸にもどってきた芭蕉は、多くの収入が得られる仕事を探した。桃印(佐助)も働かせなければならない。母親の思惑どおりになるが、兄の負担の重さを考えると、俳諧の仕事ばかりやっているわけにはいかなかった。

芭蕉の依頼を受けて名主の小沢太郎兵衛が仕事を見つけてくれた。神田上水の浚渫（しゅんせつ）作業工事の請負仕事である。

その工事の期間は四年間、芭蕉には場違いの仕事であったが、かれが藤堂家に勤めていた信用もあって、それが実現した。

その事業を遂行するのには沢山の労働者をつかわなければならないが、その人夫の手配などは杉風、名主の小沢が全面的にバックアップをしてくれることになった。

芭蕉はこの事業で大いに稼ぎ、兄のもとにカネを送った。

「母者は、おまえが助けてくれている、と聞いて大喜びし、病気のほうもめきめきと快復した」

と兄から手紙が届いた。

（母者もずいぶんと現金な女だ）

そう思ったが、嫌な感じはせず、むしろ、なんとなくほっとした気分になった。子としての責任を果たしている、という気持ちもあったのかもしれない。

桃印もかれの手足となってよく動いた。

「桃印よ、そんなに頑張らなくてもいいぞ」

と肩を叩いてやると、

「いいえ。宗匠の足手まといになりたくはありません」

と笑って答える。


収入的にも安定した生活が成り立つようになったころ、芭蕉は仕事場から家に帰る途中、意外な人物に出会った。

「甚七郎さん」

と声をかけられ振り向くと、妙に色っぽい女がいた。唇の端にイボがある。

「そなたは……」

藤堂家で働いていた依世だった。

芭蕉を慕って夢中になったものの、芭蕉の冷たい態度に接して深く絶望し、評判の悪い男にだまされて江戸に出ていった、という依世だった。十二年ぶりの再会である。

「ほんとにお久しぶりです」

と依世は成熟した女らしい所作で頭を下げる。

「そうだね。あなたもお元気そうで」

「わたしですか。そうでもないのです」

と彼女が話すところによると、一緒に江戸に出てきた男に死なれ、いまは寿貞尼と名乗っており、次郎兵衛という子が一人いるという。

「そうか。あなたも苦労したわけだね」

彼女がそうなったのも、この自分のせいかもしれない、と心の隅で思いながら芭蕉は言う。

「はい。苦労ばかりで」

そう返事をする依世には微笑みがある。

「ところで、いまどこに住んでいるのですか」

「本舟町です」

「えっ、わしと同じ町か」

芭蕉は聞いて、びっくりする。彼女の住まいはかれの家から歩いていける距離なのである。

「それならば近い。これからは遊びに来てください」

「はい。喜んで」

と依世は心から嬉しそうな表情になる。そのしぐさにはひどく艶めいたものがあった。

（江戸で難儀をしたせいか、もう昔の依世ではない）

芭蕉はそんな印象を強くした。

芭蕉が軽い気持ちで、遊びに来て、と言った言葉を、依世はすっかり本気にしてしまったようだ。それからは、ひんぱんに顔を見せるようになった。

「佐助といいます」

と甥の桃印を紹介すると、

「あら、佐助さんというの。かわいらしい人だこと」

とすぐに馴染み、いつか弟に対するような親しい態度をとるようになった。

そして、そのうち依世はかってに家の台所の仕事をしたり、掃除、洗濯にまで手を出すようになった。それらの家事は、これまでは桃印にやらせていたのである。

しかし、依世が代わりにやってくれるようになり、桃印は事業のほうに全面的に使えるようになった。そのほうが芭蕉にとっても都合がよいことから、つい依世の好意に甘えるようになってしまった。

「済まないねえ、依世さん」

と芭蕉が気をつかうと、

「いいえ。どうせヒマな身ですから……。それに家事はやはり女のほうが向いております」

芭蕉も懸命に働いてくれる依世に対し無償では悪いと考え、少しだが手間賃を払うようになった。

そんな依世を外から見ると、まるで芭蕉の内妻のように思えるのだろう。弟子たちのあいだでは、依世のことを、

「奥さん」

と呼ぶ者も出てきた。

でも、弟子の曽良などのように、

「あの女はなんですか。ずうずうしいといったらありゃしない」

と非難めいた口調で言う者もあった。

曽良は信濃の出で、芭蕉より五歳年下である。芭蕉を慕うかれには、依世のことが恋敵のように思えたのであろう。

その依世も芭蕉に積極的にアプローチをするようになってきた。

「甚七郎さん、男の人はがまんできなくなるって言いますよねえ」

とあからさまになまめかしい態度で、露骨に芭蕉に迫るときもあった。

かれの妻になりたい、という意思表示である。娘のころ藤堂家で果たせなかった念願を、この江戸で成就したいという依世の強い思いだった。

5

神田上水の事業に没頭しなければならない芭蕉は、当然のことながら俳諧のほうはおろそかになる。

弟子たちにとっては、それが大いに不満のタネである。

「宗匠は、もう俳諧とは縁を切られたのか」

「俳諧をやる余裕がないのだ」

「女とカネ儲けに夢中になっておられるらしい」

と口ぐちに言い、甥の桃印に対しても、

「おまえが悪い。宗匠ばかりにあんな仕事をさせて、おまえがもっと力を入れるべきだ。このままでは宗匠は、せっかく江戸の俳壇で築いた名声をうしなってしまうではないか」

と責めたてる。

桃印は、

「宗匠、わたしはどうしたらいいのですか。みなさんは、おまえが悪い、悪い、と申されるのです」

と芭蕉に泣きついてきた。

杉風までが気にして、

「すこしまわりがうるさすぎますね。なんとかしないと」

と難しい表情になった。

これは芭蕉にも応えた。このような状況になるかもしれないと思ってはいたものの、実際、それに直面すると、心がすごく揺れるのである。

(やはり、二兎を追うものは一兎も得ず、なのか)

だからといって、いまこの事業をやめるわけにはいかない。そうなれば、この仕事を持ってきてくれた名主、小沢太郎兵衛の顔をつぶすことになる。

それに、やめたら兄のもとにカネが送れなくなる。せっかく桃印までつけてやったのに、と母はまた怒り狂い病気になることだろう。

結局、堂々巡りするばかりで良案もうかばず、ずるずると仕事をつづけるしかないのだった。


そんなときに、西鶴が大阪から江戸に出てきた。

「ぜひ、宗匠にお会いしたいと、西鶴先生は申しておられます」

とかれと交流のある弟子の其角が、西鶴の伝言を携えてきた。

(こんなときに、わしに会いたいと言うのか)

芭蕉は迷う。

西鶴は仲間の俳人から、オランダ西鶴、ばされ句の大将などと罵倒されても、

「ふん、なにを申すか。あ奴らの句は、遊女、歌舞芝居、バクチ、食い物のことばかりで、なんの工夫もなければ、しかも、作った本人しかわからないものばかりだ」

とへこたれるふうもない。

「桜千句」、「西鶴五百韻」、「両吟一日千句」、「俳諧虎渓の橋」などつぎつぎと句集を九冊も刊行していた。さらに、生玉寺で数千人の聴衆を前にして、一日一夜に四千句を独吟し、この興行を記念して自らを四千翁と号するなど、まさに阿修羅のごときの活躍ぶりをみせていた。

これに対し、芭蕉のほうは「江戸三吟」、「桃青門弟独吟二十歌仙」の二巻だけである。

いま西鶴と会えば、かれの勢いに圧倒されるだけである。

（会えないな）

と結論を出した。

「わしはいまなにかと多忙であってな、西鶴さんに会う余裕がない。其角よ、済まないが、その旨を西鶴さんにつたえてもらえぬか」

「そうですか。西鶴先生は、さぞ残念がるでしょうな。宗匠にお目にかかり、俳諧についてあれこれ意見を交換することを、ずいぶんと楽しみにしておられたのですから」

と其角は怒ったような表情になった。

「済まない、ほんとに済まない。西鶴さんにはよしなに頼む」

芭蕉は其角の顔をまともに見ることができない心境だった。

西鶴と芭蕉が話をしたら、どんな内容になるか、と弟子たちも興味津々で、それが実現することを望んでいた。それが芭蕉の意向で、ダメになってしまった。

それは弟子たちのあいだに、大きな失望を生むことになった。

「宗匠は西鶴にはかなわない、と降参してしまったのだ」

「西鶴のまえで尻尾を巻いて逃げたのだ」

かれらのそんな声が芭蕉の耳に届いた。

（そのとおりだ。わしは西鶴に敗北した）

芭蕉も弟子たちに反論することはできず、正直に認めるつもりである。

西鶴との面談を拒絶したことから、弟子たちは芭蕉を見限り、かれのもとから離れていく者もあった。

（仕方がない。自ら招いたことだ。まだおのれの魂（霊性）の磨き方が足りないのだろう）

上水道事業の馴れない仕事は、思った以上の強いストレスを芭蕉に与えた。トラブルも多く、それに振りまわされ、へとへとになった。

風邪をひき、とうとう寝込んでしまった。そんな芭蕉を懸命に介護してくれたのは依世である。

家にも帰らず、泊りがけで看病をする依世に、

「わしはもう心配ないので、あなたは家に帰ってください」

と頼んでも、

「いいえ。わたしの方はだいじょうぶですから」

と首を振らない。

そんな依世の献身ぶりを見て、日ごろ、彼女に冷たい眼を向けていた曽良も、

「ずいぶんと感心な人ですね」

と言い、
桃印は、

「宗匠、ここまでやってくれる依世さんを、どうか奥さんにしてやってください」

と真顔になって懇願する。

芭蕉も依世の気持ちがわからないわけではない。でも、妻帯する気になぞなれないのだ。かれには愛する桃印がいる。この甥の俳諧に対する才能には抜群のものがあり、芭蕉の弟子たちのなかでもランクは上のほうである。

「しっかり頑張れば、おまえはきっと大成するぞ」

いずれは自分の跡を継ぐ者になれるはず、とかれの成長を楽しみにしていた。

桃印との師弟の契りには、肉体的なものも含まれている。心と肉体の双方で結ぶ男同士の契りは、生命を懸けたもので、神仏の契りにも等しい貴い行為なのである。

いまの芭蕉にとって、女房はいなくても桃印がいれば充実した人生が成り立つのだ。

桃印にこう話した。

「上水道の事業もあと一年ちょっとだ。それが済んだら、依世さんにはもう用を頼むこともないだろう。だから、それまでのことだ」

依世は芭蕉が言ったその言葉を桃印から聞いたのだろう。芭蕉に対する態度ががらりと変わった。

かれに恨めしそうな視線を向けることが多くなり、あまり口もきかなくなった。

そのかわりに、

「佐助さん、佐助さん」

とやたら桃印の世話を焼く。

芭蕉はそんな依世を見て見ぬふりをした。

（どうせ、あと一年なのだ。そのあとはもう依世とは逢うこともあるまい）

やはり、芭蕉のそんな思いが依世に伝わるのだろう。依世は時々、いらだったような様子を見せ、

「ああ、つまらないッ」

と叫んだりする。

芭蕉はまったく眼にとめることはない。なにごともない、というふうに微笑するだけである。


上水道の事業が終わりに近づいた。芭蕉には重い苦しみからようやく解放される気分だった。

（これでまた俳諧の道に専念できる）

そう思うと、うれしさがこみあげてくる。

そんなある日、突然、依世が姿を見せなくなった。さらに桃印も忽然と姿を消したのである。

（まさか……）

直感が働いた。予感もあった。その日の朝、起きると実に嫌な感じがしたのである。

芭蕉は疑惑に押されるように依世の家へ飛んでいった。

「三日ほど前からおられなくなりました」

と長屋の家主は、この依世とあなたはどんな関係なのか、という顔をした。

依世は桃印と駆け落ちしたのだ。芭蕉にとってはまさに青天の霹靂（へきれき）、夢にも想わないことだった。

（桃印は依世にだまされたのだ！）

伊賀上野では男にだまされた依世が、今度は男をだましたのだ。

（依世はわしへの恨み、意趣（いしゅ）返しの激情から桃印を連れ去ったに違いない。だが、それにしても、桃印は何故に……）

桃印の了見がわからない。どうして、自分の有望な将来を捨て去るような決断をしたのか。

女に関してはキャリアのない桃印は、実績たっぷりの依世の手にかかっては、赤子同然だったのだ。

芭蕉は、前々世の柿本人麻呂、前世の西行が犯した妻子に対するカルマの債務を、このような形で清算させられたのである。

芭蕉はその特有の体質から、普通の男のように女性を妻にめとり子をもうけることはできない。その不幸を甘受しているだけでなく、かれが自分の分身のように大切に思ってきた桃印まで奪われるとは、カルマの理（ことわり）の容赦ない厳しさを身に知る思いだった。

でも、それはかれが過去生で背負ったカルマに対し、多くもなければ少ないわけでもなく、償いの量としてはきっちり同量なのだ。

仏教より古いインドのジャイナ教では、カルマ（宿業）について、

「業という細かい物質が、霊魂のなかに浸透し業身となる。この業の物質に縛られて輪廻転生をし、その業の物質を除去するには、苦行をおこなうしかない」

と記している。

(こうなったら早く桃印を見つけだし、連れもどすしかない)

芭蕉は桃印の姿を求めて、うなされたように四方を歩きまわった。

「桃印がいなくなった。探してくれないか。巽（南東）の方角にいそうな感じがするのだが」

と曽良にも頼んだ。

杉風など他の弟子たちにも、桃印の行方を探索してくれるように依頼した。けれど、半年経っても桃印を見つけることはできなかった。芭蕉は心身共に消耗し、とろんとした眼になって、

「桃印、桃印、おまえは何処にいる」

とつぶやいては、家のまわりを徘徊するようになった。

そんな半狂乱のようになっている芭蕉が、流行病の餌食となるのはわけもないことであった。霊能者としての素質をもつ芭蕉は、通常の人間とは異なる鋭敏な体質になっている。

高熱を発して倒れ、口がまったくきけなくなった。そして、意識を喪失し、死線をさまよう状態におちいった。

このとき芭蕉の霊魂は、肉体を離れたのである。幽体（体外）離脱現象が起きた。

まるで蝉が殻を脱ぎ捨てるように、するりと芭蕉の霊魂は肉体から飛びだした。

すとんと黄色の深い穴に落ちる感覚である。肉体とはシルバーコードで結ばれ、その命の緒はどこまでも自由に伸びてくる。

やがて、芭蕉の霊魂は家の外にとびだし、空中に向かって飛翔し始めた。

お花畑の上を飛び、そこを過ぎると眼のまえには清らかな水が流れる大河がひろがっていた。

不思議なことに、水に入ってもすこしも濡れることがなく、さらさらとする感触だった。

どこからか白い屋形舟が近づいてくる。中をみると、だれも乗っていないばかりか、船頭すらいない。

（わしはこの舟に、どうしても、乗らなければならない）

と思い、乗った。

と、舟は対岸に向かってするすると滑り出す。

やがて、向こうの岸にたたずむ一人の老人の姿が見えてきた。変わった服装をし、白いアゴヒゲをつけた長身の人（スピリット）である。

「もどりなさい。船から降りてはならない」

とその人は強い口調で言う。

でも、芭蕉は、

（わしはもどりたくはない）

と必死に願う。

それほどここの居心地が良いのである。しかし、そのアゴヒゲの人は、

「もどりなさい。帰るのだッ」

と再度、命令をする。

すると、舟がひとりでに方向を変え、もとの岸に向かって進みだした。突如、前方にもくもくと濃い霧がわきだし、舟がその霧のなかに入るや、とたんに芭蕉の霊魂は地上世界の肉体のなかにもどったのだった。

臨死体験の体外（幽体）離脱現象は重篤な患者や手術中に大量出血を生じ、危篤な状態になったときなどに起きたりする。

アメリカのある神経外科医の場合は、こうである。

細菌性髄膜炎にかかり、七日間、脳の機能が停止し昏睡状態になった。

意識（霊魂）は闇のなかを通り、光の世界へと出、それから飛翔していった。

下にはみずみずしい美しい田園風景がひろがり、そこを飛んでいくと、絶妙な色彩をもった蝶の羽に乗った女性が、急にあらわれた。守護天使のようだった。

女性とあれこれ会話をかわしたが、言葉は必要ではなく、無言のままテレパシーで通じた。

上空では聖歌のような音楽が鳴り響き、きらきら光る球体（霊人）が弧を描いて舞い飛んでいた。

そして、七日ぶりに奇跡的に意識がもどったわけだが、後日、びっくり仰天する。かれには今まで一度も逢ったことのない、その顔も知らない妹がいる。その妹は既に亡くなっていたが、そのうち遺族から写真が送られてきた。

その写真を初めて見るや、かれは、

「あっ、このひとは！」

と叫んだ。

なんとその人は、かれが他界で逢った、蝶の羽に乗っていた守護天使と想われる女性だったのだ。

6

芭蕉が完全に快復するのに、三ケ月ほど要した。

床をはらって間もなく、家のなかをうろうろと動きまわる者がいるのに気づいた。

依世の生霊(いきりょう)だった。人間の強い思念は体外離脱現象を生むのである。

(桃印を連れていってしまって、そのあとこのわしがどうしているのか、と心配になったのか)

光る眼をした依世の生霊は、それからもたびたび姿を見せた。そのつど芭蕉は胃がずんと痛み、肩もひどく凝った。

(この跡をつければ、かれらの居所がわかる)

と思い、依世の生霊を追ったが、家の外に出ると白い煙のようにすうっと消えてしまった。

芭蕉は茫然と立ち尽くし、

(桃印のことは、最初からいなかったと思うことにしよう)

と断念した。

そして、あらためて自分自身の生き方を考えた。

(わしは生まれ変わった。これでなにもかも捨て去ることができる。西鶴と自分の差は俳諧のそれではなく、生き方の問題なのだ)

西鶴は妻を亡くし、幼子を三人も育てながら、それでも不屈の精神で俳諧の新たな世界に挑戦をしている。芭蕉がこれに対抗するには、かれのレベルをしのぐ生き方をしなければならないだろう。

その考えに行き着いたとき、芭蕉の耳に、突如、

「すべてを捨て去れ、裸になれ。天から与えられた使命を果たすには、そうすべきなのだ」

という霊声が天啓のごとく頭の芯で響いた。おのれの霊魂の声だったのである。

芭蕉は一瞬、はっとなって周囲をみまわす。それほど明朗、清澄な声だった。

昔の聖僧、空也上人が、

「捨ててこそ……」

とつぶやいた言葉のようでもあった。

芭蕉は兄の半左衛門宛てに、手紙を添えてまとまった金額を送った。

「この仕送りが最後になる。事業が終わり、ふたたび貧しい暮らしになるので、自分はもう援助することはできない。これからはひたすら俳諧の道に専念するつもりである」

としたため、桃印が行方知れずになった事情も知らせた。

折り返し、母の梅から手紙が届いた。

「なぜ、うまくいっている稼ぎをやめるのか。おまえが稼ぎをやめたら、またこの家は苦しくなる。なんのために佐助をつけてやったのか」

と芭蕉を詰責する調子で文面が埋まっていた。

けれど、芭蕉の決心は堅固なものだった。

(仏教には、出家するために貧しく暮らす老母さえ捨てるのも善し、とある)

芭蕉もいまはその心境で、

(もう母者とも縁を断つ)

と心を定めた。

芭蕉は杉風に、

「わしは世を捨て、この身を捨て、ただひたすら俳諧の道を歩みたいと思っております。ついては、お願いがあります。収入のない自分なので、どこか小さな住まいを探してもらえませんか」

と頼みこみ、

「しかも、そこにはいつまで住むかわかりません。あくまで仮の宿になると思います」

とつけ加えた。

心を空にして静寂な境地を得るには、それにふさわしい霊性が開拓されるような環境が必要なのだ。

そして、求道者たる自分は、これからは一所不在、漂泊流転の人生を送ることになるであろう。俳諧（詩）の道を究めるためには、余生をそのような日々に充てなければならない。

（西行もそうであった。高野山の麓に結んだ庵を離れ、余生を歌の道を探究するための、行乞無常の人生に挑んだ）

芭蕉は自分の前身、西行のように、捨身行に等しい生き方を選ぼう、と思案したのだった。漂泊流転の人生とは、生まれ変わり死に変わりを繰り返す、という意味である。

（霊的なものの影をひそめる巷（ちまた）から決別をしよう）

と芭蕉は潔く（いさぎよ）決心したのである。

杉風は芭蕉の要望に快く応じ、深川にある自分の土地に小さな庵をこしらえてくれた。小名木川が隅田川と合流するあたりの低湿地、葦が風に揺れる草原地帯。

庭先からは秀麗な富士山、河に浮かぶ舟が眺められた。弟子たちが芭蕉の木を庭木に植えてくれ、かれは「芭蕉」という俳号を用いることにした。

芭蕉はこの小さな草庵が気に入った。かれが敬愛してやまない漂泊、貧窮の人生を送った大陸の詩人、杜甫の「茅舎破風の歌」が想い浮かぶのだ。

……………

天下に貧窮せる者を　蓋いて助ければ　喜ばしい顔とならん
さすれば住人は　風雨にも動かず　心は平安なる山のごとくにならん
ああ　されどいずれの時にか　この茅屋を見れば
草庵は独り破れ　わが身が凍死に至るもやむをえず

杜甫の人生を想うことは、自分の寂寞たる境涯を思うことである。かれの漂泊者としての悲愁こそ、その詩情の核心を成すものなのだ。

独りの暮らしに落ち着くと、恩愛を捨て無為の暮らしに入ったという孤独な思いが迫った。つくづくと杜甫の心境が理解できるのである。

雪の朝　独り干鮭を　嚙み得たり

櫓の声に　はらわた氷る　夜やなみだ
貧山の　釜霜に啼く　声寒し

ひとからもらって食べ、自分から乞うて食べ、どうにかこうにか年末を迎える有様だった。

でも、深川の草庵に移り住んだことは、自分自身の内奥を見つめ、詩心を鍛え直す機会が与えられることになった。


草庵に住んで半年が過ぎたころ、芭蕉は深川の臨済宗の臨川寺に、鹿島根本寺の仏頂(ぶっちょう)禅師が長く滞在している、という話を聞いた。

仏門に対する関心には強いものがある。草庵の一隅に釈迦の仏像を安置していた。

仏頂禅師のことで、その情報が耳に入ったとたん、

(一度、禅師に会ってみたい)

と願うようになった。

鎌倉時代の高僧、一遍上人も空也上人の言葉を借りて、

「閑居の世捨て人は、貧しさを楽しみとし、座禅して深い定(じょう)に入る人は静かさを友とする」

と述べている。

思い切って、仏頂禅師のもとを訪れた。

禅師は芭蕉に会うと、

「あなたに会うのも、これもご縁」

と気安く受け入れてくれた。

仏頂は霊格の高い人であろう。霊格の高さを押しはかる一つの尺度は謙虚さなのである。

芭蕉はかれから指導を受け、修行に励むことになった。禅の修行は、風を食べ水を枕に寝る、
というほど一衣一鉢の清貧に甘んじる厳しいものである。

禅師は、さらに、

「禅宗を学ぶには、荘子のことも学びなさい」

と教えてくれた。

「道」こそ生死を超越した存在である、と説く荘子の儒学は、禅宗の素地として役に立つというのだ。

荘子はひらひら舞う蝶を夢にみた。空に遊ぶ蝶を眺めているうちに、自分が荘子であることも忘れてしまった。ふと目覚めると、確かに自分がいる。

「はて、これは荘子が夢で蝶になったのか、それとも蝶が夢で荘子になったのか」

芭蕉も一句。

君やてふ（蝶）　我や荘子が　夢心

荘子は、

「真人はこの世に生を受けたからといって喜ぶこともなく、この世を去るからといって悲しむこともない。自身の人生は一個の自然現象と考えよ」

「死を厭うなかれ。死を厭うことは、旅人が帰るべき故郷を忘れたようなものだ。この世に生まれたのは、生まれるべき時にめぐりあわせたからであり、この世を去ったのは、去るべき必然に従ったからである」

と説き、

「人間の生命は、タキギは燃え尽きてしまうが、火は永遠に燃えつづけていくようなもの。何事にもとらわれず自由な精神を持つ人間であれ、翼なくして空を飛べ」

とも説く。

芭蕉は荘子に心酔した。


芭蕉庵から臨川寺に毎日のように通った。心の内奥の静寂のなかに、真理の光を見いだそうと座禅をつづけた。そして、心身脱落すると、霊能力がますます増すのを感じた。

そんなかれの姿を見て、仏頂禅師は、

「どうだね。芭蕉さん、仏門に入りませんか。あなたは僧侶としても優れたものをお持ちのようだ」

と誘った。

芭蕉は俳諧の宗匠風の撫で付け髪を切りおとし、僧の姿になっていた。

「いいえ。わしには考えるところがありますので……」

「そうですか。まああなたはあなたの生き方がおありなさるからねえ」

そういう仏頂も残念そうな顔ではなかった。

(法、道を求める者は、仏法僧に執着してはならない。何事にも執着せず、無為自然に生きなければならない)

禅宗の「臨済録」には、

「仏に逢うては仏を殺し、祖に逢うては祖を殺し、羅漢に逢うては羅漢を殺し、父母に逢うては父母を殺し、……」

とある。

仏道は無為の道でもあるが、あくまで芭蕉の生きる道は、芭蕉の葉陰に隠れ棲む乞食の翁であって、

(僧にもあらず俗にもあらず。世道俳道には二つなし、いかなる覇権にも媚びず)

というのが芭蕉の道なのだ。

平安時代の聖僧、増賀上人も僧侶ではなく求道者として、世を捨て、寺を捨て、身をも捨て、コモをかぶった乞食となって民衆のあいだに姿を隠した。

（そうであってこそ、俳諧（詩）の新たな世界に到達することができる）

と芭蕉は信じていた。

芭蕉にとって、この臨川寺で仏頂禅師より禅を、そして、荘子の儒学を学んだことが、間違いなくかれに新たな眼をひらかせたのは事実である。その二つの学習はかれに詩境の変化をもたらした。

談林派の「面白く語る」ことを重視する俳諧から完全に脱却し、「語らない」ことを作風とする新たな俳諧の世界に、かれを導いた。

（言わざる中にこそ、おのずから至言がある）

と気づいた。

座禅の修行を積んだことで詩禅一致ともいうべき、対象と一体化することによって、その核心に触れる方法を見出すことができた。

また荘子の無為の世界を学ぶことによって、自然の世界をより霊的な眼で眺められるようになった。

芭蕉の心境の変化を示す一句。

枯れ枝に　からすとまりけり　秋の暮

ある日、仏頂は遠くから訪ねてきた一人の僧侶を芭蕉に紹介した。

「円空(えんくう)さんじゃよ」

円空は芭蕉を見て、眼をぎょろりとさせた。異相で背が低く頑丈そうな身体をしており、眉間に光を発するような人だった。

「この円空さんは、諸国をまわって山野を歩き、仏の木像を彫っておる」

円空は美濃の出、芭蕉より十二歳年長、三十二歳で出家し大峰山で山岳修行をし、法隆寺で法相学を学んだ。

生涯、十二万体を造像することを発願しているという。

(それはまた途方もない話だ)

芭蕉は驚嘆し、あらためて円空を眺めた。やはり、どうみても汚らしい坊主である。

仏頂はかれがナタをふるって作った、一刀彫の木像を見せてくれた。良く言えば荒木造りは無類にして、形は世に稀なるものだ。

しかし、円満慈悲の仏の顔にはならず、目や鼻が極端に大きく、子供の手による造りのような、幼稚、不細工なものにも見える。

「人はその内部に光、仏性を抱くもの。それを見いだすことができれば、このような木像も尊く思えるはず」

仏頂がそうつぶやくのを耳にすると、円空はただにやりとするだけだった。

素人細工に見えるため、こっぱ（木端）仏と呼ばれ、円空が真心こめて作仏しても珍重されることなく、棄却されたり焼却されたりすることもあるのだ。

「ああ、それから円空さんは和歌もよく詠まれる」

「ほう、和歌をですか」

芭蕉が関心を示すと、円空は頭陀袋の内から一体の木像をとりだし、それを芭蕉に手渡し、

「柿本人麻呂だ」

と野太い声で言った。

芭蕉が俳諧師であることを、仏頂から聞いているのだろう。あいさつがわりにと、この木像をぱっぱと仕上げて持ってきたのだ。

芭蕉の前々身である柿本人麻呂は、円空が最も敬愛する歌人であるという。身体を左に傾けて月を眺めている坐像、やはり、お粗末というべき像だった。でも、いらないとは言えない。

「ありがとうございます。いただきます」

と芭蕉は頭を下げた。

「ふん」

円空はぶっきらぼうに応える。

芭蕉はかれを凝視し、こう尋ねた。

「ところで、円空さん。あなたは、何故に、そうまで難儀して諸国を巡っておられるのですか」

円空はぐいと顔をあげ、しばし瞑目し、それからぽつんと言った。

「日に日に生き、日に日に死ぬ、という生死の真理を悟るためだ。旅に生き、旅に死ぬ、という日々をくりかえす無常流転の姿は、山川草木、自然のままの、いわば仏の姿。それゆえ、その乞食行の証として仏の像をこしらえておる」

芭蕉はそれを聞いて、深く感銘した。

（この人はただ者ではない）

より次元の高い真理、より深い悟りを得ようとする円空は、それを仏寺ではなく、行乞無常の旅で求め得ようとする。

芭蕉はこの円空と霊的本性の近似するものを覚え、思わずまじまじとかれの顔を眺める。

（自分もこの円空のように、そうあるべきだ。より霊性を高めるべく旅に出て、人間としての真行を務めることが、俳諧（詩）の道を究めることにもなるはずだ）

霊性豊かな所持者、円空とここで出逢ったことが、芭蕉にとっては偶然の所産とはとても思えなかった。

（わしが天命を果たすことができるよう、この僧侶を引きあわせてくれたのだ。これは自分をいつも支えてくれている守護霊、背後霊の成せることなのに違いない）

と芭蕉は得心したのだった。

7

芭蕉は、

（詩魂を磨くための霊的探究、求道の旅に、いつ出るべきか）

とその出立の時期をはかりかねていた。

芭蕉はこの頃から持病を抱えるようになっていたのである。痔と胆石症からくる胃ケイレンの病である。

長く危険な旅に出るからには、すこしは体調を整えて出立したい。一度、生死の旅に出たら、もうそれからは所を定めない旅になるのだ。

けれど、心の準備ができないままに、その年（天和二年）の師走を迎えたとき、芭蕉は弟子の曽良に、突然、

「大きな災いが起きそうだ」

と言いだした。霊感が働いたのである。

「大きな災いとは、なんでしょうか」

と曽良が訊くと、

「沢山の人が逃げまどい、命をうしなうことになる災いだ」

と言う。

芭蕉の予知能力は確かなものだった。その月の二十八日、「八百屋お七の火事」とよばれる大火に、江戸が見舞われたのである。

下谷、浅草、本所から神田、日本橋にも飛び火し、翌朝まで燃えつづけ、ついに芭蕉の庵まで焼いてしまった。

かれは弟子たちから、芭蕉の門下の人間を頼り、

「一時、江戸を離れて甲斐に移ったらどうでしょうか」

と勧められた。

新たな住まいについても、

「宗匠、大変なことになりましたが、わたしらがなんとかいたしますから」

と弟子たちのあいだで、芭蕉庵を再建しよう、とする話がもちあがり、五十二名の寄進でその計画が進行した。

伊賀上野の兄、半左衛門から母、梅が死んだという書状が届いたのは、そんな腰の落ち着かない日々がつづく折りだった。

芭蕉はその訃報を知ったとき、

(ああ、母者はやっと死んでくれたか)

と悲しむ気持ちは起きず、これでもう母親から苦情や嘆きを聞かずに済む、と救われた心地になった。

すぐに旅立つつもりもなかった。いままでの母との確執を思うと、とてもそんな気分にはなれないのだ。

柿本人麻呂や西行とは異なり、芭蕉は母親を愛することができず、悪縁に似た関係にもなったが、これも作用、反作用の原理に基づくカルマの清算の一種であるのかもしれない。

かれが出立の日を決めたのは、母の死後、ほぼ一年が経ってからのことだった。

(目的地を定めず、ただひたすら西をめざそう)

西という言葉には、浄土という意味もある。

いよいよ旅立とうとしたとき、曽良が、

「桃印たちの居所がわかりました」

と言ってきた。

三年ぶりに聞くかれらの消息だった。

「それが意外なことに、ここから歩いて半日ほどのところにおりました」

と曽良は報告する。

「子供も二人できておりました」

おまさ、おふう、という女の子であるという。

「暮らしのほうも大変なようです。まあ、それも自業自得というものでしょうか」

曽良の唇には嘲笑めいたものがある。

その話を聞いても、芭蕉の心は揺れることがなかった。

「そうか、子供までできているのか」

「はい。それで桃印がいくども頭を下げて申すには……」

芭蕉が許してくれるなら、またもとのように一緒に暮らしたい。それがダメならば依世、子供たちも連れて近所に移ってきたい、と懇願したという。

「虫のよすぎる話ですよ」

ふんっと曽良は鼻先で笑う。

曽良はいま、近所に住んで朝に夕に芭蕉の庵に通い、かつての桃印のようにかれの世話をしてくれている。かれらがもどってくれば、その立場を奪われることにもなる。

「ずうずうしいったらありゃしない」

芭蕉はしばし無言だった。

かれらはもう遠い存在である。かれらのことで心をわずらわされるのは嫌だった。

「ほうっておくがよい。あの者たちが自ら選んだことなのだ」

「はい。そうします」

曽良も、ほっとした顔になった。

貞享元年（一六八四年）八月、芭蕉四十一歳。かれは耐え難いほどの霊的衝動に突き動かされ「野ざらし紀行」の旅に出立した。伴は弟子の千里、奈良の出身。

旅に生き旅に死す、野の骨、野ざらしとなることを覚悟しての旅行である。一切を捨て去り、糧食すら持たない行雲流水の漂泊乞食としての旅である。

（人間は自分の内に光をもつという。光とは真理のことであろう。今度の旅は霊的な光を見いだすための旅でもある）

生死去来する流転の姿こそ人間本来の相であろう。芭蕉もまた柿本人麻呂、西行と同様に大自然の法則、天の理法にもとづく運命を選んだのだ。

それはまたこの生死の試しを経て、俳諧の新境地を獲得したいという祈願の旅でもあった。

芭蕉の旅姿は檜笠、椿の杖、紙衣に十徳、頭陀袋に数珠という、僧にもあらず俗にもあらず、まさに乞食の翁といったスタイルである。

いつもは猫背になって足早に歩く芭蕉なのだが、弟子の千里が先に立ち、そのあとをとぼとぼと歩く。どうみてもかれのその姿は、まだ四十代なのに六十歳を過ぎた男に見える。

東海道を行く旅は順調だった。ただ千里を困らせたのは、舟の渡し場に来ると、芭蕉は突然、河の水を怖がり、

「わしは乗らぬぞ」

と言いだすことだった。

「宗匠、なにも心配することはありません。あの舟は大丈夫ですから」

「いや、そうじゃない。あれは危ない。わしは泳げないし溺れてしまう」

「そんなことはありませんよ。あの船頭なら安心ですから」

なだめなだめして、ようやく芭蕉を舟に乗せる。

芭蕉はただぶるぶる震え、青ざめた表情になり、対岸に舟が安全に着くまで必死になって安全祈願をしている。

(どうして、お師匠は、こんなにまで河の水を怖がるのか)

芭蕉が前世で受けたトラウマを知らない千里には、それが不思議に思えて仕方がないのだった。

その反面、芭蕉の霊感に助けられたこともあった。

山路を行ったとき道は二方に分かれ、いずれの方に進んだらよいか迷うことがあった。

そんなとき芭蕉はためらうことなく、一方を指さし、

「こちらの方がよい。反対の道は里に出るには近道だが、嫌な感じがする」

芭蕉の選んだ道を辿り里に降りて、村人に尋ねると、

「そのとおりじゃ。あの道は山賊の出る道なのじゃ」

とかれらは芭蕉の勘の良さにびっくりした顔になった。

江戸を出て箱根を越え、島田、桑名、津を通り、実家のある伊賀上野に着いた。

迷う気持ちもあったが、ここまで来ると、やはり兄の半左衛門を訪ねないわけにはいかなかった。それに伊賀上野に近づくにつれ芭蕉の霊覚が働くようになり、母の霊声がどこからとなく聞こえ、かれにまとわりつくようになった。

いくらそれを無視しようとしても、かれの霊耳にはしつこくついてまわる。そのうえ母の霊が放つ懐かしい振動も強く感じられるようになった。

芭蕉もついに根負けをし、母の墓参を済ませるまえに実家に立ち寄ることにした。兄の半左衛門はまた一段と老けていた。

母の死の知らせを受けてすぐに帰らなかった芭蕉を、兄は責めようとはしなかった。

「おまえにはおまえの都合があるだろうしな」

と言っただけだった。

母親とはついに最後まで心を通じあうことができず、不仲のまま終わってしまった。

（母は何よりも家の繁栄を第一に考えて生きた人だった）

自分の子ならば、当然、そのために働くものと信じていた。実家に利益をもたらさない子は、この家の者ではない、役立たず、とそう考えていた。

そして、この自分は長いあいだ役立たず、親不孝者と思われていた。

（母親とこのような因縁で苦しんだのも、前世に積んだ因果（カルマ）の罪を清算するためであっ

たのかもしれない）

実家に着いたその夜、兄が、

「おまえに話しておきたいことがある」

と一冊の句集をみせた。

それは芭蕉がこの伊賀上野を去り、江戸に出ようとしたとき、最初にこしらえた句集、三十番発句合の「貝おほひ」の写しだった。本物は伊賀上野天満宮に奉納してある。

「どうだ、この句集はぼろぼろになっているだろ」

兄はつづける。

「実はな、母者がこれを繰り返し繰り返し、読んでいたのだ。おまえを偲(しの)んでな」

「……兄者。それはまことのことか」

「ああ、そうだ。こっそり隠れるようにして読んでいた。この家の暮らしが苦しいので、母者はおまえには厳しいことばかり言っていたが、おそらく本心ではいつも済まない、済まないと頭を下げ、ひどくつらく悲しい思いをしていたに違いない」

「……」

「じゃが、まことは、おまえが俳諧の世界で成功していることを誇らしく思っていたようだ。だれよりもおまえの才能を信じていたのは母者だったかもしれないな」

と兄はしみじみとした口調になる。

その話を聞いて、芭蕉は胸が熱くなった。いままでの胸のしこりも解消された気分になった。兄の半左衛門から母の白い遺髪を見せられると、もう我慢できず、自然に涙が頬を流れ落ちた。翌朝、芭蕉は母の墓のまえに立った。そして、しばしのあいだかれは無言のまま、すずやかに吹く風に身をさらしていた。

伊賀上野を去り京都に入ったとき、芭蕉は西鶴のことを耳にした。かれは摂津住吉の神前で一日一夜、二万三千五百句の独吟、荒行を成就し、自分のことを二万翁と呼んでいる、という。

それを聞いて芭蕉は眉をしかめた。

(俳諧を志す者は、生涯十句を残せば良い)

と考えるかれには、数だけを競おうとする西鶴の思考がわからない。

だが、その西鶴は俳諧だけではなく、今度は浮世草子(うきよぞうし)に手を染め、「好色一代男」という創作を発表したという。芭蕉はそれを手に入れて読んでみた。

従来の戯作とは異なり、大胆に話し言葉を用いた作品である。自分の私生活を暴露した自伝のようにも思える。

(驚いた。おのれの姿をこうまで赤裸々に見せるとは……。しかも、西鶴はこれを俳諧の延長のように考えているようだ)

すぐにそう察した。散文というより散文詩、俳文というほうが近い。

この作品は滅びの美学を描いたものに違いない。

(何しようぞ、一期は夢よ、ただ狂え)

とする滅びの人生、しかし、そのなかにこそ生きる道がある。それは芭蕉が心酔する荘子の無作為の人生に共通するものであろう。

(西鶴はこれでまた新たな一歩を踏み出した。自分はこれまで西鶴の才能に追いつき追い越せと努力してきたが、まださらに距離がひらいたような気がする)

芭蕉は「好色一代男」の浮世草子をぎゅっと握りしめ、深い吐息をもらすのだった。

京都から大津、水口、鳴海へ、それから木曽路から甲州路へと抜け、江戸に帰ったときは四月になっていた。八ケ月の旅だった。この長旅でかれの体重は七キロ減り、いちだんと衰弱した。

野ざらしを　心に風の　しむ身かな

死にもせぬ　旅ねの果てよ　秋の暮

8

芭蕉はこの旅の成果を早く確かめたかった。疲労もまだ回復しないうちに、それを求めてつぎつぎと大きな句会を開いた。

「蛙の二十番句合」も、その一つ。弟子たち四十名が参加した。芭蕉の句を巻頭において、蛙を詠んだ句を左右にわけ優劣を競うのである。

芭蕉はそこで、

「古池や　蛙飛び込む　水のおと」

という句を詠んだ。

この句を詠むとき、芭蕉はなにも考えず、ほとんど無心の境地だった。すんなりと自然にその句が口から出た。言葉が生命をもって独りでに動きだした感じだった。

この句を耳にした其角は、興奮のあまり顔が青ざめ、去来はう〜んとうなったきり眼だけ光らせ、曽良は感動して瞳を潤ませた。

それからかれらは口ぐちに叫んだ。

「実に素晴らしい出来ではないですか」

「これまでの句とはまるで違う」

「まっこと、ぐんと胸にしみこむものがある」

芭蕉は自分でも驚いた。いったいどうして、このような句ができたのか。

そこに生じた自然の現象を、ありのままに詠んだこの句、一切の装飾を剥ぎとった、この貴重な原石のごとくの詩語は、自ずから光を放つ霊的なものとなり、言霊の神性を帯びて聖化された語句となった。

それでいて、しみじみとした風雅をもたらし、空寂の世界へと誘う趣がある。蛙という小動物がたてた水音が、一瞬にして全宇宙の扉を開いたのである。

この句を詠む心の位相、無作為の妙境は「野ざらし紀行」の旅によって、かれにもたらされたものである。

(やはり、あのような苦しい生死の旅は必要だった)

だが、そう思ったものの、すぐに不安になった。

(この句境は肉体の脳の力が産みだしたものではない。間違いなくおのれの抱く霊魂の霊力に依るものであろう)


しかし、この句をこしらえたときの心境は雨上がりのあとに出ては消える虹のように、まだ不確実なものなのではあるまいか。

もし、そうであるならば、ふたたびこんな秀句を詠むことは難しいであろう。

(これは確かめる必要がある)

と芭蕉は考えた。

かれはそれから懸命になって多くの句をこしらえた。けれど、どうしても、「古池や……」の句を詠んだときのような境地に辿り着くことができない。最も気にいったのが、この句だ。

名月や　池をめぐりて　夜もすがら

確かに句境は深味を増している。しかし、得心できるものではない。「古池や……」を詠んだときの境地に達してはいない。

俳諧という芸術をまだ魂の視点からではなく、肉体的視点から眺めているのかもしれない。

(あの句境を得るには、どうしたらよいのだろうか。もう、それは不可能なことなのだろうか)

芭蕉は日夜、迷い、考え、苦しみ、悩みぬいた。

(さらなる高みへと到達するためには、いま一度、生死を懸けた求道の旅に出て、おのれの内に宿る仏性に点火し、炎上させ、輝ける魂となることが必要なのだ)

霊的進化の道は長く、かつ困難、そう簡単に円熟した魂に達することなどできないのだ。進化というものはスパイラル（らせん状）に展開するものなのである。

しかし、芭蕉は前回の「野ざらし紀行」の長旅で体重を大きく減らし、持病も芳しくはない。体調が快復するのを辛抱強く待つしかない。二年四ケ月後、足腰の訓練をかねて鹿島に小旅行をした。

その二ケ月後、芭蕉はふたたび西へ向けて出立した。「笈の小文」の旅である。同行の伴は、奈良に故郷をもつ新しい弟子を指名した。

「宗匠。なにゆえ、なにゆえですか。わたしがお伴ではいけないのですか？」

と曽良がくどいほど言うのを、

「いや、このたびの旅は、そなたでなくても良いのだ」

と芭蕉は首を振ろうとしない。この旅には曽良に言いづらいことを予定していたのである。

曽良の懸命の願いを振り切り、前回と同様の行乞乞食の長旅に出た。

旅人と　わが名呼ばれし　初しぐれ

江戸を出て、鳴海、名古屋、伊賀、伊勢とまわったとき、ある山寺で円空がこしらえたという木像を見た。不動明王、護法神像、千手観音、荒神像など、いずれも荒削りの細工である。

特に護法神像などは朽木に眼と口を深く彫り、そこに眉と額のシワをつけただけのものだ。

（このノミの乱れはどうだろう。これはまさに木端の妖怪像だ。とても仏像などとは呼べるものではない）

芭蕉がそう思っていると、寺の住職は円空の言った言葉をつたえた。

「わしのこしらえる不細工な木像などには、なんの価値もない。肝心なことはその木片を仏像とし、拝もうとする者がいるということだ。

その者たちは、ああやって仏像と信じて大切にし、無心に拝むことによって、しだいにおのれの内にある仏（仏性）の光に気づくようになる。そのことが実に尊いことなのだ」

さらに、住職は円空が詠んだという和歌も見せてくれた。

白紙に　血ぬる人の　多くして
霊のおもたち　世々モたちなん

白紙に血を塗るような人殺しの多い世、なんとなげかわしいことか。無惨にも殺された霊が成仏できず、この世にうごめいているではないか……。

いかにも霊的な生涯を送る円空らしい、まるで白刃をかざして迫るような歌である。芭蕉は詩語を眺めたまま沈黙するだけだった。

奈良に入り、芭蕉は弟子の杜国と落ちあい、春の吉野に向かった。杜国は「臨死の技術」を所持する霊媒としての能力がある俳人でもある。

杜国は女とみまごうほどの美貌である。芭蕉にとっては常に頭のなかにある特別な存在だった。名古屋の富裕な米商人でもあるかれは、罪を犯していた。

空米売買の罪で領地追放となり、いまは三河の知人の家に隠れ住む身だった。

その罪人を伴っての旅となれば、芭蕉も罪に問われかねない。しかし、寵愛する弟子が、そのような不運な目に遭っていることを知れば、ただ黙って見過ごすというわけにはいかないのである。

吉野で逢うことで、かれを慰め、元気づけてやろうと考えた。当然、危険なことは承知している。万菊丸という名をもつ杜国は芭蕉に気に入られようと、歌舞伎役者の若衆のように白小袖のうえに藤色の紫縮緬の小袖を二枚重ね、羽織や帯まで同一色、紫帽子をかぶって息遣いまで気をつかって歩く。

その姿には格別の風情があり、杜国の首筋、うっすらと染める横顔も美しく、芭蕉を大いに喜ばせた。

こうして二人で花の吉野を行くと、歌舞伎の心中物の道行の場を想わせるのだ。でも、この様を見れば、江戸の曽良は激しく嫉妬し、憤ることであろう。

「杜国めに師匠を奪われてしまった」

とすこぶる嘆くことであろう。

「宗匠と、こうして共に歩くだけで、わたくしは幸せでございます」

と杜国は艶めいた素振りをし、芭蕉に流し目をくれる。

「わしもな、そなたのことを案じておった」

芭蕉も杜国の手をとって答える。

吉野の山は全山が桜色におおわれ、別世界のような光景である。

吉野を訪ねることは、自分の前身、西行と出会うことである。桜の詩人と呼ばれるほど西行は桜が好きであったが、芭蕉も桜を見ると我を忘れるほどの心境になる。

芭蕉は、

「わしはな、幼いときに……」

と杜国に、

「自分は西行の生まれ変わりだ」

母親にそう告白して困惑させたことがある、と打ち明けた。

「そうですか、わたしにもそう思えます。西行さんは桜の和歌を四百首も詠んで、まるで桜の精のような歌人でした。宗匠も桜花がずいぶんとお好きでいらっしゃる」

西行は無為自然の理想郷を求め、奥吉野の地に庵を結んだ。そして、桜の花の咲くのを見て、桜の花の散るのを見て、無為無作こそ真如の悟りである、と気づいた。

西行の一首。

夏ぐさの　一葉にすがる　白露も
花の上には　たまらざりけり

白露の語りかける声が、西行には聞こえているのである。この歌のように言葉を飾らず、ただほつほつと言い出すのが、西行の和歌の妙味だった。

西行の「残留思念」に呼び寄せられるようにして西行庵を訪れた。庵の横に桜の老木が花を見事に咲かせていた。芭蕉の前身、西行も四百数十年前はこの桜を眺めていたのである。

（花びらは散っても、桜の花は花としてそこに残っている）

芭蕉は魂が吸われるような清々しい心地になり、一瞬、幽体離脱して異次元世界へと飛翔していくような自分を覚えた。

人間の輪廻転生のように、この老木の花もまた数百年ものあいだ咲いては散り、散っては咲いているのだ。

芭蕉も一句、詠む。

命二ッの　中に生きたる　桜哉（かな）

この桜花は一つの運命を共有した二つの生命、自分と前身、西行との歌（詩）の道の苦難を示す象徴でもあるのだ。

（西行の生涯で終わることなく、ふたたびこの世に生まれてきたこのわしには、西行と同じか、それ以上の困難な天の使命が与えられているに違いない。それでなければ生まれ変わったりなど

しないはずだ）

芭蕉と杜国は吉野に三日滞在し、無常の花、桜に覆われた吉野山が暮色につつまれるのを眺め、明け方の風情ある月などを眺めたりした。

それから、高野山、和歌浦とまわり別れを惜しんだ。

（もうこれで杜国と逢うこともないだろう）

杜国はその後、役人に捕縛され、死刑を免れたものの家屋敷すべてを没収され流罪となり、その地で死んだ。

帰路は尼崎、須磨、明石、京都、大津、大垣を辿り、芭蕉は江戸にもどった。

旅寝して　わが句を知れや　秋の暮

しかし、この旅を通しても芭蕉は得心できる句境を得ることはできなかった。何故なのか。

（これはあるいは……一歩前進すれば、さらに一歩先が見えてくる、という状態なのか）

禅宗の高僧、道元は、

「心を滅し身を没する無心無身になってこそ真理を得ることができる」

と説いた。

（わしはまだ捨身無常の旅に徹せず、生死の真理の悟りを得ることができずにいる）

芭蕉はそう観念するしかないのだった。

かれはあらためてつぎのアクティブな旅を決意する。

（今度こそ、おのれの生死を懸けて、最後の求道の旅をしなければならない。そして、今度は西行の目指した奥羽の地に行くことにしよう）

あの地に立てば何かある、という直観めいたものがあった。

9

芭蕉は養生に務めた。とにかく身体の調子を整えないことには長旅はできない。完全に復調することはできないとしても、奥羽の地に行けつけるほどの体力が欲しい。

（これが自分にとって最後の旅になる。二度ともどっては来れない長途行脚（あんぎゃ）の旅になる）

でも、思い切って決断をしなければならない時が来るに違いない。いつまでも待ってはいられない。自分の死期が近づきつつあることを予感していた。

（月日は百代の過客（かかく）にして、行きかう年もまた旅人なり。舟の上に生涯をうかべ馬の口をとらえて老いをむかえる者は、日々旅にして旅を住処とす。古人も多く旅に死せるあり……）

芭蕉は弟子たちに、そんなふうに決意を吐露していた。

元禄二年（一六八九年）三月、芭蕉は持病を癒すことができないまま、ついに曽良を伴い「奥の細道」の旅に出立した。今度は奥羽へ向けての長旅であった。

千住を過ぎたとき、前途三千里の思いに胸がふさがる思いで、思わず涙した。

日光の手前の里では、御堂に安置してあるコノハナサクヤヒメの像を拝すると、

（行乞放浪しボロをまとうこの身であっても、心には玉を抱く旅である）

という心地になれた。


白河の関を越えたところにある山寺で一休みしたとき、そこで円空の残した木像を見つけた。

（この護法神は！）

以前、名古屋の寺で見たものとはまるで違う。凄い迫力だ。

ぎらりと眼を剥き、かっと大きく口をひらき、仏法をおろそかにする衆生をにらみつけ、それはまさに怒髪天をつく、といった感じである。霊的にして無限なるものを求めようとする円空の真骨頂を見た思いだ。

この像の背面には、

「かならず百年の後の世に仏があらわれたもう」

と彫ってあった。

霊能力のあるかれは村人から、

「あの土地には魔物がおるのです」

という話を聞くと、そのような場所にこのような神像を置いて、その霊威で魔を遠ざけた。

円空は和歌も残していた。乞食沙門のかれは山や海岸の洞窟を泊り歩き、そこで和歌を詠んだりする。

法の道　御声聞けばありがたや
神もろともに　あけぼのの空

寺の住職は言う。

「円空上人は、和歌についてもこう申されておられる。歌も尊像と同じであり、人間のうちに何か尊いものを顕示させる。歌の詩語を聞く者の心に、神仏（宇宙）の法の光を見出すようなものでなければならない」

芭蕉は胸をえぐられる思いで、その言葉を聞いたのだった。

福島から岩手に入り、獣道のように細く長い山道を辿った。何処まで行っても鬱蒼たる深い森で、里に下る気配の見えない山路だった。しだいに不安になってくる。

「どうも道に迷ったのかしれませんね」

と曽良も言いだす始末である。

「そうかもしれないな。でも、いますこし行ってみよう」

今度は芭蕉が先にたって歩く。

しかし、かなり登りつめると、やがて道も途絶えてしまった。

(これは参った)

茫然となり、足をとめて前方を眺めると、森の木々のあいだから光に満ちた空間が透けて見える。そこは黒い森が途切れて原野になっているようだ。

その野に出た。芭蕉は息をのむ。

石ころだらけの荒れ野には、あちらこちらに白骨の死体が散らばっている。

「ここは墓場なのでしょうか」

と曽良が気味悪そうにする。

けれど、亡くなった者を葬ったような感じではない。白骨となった屍のかたわらには、草茅でこしらえた小さな仮小屋のような残骸がある。

(そうか、ここは姥捨(うばすて)の野か)

芭蕉は気づいた。

働くことのできなくなった年寄を養うほどの食糧はない。飢えて家族が共倒れになることを避け、年寄は自分から姥捨ての野に行くことを願うのだ。

そして、新雪の時期を選び、ここまで担いで捨てに来る。

「初雪の日に山に入ることは、めでたいことぞ」

と捨てられる年寄たちも、そう考えている。

山の草花、虫たちがそうであるように、新雪に埋もれて死んでいくことほど幸せなことはない。新雪に埋もれるならば、もはや悲しみ苦しみ飢えもなく、死の恐怖すらもない。

霊が内在するからこそ生きていられる肉体、霊の道具でもあるそれを捨てることは容易である。死者は死者に葬らせるのが、いちばん自然なやり方でもあるのだ。

東ヨーロッパの古代人、トラキア人の死生観には、興味深いものがある。

赤子が生まれると、親族みんなして、

「ああ、おまえはどうしてこんな難儀な世に誕生したのか。これから辛く苦しい人生を送らなければならない。実に気の毒なことだ」

と嘆き悲しみ、これと反対に老人が死ぬと、

「あなたはこの苦しみの世界でがんばった。そして、ついに念願かなって、苦しみも悲しみもないあの世へと旅立つことができる。ほんとうにめでたいこと、悦ばしいことだ」

と大いに祝い、酒を飲み踊った。

この世があるからあの世があるのではなく、あの世があるからこの世がある。生者が死者の予備軍としてあるのではなく、死者が生者の予備軍としてあるのだ。

この姥捨ての野はあの世とこの世の境界線上にあり、山中他界、荒山中とも呼ばれる。ここにある霊的大気は独善的な宗教と物質科学の毒に汚染された現世、地上世界のそれとは異なる。姥捨てを詠む昔の和歌がある。

あしひきの　荒山中（あらさんちゅう）に　送り置きて
帰らふ見れば　情苦しも

と、芭蕉たちが見ているまえで、若く美しい娘が、突然、野の端からあらわれて反対側の端まで進むと、そこですうっと消えてしまった。

「ほう」

と曽良が感嘆するような声を放つ。

（いま見た娘は、ここで命を終えた人なのに違いない。死んであの世に逝くと、年老いた者は若返る）

芭蕉はそう思う。

芭蕉たちは姥捨ての野から、ほぼ一日かけて抜け出し、どうにか里に降りてくることができた。

「あなたたちは浄土ケ原に行ったのですか。よく死神につかまらずにもどってこられましたな」

と村人は驚いた顔で、そう言った。

「ならば、あの原に行った人で帰ってこられない人もあるのですか」

と曽良が尋ねると、

「はい。特によそ者があの原に入ると、もうほとんど生きてはもどれません。あそこにはあの世への入り口があり、死んだ者が招き入れるのでしょうね」

芭蕉たちがそうならなかったのは、まだ天命がつきていない、という証でもあるのだろう。

考えてみれば、芭蕉と曽良もあの姥捨て山の年寄たちとそう違わないようなものだった。

村から村へと命を風にさらし、水だけ飲んで一日を過ごし、泊まるところも満足に見つけられず、野宿をしなければならないこともしばしばだった。

一遍上人は、こう説いた。

「仏法には値なし、身命を捨てるが値なり。住まいをかまふるは地獄道の業なり」

「家を捨て、世を捨て、寺を捨て、僧を捨て、衣食住を捨て、身を捨て、心を捨て、最後には捨てる心も捨てよ。我が屍（しかばね）は野に捨て、獣に施すべし」

捨てつくし、捨て果てたところに、無量の光明世界が現成するというのである。

一遍上人の覚悟にはほど遠い自分である、と芭蕉は苦い気持ちになるのだった。

ようやく平泉に着いた。

西行が東大寺の再建のため、砂金の勧進を求めて訪れたかれの先祖の地である。六十九歳という老齢の身で、かれも死を決意しての旅であった。

芭蕉の頭の中に、その西行の歌がふっと浮かぶ。

来む世には　心のうちに　あらはさむ
あかでやみぬる　月の光を

現世で見る月は、来世（霊界）では心のなかに宿すはずだ。月の光に照らされ大好きな桜の花にかこまれて、自分は死んでいきたいものだ……。そんな願いがこの頃の西行にはあった。

藤原氏の屋敷の跡を訪ねた。

高舘（たかだち）の地に立ち、古戦場の霊地の跡を眺めた。敵味方、互いに殺しあう阿鼻叫喚の地獄絵が芭蕉の眼前を通り過ぎる。

そして、時は過ぎ、自然はいまも変わりなく、野にはただ枯れススキが風に吹かれて揺れているだけである。

柿本人麻呂が廃都の精霊を鎮めるために詠んだ「近江荒都の歌」が聞こえてくる。

神の命の大宮は　ここと聞けども

……春草の茂く生えたる
……ももしきの　大宮どころ　見れば悲しも

近江の海　夕波千鳥　汝が鳴けば
心もしのに　いにしへ思うほゆ

自然の聖なる理を歌う杜甫の「春望」が、胸に流れてくる。

国破れて　山河あり
城春にして　草木深し
時に感じて　花も涙をそそぎ
別れを恨んでは　鳥にも心を驚かす
…………

芭蕉も一句、詠んだのだった。

夏草や　兵(つわもの)どもが　ゆめの跡

中尊寺の金色堂に向かった。

大きな杉木立のあいだの山路を辿り、芭蕉と曽良はゆっくりと歩く。あかるい日差しが足元を照らし、さわやかな森の匂いが立ちこめている。

「宗匠、けっこう歩きますね。この坂道はかなりきつい」

と曽良。

「そうだね」

芭蕉はそう答えるが、息を切らしている様子はない。

杉林のあいだを抜ける山の細い坂道は、どこまでもつづくように長く延び、途中にいくつかの小さな御堂がある。芭蕉たちはそのまえで立ちどまり、そのつど合掌をする。

なにか神秘的な大気につつまれた感覚を覚え、ふっと顔を上げると、前方の小高いところに、美しく鮮やかな新緑にかこまれた金色堂が見えた。

御堂の壁が春の陽光を受け、全体が光芒につつまれているようだ。御堂の中にある仏像が、神々しい光輝を放っているかのようにも想えた。

芭蕉は足をとめる。

（ああ……）

芭蕉は強烈な郷愁に襲われて胸が締めつけられたようになり、内なる魂が激しく揺さぶられた。

(この光景は以前、どこかで、確かに見たことがある)

デジャブ現象であった。それがどこであったか、いつであったか、すぐには思い出すことができなかったが、なんとなくこの世のものとは思えないもののような気がした。

と、突然、霊肉のあいだの障壁が消え、霊魂に通じる回路が開かれ、まるで霊肉一如といった感覚に襲われた。魂魄の働きが強まると本源への道が示され、精神は神明の域に達する。

芭蕉は霊的なシンフォニーを受容し、存在の深部まで深い感動がひろがり、突如、芭蕉は至福、エクスタシーの感情につつまれた。

その時である。耳鳴りがし、頭から背筋にかけて冷たいものが、さあっと走っていくのを感覚し、

「詩歌は霊界と現世とを結ぶもの。詩歌を通して霊界の啓示がもたらされ、人間の生死の真理が明示されるもの」

というきらめく霊声が、天啓のごとくに聞こえた。

芭蕉は雷に打たれたように、しばらくはそこから動こうとはしなかった。

神の言葉より発生した詩歌、訴求力のあるその言霊は声とは異なり、耳には聴こえないが、深い心の領域にまで届くのだ。歌詠み人は神と一体となり、チャネラーとしての役割を果たすのである。

「宗匠、どうかなされましたか」

曽良が心配して尋ねた。

「いや、いま教えをいただきました」

「は？」

と曽良がけげんそうな表情になる。


山形の山寺を訪れ、円空の足跡にふたたび巡りあった。寺の住職に案内されて裏山の林に入る。

そこで芭蕉の目は釘づけになった。

（これは！）

思わず、ほうっとなった。

ブナの大木の幹に、仏の顔が刻んであった。まるで巨木が生命をもった仏像となって、いまにも動きだしそうな気配である。

立木仏はあたりを圧する霊気を放っている。

大空に等しい悟りを得た円空は、このブナにハシゴをかけ、活眼をひらいてナタをふるい、自分本来の霊性を自覚しつつ無上の法悦境に浸りながら仏の顔を彫ったのであろう。

この巨木がこのままでは立ち枯れてしまうことを案じ、これを立木仏、永遠の生命のシンボルとして刻んだに違いない。

芭蕉はしばしそれに見とれた。そして、

（円空は天授の教えを実行しようとしているのだ）

と気づいた。

刹那、芭蕉の脳裏にひらめくものがあった。

(生命のあるところに霊があり、霊のあるところに生命がある、ということか)

生きとして生けるもの、森羅万象は、大自然、大宇宙の不変不滅の聖なる摂理、天の理法にもとづいて生かされている。

木の葉一枚落ちるのにも、小さな草花が芽を出すのにも、名もなき人間の生きざまのなかにも、その神秘の摂理が働いているのだ。

春夏秋冬と様態は変わっても、その天の理法の成せるワザ、四季というものは変わることはない、植物は死んでまた春に生まれる、その原理、法則は変わることはない……不易(ふえき)流行の真理。

平泉の金色堂で霊声を耳にし、山形の立木の円空仏を見て、芭蕉の句境は新たな地平へと進みつつあった。

(西行の和歌、宗祇の連歌、雪舟の絵、利休の茶、それらをつらぬくものはただ一つ。風雅の心は自然に従って四季を友とし、自然の理に従って自然と一体となる。花を眺めれば、心、花となり、月を眺めれば、心、月となる、すべての自然が花と月なのだ)

芭蕉は大悟した。

すべての存在は言の葉のなかに存在し、言の葉が姿をつくり、その中にこそ歌(詩)の生命が存在できる。それゆえわずか十七文字の詩歌で天地を動かし、鬼神の心も和らげることができるのだ。

芭蕉の句（詩語）は、彼岸の彼方から伝わってくる霊的真理、永遠なるものを感得し、それを顕現しようとするシンボリックな歌が多くなった。

山腹の岩山のうえにある山寺を仰ぎ、一句。

閑さや　岩にしみ入　蝉の声

地上に出てわずか七日しか生きられない蝉の声は、蝉の生命そのものなのだ。コケむす古岩の物質のもつ霊的なものに触れて、いまそれは妙なる祈りの声となって響きわたる。

円空はこのまま北上し、海を渡り蝦夷（北海道）の地に足を踏み入れた。西行はまた同じ道を辿りもどっていったが、芭蕉はこの国を横断することにし、やがて、最上川の川辺に立った。山の若葉の色を映す最上川は滔々と、しかも水の流れる様は速く激しい。

熱き日を　海に入れたり　最上川

さみだれを　あつめて早し　最上川

この河は西へと向かい、やがて日本海にそそぐ。河が海となる様態は人間の霊魂の輪廻と同じである。河であっても海であっても水は水、その本質はすこしも変わることはないのだ。

夕暮時に羽黒山の麓を通りかかり、瞳をめぐらすと月山が夕映えのなかにあった。そこにある雲の峰は崩れては湧き、湧いては崩れしている。

涼しさや　ほの三か月の　羽黒山
雲の峰　幾つ崩(くずれ)て　月の山

行者たちが死と再生の修行に明け暮れる霊場でもある、二つの神山をまえにして、芭蕉はまるでそれらと対峙するかのごとく佇立する。

(すべての自然、山河大地日月星。この無常の相、虚無自然の姿、これこそ詩心の本質なのだ。歌心とは等しく山河大地日月星なのだ)

聖徳太子の生まれ変わりとされる空海が信仰した密教、「大日経」でも、こう述べている。

「宇宙の絶対的な原理、天の理を法身(ほっしん)とする大日如来、その原理に基づけば、風にも犬にも、その原理そのものにもなることができる」

象潟から酒田をめざし、鶴岡から日本海を眺めながら歩みを進めた。出雲崎に入ったときは、夜になりかけていた。それでも、海上はるかにぼんやりと島影が見えた。

大海に視線を投げ、夜空を振り仰いだ。満天の星が頭上にあった。その星々の明かりを受けてほの光る海面、そして、果てしなくひろがり光のなかにある神秘の大宇宙……この広大無辺の宇宙にあっても、その万象は秩序整然として存立する。

芭蕉は突然、腹部に強い収縮を感じ、内部から激しい風のようなものが吹き出てくるのを覚えた。

自分の生命を活かしてくれている天界の意志を感じとった。まばゆい閃光が大地をゆり動かすように、自分が宇宙を創造した力の一部であることを感得した。

――霊的真理は聖なる響きをもつ静寂なる言葉（詩）の中にこそある。

人は歌（詩）の中に消え、歌と一如となり、歌の世界がそのまま宇宙となるのだ。

（人間もまた天・大宇宙の聖なる摂理から生命を与えられ、宇宙の存在者として生きている。天と人は一体、人であると同時に絶対神の顕現でもあるのだ）

芭蕉は霊言のごとくの一句を詠んだ。

霊界とチャリングを成し、そこから放たれる神光を受けての、蒼古悠大な句だった。

荒海や　佐渡に横たふ　天の河

芭蕉は内部に宿る神性を発揮し、「内省の鏡」を打ち破り、心の眼をひらくことができたのだ。それは無常寂滅と呼べるような、荘子の言、「翼なくして空を飛ぶ」ごとくの聖なる詩境だった。

10

芭蕉はほぼ十ケ月、二千四百キロに及ぶ、人生三回目の大きな旅を終えた。持病が極度に悪化し、たびたび胃ケイレンに苦しみながら、ほとんど息絶え絶えの状態で、大津の義仲寺の無名庵に身を落ち着けた。

体調が少し戻ると、かれは「幻住庵記」の仕事にとりかかり、それが終えると、なにかに取り憑かれたように、京都、奈良と動きまわり、すぐにまた江戸へ向かった。かれにとってそれは死に向かって直進するようなものだった。

曽良が設計し杉風が出資して、新たな芭蕉庵が完成するとの知らせが届いたのである。旧庵の近くだった。

江戸に来て西鶴の高い評判に驚いた。浮世草子で高い名声を得ていたのだ。

「好色一代男」を初めて出したあと、「好色一代女」「男色図鑑」と男色、女色物を八作、「武道伝来記」の武家物を三作、「日本永代蔵」の町人物と立て続けに出し、いまや大阪ばかりかこの江戸にまで進出して、すっかり流行作家になっていた。

「この江戸でも浮世草子の井原西鶴といえば、だれひとり知らぬ者はおりません」

と西鶴と親交のある弟子の其角は言う。

そのかれがこんな秘話を芭蕉にした。

「西鶴先生が俳諧の道から離れたのは、宗匠のせいですよ」

「なに、わしのせい？」

「はい」

其角が語るところによると、芭蕉が新境地で詠んだ句、

古池や　蛙飛び込む　水の音

この句を知った西鶴は、この年、一昼夜に二万三千五百句を独吟し、二万翁と称するようになったにもかかわらず、

「自分はもう芭蕉にはかなわない。芭蕉の句境に辿り着くことなどとてもできない」

と告げ、それからは浮世草子に専念するようになったというのだ。

「わしが芭蕉を打ち負かすには、浮世草子の道に励むしかない」

と西鶴は常々、そう言っていたという。

その話を聞いて、芭蕉は思う。

(もし、この自分の句がきっかけで、西鶴を浮世草子の創作へと向かわせたのならば、むしろ、それは喜ぶべきことであり、善しとすべきこと。あのように西鶴は新たな芸術の地平を切り開くことができたのだから……)


芭蕉は江戸に帰ったのを機に、胸に重く残っている問題を解決する気になった。

十年ほど前に依世と駆け落ちした甥の桃印のことである。

桃印は重い病におかされ、依世の手にあまり、暮らしも成り立たなくなっている。その情報が、かれの耳に入っていた。

(桃印は、もう許してやろう)

かれを引き取ることにした。ただし、かれだけである。依世に対しては、まだ寛容な気持ちにはなれなかった。曽良たちがかれを荷車に乗せて芭蕉庵に連れてきた。

「……宗匠」

桃印は、そう言ったまま絶句する。顔色がどす黒く、皮膚はしなびたふうになり、その声も弱弱しい。

「桃印、もうよい。なにも申すな」

芭蕉がそう言うと、安心したように眼を閉じた。

桃印の様態は一進一退、具合の良い日には、けっこう話をすることもできた。

ある日、

「宗匠、お願いがあります」

と桃印は懇願した。

「依世のことです。あの女のことも考えてあげてください。あの女は宗匠のことを、伊賀上野にいたころから慕っておりました。でも、宗匠から愛されようと、いくら努力しても、いっこうに宗匠は本気になってくださらない。

それが女人として、どうにも我慢できなかったのです。自分を女として認めてくれない、とつい恨み、嘆きの気持ちが出て、それにわたしもつい同情してしまったのです。ですから、あの女は悪くはありません。わたしのほうが悪いのです。どうか、依世を許してやってください」

やっとそれだけ言うと、桃印はぜいぜいと息をし、苦しそうな表情になった。

（確かに依世は悪くはない。それどころか悪いのはむしろわしのほうなのだ）

この自分が普通の人間のように、男として女を好むならば、依世と愛河を渡り、また妻にもしていたことだろう。

（それができぬのが、わが宿命）

年が変わり元禄六年の早春、桃印は亡くなった。新しい庵にかれを引き取って、わずか半年後のことだった。

芭蕉は枕元で最期をみとった。桃印は芭蕉をじっと見つめながら何かを言いたそうにしていたが、結局、声を出すことのないままに息を引き取った。

(桃印よ。おまえのこの世での務めは終わったのだ。天から与えられた寿命を成就したのだ。なにも未練を残すようなことはないはず、きっぱり執着を断ち切って、あの世へ向かうのだ。わしもすぐにそちらへ逝くことになろう)

地上ですでに〈霊〉である人間が、霊界に入り完全な霊人として成熟するにはそれなりの時間を要する。桃印には、これからそのための日々が待っている。

(おまえならば霊性ゆたかな霊人になれる。そして、霊格の等しい仲間たちが歓んで迎えてくれるはず)

芭蕉は七月から一ケ月間、庵を閉ざし、だれにも逢おうとはしなかった。大阪の西鶴の訃報を耳にしたのは、そんな時である。分身のような気のする西鶴の死は、芭蕉にとっては感慨深いものであった。

(いまのわしがあるのも、西鶴という目標があったからだ。あのほとばしるような才能のまえに敗北感すら味わい、なんとしてもかれを追い越し追い抜こう、と必死になった)

自分と西鶴は特別な霊的関係にあるツインソウルかもしれない。一つの魂が二つに分かれ、現世で芭蕉と西鶴という名の人間になったのだろう。（そして、それぞれの道を求め、この世での使命を果たした）と芭蕉はそのように思うのである。

西鶴は辞世の句として、このような句を詠んだ。

浮世の月　見過ごしにけり　末二年

これは芭蕉の前々身である柿本人麻呂が詠んだ、

石見潟高津の松の木の間より　世の月を見はてぬるかな

という辞世の歌を踏まえた作なのだった。

芭蕉の生涯の最後の年、元禄七年四月、桃印の死の知らせを聞いて気落ちしたのか、依世が流行病にかかり容態が重くなったことを曽良が知らせてきた。

「依世もどうか許してやってください。あの女は、ずっと宗匠のことを慕っておりました」

と桃印が言ったことが頭にあった。

（わしの命ももうすぐ尽きようとしている。それなのに、あの女の所業をこのまま許してやらないことは、因果（カルマ）を生じることにもなりかねない）

影は形に添い、音は響きが伴うように、因と果は互いについてまわっているのだ。

そう考え、曽良に言って、依世とその子たちを引き取ることにした。

依世はすっかり面変わりしていた。顔面が黒ずみ、やせ細っていた。桃印との暮らしがいかにひどいものであったかを示していた。

彼女は芭蕉の顔を見ると、ただ涙を流し、

「お許しください。お許しください」

としか言葉を出せない。

芭蕉がうなずき、肩を優しく叩いてやると、

「わたしは、こうして天罰を受けました。この命も長くはありません。わたしにはわかります。でも、あなたからお許しを得たおかげで、安らかに逝くことができます」

そう言って、また涙した。

人間ひとり一人には生まれるべき時と死ぬべき時とがある。芭蕉には彼女の寿命がみてとれた。その命はあと二ケ月ほどで尽きるであろう。

「おまえには済まないが、わしはこの庵を離れなければならない。母の墓参りに出かけなければならぬのでな」

その話を出したのは、彼女の死に目にあいたくない、と思ったのだ。自身の人生の終焉を迎えようとしているというのに、桃印につづいて依世の最期を看取ることには辛いものがあった。

「わかりました。これでこの世では、もうあなたとはおわかれですね」

体調の悪そうな芭蕉の寿命も、あといくばくもないと予知したのであろう。そう答える依世の表情は、驚くほど穏やかなものであった。

芭蕉は依世の家族を曽良と杉風に頼み、江戸を発った。そして、京都に入った六月二日、依世の訃報を聞いた。

考えてみれば、依世も苦しみぬいた不幸な女であった。女性を好きにはなれないこの自分に関わらなければ、もっと別の人生があったことだろう。

だが、その宿命も彼女自身、おのれの霊魂の進歩と浄化を成し遂げるために、この地上に誕生するまえに選択したことなのである。

芭蕉は彼女の冥福を祈り、合掌した。

健康の優れない状態のまま、作品集「芭蕉七部集」に眼を通し、京都、奈良、大阪と句会を開いてまわった。

九月、マラリアにかかり悪寒と頭痛に襲われ、大阪の花屋仁左衛門の屋敷の離れに病床を設けた。

年老いての悩みの一つは、人間に肉体が備わっていることだ。そのために肉体そのものの苦しみ、哀しみを否が応でも味わわされることになるのだ。でも、そのことがまた霊魂の進化、浄化をもたらすことにもなる。

十月になって芭蕉の容態は、さらに悪化した。かれは弟子たちに、こう告げた。

「わしが逝くのは、この月の十二日になるだろう」

かれの霊魂のもたらす霊示によってそれを知ったのである。

芭蕉には霊界に向かう用意ができていた。人間の人生は、現世と霊界とのトータルで考えるべきであると思っていた。つまり、これから現界での半生を終え、残りの半生を過ごすために霊界に行かなければならないのである。

でも、旅の詩人、芭蕉の漂泊流転の日々は終わってはいない。夢のなかで、それを実践していた。夜更けになって、病中吟を示した。

旅に病んで　夢は枯野を　かけ廻る

死ぬと予告した日の前日、芭蕉は朝から食を絶ち不浄を清めた。

一週間前に、円空が長良川の河畔で入定(にゅうじょう)して命を絶つ、と宣言したことを耳にしていた。円空は湯殿山に登ってミイラを見たとき、自分も入定ミイラ、即身仏になることを決意したのだった。

生きたまま死ぬ身となる即身仏は、土中に生身を埋め、五穀を断ち水も飲まず、しだいに肉体を衰弱させ緩慢な餓死を迎えるのである。

円空は息のつづくかぎり、土のなかでカネをたたき、念仏を唱え、人々はその音を土に刺した竹筒から耳にして、かれの生死を確かめる。

（円空らしい最期だ。そのような死に方によって、自ら彫った数多の仏像に独自の生命を与えることができる）

と芭蕉は思う。

そして、さらに、

（わしはそうではない。世に名をあげることもなく、無名の詩人のまま死んでいく。わしの名などすぐに忘れ去られてしまうことだろう。されど、わしの俳句（詩）には、霊的真理を告げる詩魂がこめられている。それがわしの句を永遠のものにしてくれるに違いない）

支考、其角、去来らの弟子が見守るなか、かれは霊性求道の激流を渡りきろうとしていた。死とは人間の変容の様を示すことで、つまり滅する者が滅することのない者になるということである。

芭蕉が地上世界を離れる祝うべき日、その日はかれの予告したとおり十二日になった。

霊界の存在を信じない者の霊魂は、肉体へ執着が強く、死んだとき霊肉分離の闘いが困難をきわめ、霊魂はひどく苦しむことになる。

でも、死後の世界に揺るぎない確信を持ち、魂が浄化の光を放っている芭蕉は、肉体と霊体の結びつきが弱くなっており、このような状態にあると霊子線（シルバーコード）もすぐに切れ、死ぬときの苦しみはほとんどない。

芭蕉が万物の源へ帰還しようとするその瞬間、弟子たちは不思議な現象を目撃している。

弟子の其角は、

「宗匠の眼が銀色の光で輝いたかと思うと、部屋のなかが水晶のような神々しい光であふれ、妙なる音楽が聞こえてきた」

去来は、

「人の形をした白い煙が宗匠から抜け出た。そして、部屋全体がゆがんで見えるようになり、光のトンネルの入り口があらわれ、白い煙のようなものは、そこに消えていった」

と告白している。

芭蕉の前身、西行は七十三歳の生涯であったが、前々身の柿本人麻呂は芭蕉と同じ五十一歳だった。

天の恩恵であろう。西行の人生が長い苦行であったことをおもんばかり、芭蕉には短い人生を許してくれたのだ。

旧約聖書にはこうある。

……良い名声は良い香油に勝り、死の日は生まれる日に勝る（伝道者の書7・1）。

柿本人麻呂、西行法師、松尾芭蕉と輪廻転生した詩人は、この世、地上時代に生きた証として、人々の魂を共鳴させる多くの優れた詩歌を残した。

その詩歌を通して痛烈に感じさせられるのは、同じ霊魂であることを示すかれらに共通する現世での生き方のことである。

かれらは生死を賭す捨身・漂泊無常の歳月を送ることで、おのれの霊魂の浄化、進化を深め、それによって詩歌の道を究めようと志した。

そして、そのような生きざまであればこそ、かれらの残した詩歌が聖なる霊言のごとく輝き、それを詠む人の胸を激しく揺さぶるのではないだろうか。

千年に渡って生まれ変わり死に変わりして、魂の輝く火を燃やしつづけた詩人の一霊。まるで天界へ向けて黄金の矢を放つ行為にも似たかれらの足跡は、どんな時代であっても人々の多くを導きゆく燈火となるであろう。

編集部註／本文中に差別用語として使用を憚られる表現がありますが、時代を再現しようとする作品の意図を尊重し、文学性を損なわないようにとの配慮から、敢えてそのままの表現にしてあります。

あとがき

本書はスピリチュアリズムをテーマにしている。スピリチュアリズムは宗教ではなく、人間の生きること死ぬことの本来の意義と真理についての知識である。

スピリチュアリズムに関する事柄については著者の考えではなく、古今東西の資料、文献（巻末に掲載）に基づき、特殊なものは除き共通する真実を記述している。

まずスピリチュアリズムでは、一般宗教のような神は想定していない。

この地上世界、天上世界を成り立たせるのは、大宇宙・大自然をつかさどる聖なる摂理、いわば物理的法則である。

この天の理法は、永久不変の完璧な秩序体系であって、スピリチュアリズムでは、この自然法則のことを「神」と定義しており、法則が神なのである。

一七世紀の最大の哲学者で、異端のかどで教団を破門されたスピノザも、

「神とは人間の顔、姿をしているような存在ではなく、物理学者のように考えて世界を設計して創る存在でもなく、神自身が物理学なのだ」

と言っている。

アインシュタインも、

「スピノザの説くような神であるならば、信じることができる」

と述べている。

また現代の自然科学者も、

「宇宙が生み出されるのは、信じがたいほど微妙に調整された自然法則が存在するからであり、それを理解すると、宇宙はたまたま生じたのではなく、その背後に何らかの意図があるはずである。それはある存在の定理として導かれるのではないか」

と神の概念をこう述べてもいる。

スピリチュアリズムを要約すると主なものはこうである。

一　生命には死はなく愛にも死はない。人間は霊を保持する肉体ではなく、肉体を保持する霊である。

一　人間の肉体は霊を秘める霊体（幽体、本体）の層との複合体であり、人間生存の根源は霊の中にある。死後は肉体と分離した霊魂、霊的生命体となって、霊界・幽界に生きる。

一　人間は死後に霊になるのではなく、もともと霊である存在が、地上世界へ肉体をまとって誕生するものである。

一　霊・幽界は時間も空間もなく、思念でどんなことでも実現可能な多次元世界である。

一　宗教で説く地獄といったものはなく、霊格、霊質の似た者が同じ界層に住み、類魂（グループソウル）となってエリア、コミュニティーを作る。

一　霊魂はまた地上世界に生まれ変わり、輪廻転生をつづける存在でもある。ただし、前世の個性（パーソナリティ）と全く同じ人間として生まれ変わるのではない。

一　人間が地上生活を送る目的は、苦しみ、悲しみ、歓びなどのさまざまな試練を通して、霊的本性を進化、純化させるためである。

一　従って、人間は天の理法に従って寿命を全うしなければならず、みずから生命を絶つことは許されない。

一　現世と霊界・幽界は、大宇宙、大自然の聖なる摂理に基づいて運営され、厳然たる因果律（カルマ）、作用、反作用の均衡の法則が存在し、蒔いた種は必ず自分の責任で刈り取らなければならない。

現代人は科学万能主義に毒され、眼で確認できるものしか信じようとはしない。それが、とかく人類の悲劇を招く原因ともなっている。

スピリチュアリズムは人間が人生の基盤とすべき霊的原理を理解させ、愛を中心とする人間社会へと移し変える。人間が霊的存在であると信じることは、肌の色、民族・国、宗教の違いによる差別、紛争をなくすことでもあるのだ。

またどの国、どの民族に輪廻転生をするかわからないことも、互いの争いごとを阻止し、友好的な関係でいようと努めることになる。

特に現代の宗教は人間の精神の暗黒に毒されている。人々の心に幸せと平安をもたらすよりか、教義とドグマを盲信して他の宗教を攻撃し、狂信的信者が憎悪と敵意をもって争いを引き起こしている現実を見ると、いまこそスピリチュアリズムの真理の普及を、真剣に考える時期が来ているのかもしれない。

スピリチュアリズムの知識は、本人の魂（霊魂）が受けいれる準備ができていないときは、それを受容することは困難なものである。

けれど、心の眼を開き、この知識を身につけることは精神的革命をもたらし、新たな死生観を生じさせ、生き方が変わり死に方を変え、人生の本来の意義を目覚めさせてくれるに違いない。

人生は霊的価値を基盤として考えるべきなのであり、特に「人間はなぜ生きなければならないのか」という疑問を抱く人には、本書はその答えを用意してくれるはずである。

そして、人間の人生は、現世の地上世界と霊界とのトータルで考えるべきなのであろう。

尚、本作品を執筆するに際して、株式会社アドバンスド・システム・テクノロジー代表取締役会長、市原裕氏より有益な教示、助言を数多く頂戴し、そのお蔭で順調に執筆を進めることができ、この作品を完成させることができた。氏には心から感謝申し上げる次第である。

篠﨑　紘一

主要参考・引用資料

本作品の執筆にあたり、主に左記の資料を参照させていただきました。著者の労作に対し、敬意を表すると共に、心から感謝申し上げます。

『シルバー・バーチの霊訓　一〜十二』アン・ドゥーリー他編　潮文社
『スピリチュアリズム入門（心の道場）』スピリチュアリズム普及会
『続スピリチュアリズム入門（心の道場）』スピリチュアリズム普及会
『霊界　一〜三』エマヌエル・スウェーデンボルグ　中央アート出版
『霊界日記』エマヌエル・スウェーデンボルグ　たま出版
『ベールの彼方の生活　一〜四』G・V・オーエン　潮文社
『天国と地獄』アラン・カルデック　幸福の科学出版
『霊の書　上・下』アラン・カルデック　潮文社
『霊との対話』アラン・カルデック　幸福の科学出版
『霊媒の書』アラン・カルデック　スピリチュアリズム・サークル　心の道場編
『霊訓』W・S・モーゼス　潮文社

『霊性進化の道』グレース・クック　潮文社
『ホワイト・イーグル霊言集』グレース・クック　潮文社
『インペレーターの霊訓』W・S・モーゼス　潮文社
『私の霊界紀行』F・C・スカルソープ　潮文社
『死後の世界』J・S・ワード　潮文社
『プルーフ・オブ・ヘヴン』エベン・アレグザンダ　早川書房
『心霊主義』イヴォンヌ・カステラン　白水社
『「死ぬ瞬間」と死後の生』E・キューブラー・ロス　中央公論社
『かいまみた死後の世界』レイモンド・A・ムーディ　評論社
『幽界の人々』アーサー・フィンドレー　中央アート出版
『神との対話』ニール・ドナルド・ウォルシュ　サンマーク出版
『レイモンド』オリヴァー・ロッジ　論風社
『永遠の大道』G・カミンズ　潮文社
『死後の生命』ロバート・アルメダー　TBSブリタニカ
『死後の生存の科学』イアン・スティーヴンソン　叢文社
『死後の真実』E・キューブラー・ロス　日本教文社
『これが心霊の世界だ』M・バーバネル　潮文社

『私は霊力の証を見た』M・H・テスター　潮文社
『これが死後の世界だ』M・H・エバンズ　潮文社
『人間個性を超えて』G・カミンズ　図書刊行会
『永遠の旅（タイタニック）』エステル・ステッド　ハート出版
『500冊に及ぶあの世からの現地報告』ネヴィレ・ランダル
『生命の目覚めるとき』ドン&リンダ・ペンドルトン　太陽出版
『メッセンジャー』キリアコス・C・マルキデス　太陽出版
『メッセンジャー永遠の炎』キリアコス・C・マルキデス　太陽出版
『メッセンジャー　太陽の秘儀』キリアコス・C・マルキデス　太陽出版
『新樹の通信』浅野和三郎編　心霊科学研究会
『吉田正一論文集』日本心霊科学協会
『吉田綾霊談集　上、下』日本心霊科学協会
『心霊講座』浅野和三郎　潮文社
『霊界通信』小桜姫物語　浅野和三郎　潮文社
『人間とそのみなもと』脇長生　霊魂研究資料研究会
『前世を記憶する子どもたち』イアン・ヴンソン　日本教文社
『前世を記憶する二十人の子供たち』イアン・ヴンソン編　米国ヴァージニア大学出版局

『転生の秘密』ジナ・サーミナラ　たま出版
『輪廻転生』Ｊ・Ｌ・ホイットン他　人文書院
『生れ変わりが科学的に証明された！』稲垣勝巳　ナチュラルスピリット・パブリシング
『幽体離脱』Ｈ・Ｂ・グリーンハウス　図書刊行会
『証言・臨死体験』立花隆　文芸春秋
『臨死共有体験』レイモンド・ムーディー他　ヒカルランド
『体外離脱を試みる』ロバート・ピーターソン　ヴォイス
『霊体手術の奇跡』Ｇ・チャプマン　潮文社
『中国の巫術』張紫晨　学生社
『オロチョン族のシャーマン』王宏剛他　第一書房
『日本のシャマニズムの研究』桜井徳太郎　吉川弘文館
『ローム大霊講話集』寺見文夫　霞ケ関書院
『チベットの死者の書』川崎信定訳　筑摩書房
『エジプトの死者の書』石上玄一郎　人文書院
『ジャイナ教』渡辺研二　論創社
『時の輪』カルロス・カスタネダ　太田出版
『神と霊魂の民俗』赤田光男他　雄山閣

『霊と肉』山折哲雄　講談社
『仙境異聞』平田篤胤　八幡書店
『アニミズムの世界』村武精一　吉川弘文館
『業の研究』船橋一哉　法蔵館
『古代和歌の発生』古橋信孝　東京大学出版会
『古代文学表現史論』多田一臣　東京大学出版会
『柿本人麻呂』橋本達雄　新典社
『柿本人麻呂』山本健吉　河出書房
『柿本人麻呂』北山茂夫　岩波書店
『柿本人麻呂』中西進　講談社
『西行の研究』窪田章一郎　東京堂
『西行全集』伊藤嘉夫他　ひたく書房
『西行　求道の境涯』佐竹温知　春秋社
『西行弾奏』沓掛良彦　中央公論社
『西行・芭蕉の詩学』伊藤博之　大修館書店
『芭蕉』田中善信　中央公論社
『芭蕉と西鶴の文学』乾裕幸　創樹社

『芭蕉』保田與重郎　新学社
『松尾芭蕉集』日本古典文学全集　小学館
『松尾芭蕉研究』市川通雄　笠間書院
『芭蕉と杜甫』太田青丘　法政大学出版局
『修行僧　円空』池田勇次　惜水社

篠﨑紘一の本（電子書籍・アマゾン）

『スピリチュアルな人生を送るためのメンタル講座』　定価二百五十円

『スピリチュアルな人生を送るためのメンタル講座 vol. 2』　定価二百五十円

【著者紹介】

篠﨑　紘一（しのざき　こういち）
1942年2月17日生まれ
新潟県長岡市在住　早稲田大学文学部卒
日本ペンクラブ、日本文藝家協会会員
IT関連企業の社長を経て、現代的な解釈で、精神性豊かな古代ロマン小説を発表しつづけている。

著作（小説）

（弥生時代）
『日輪の神女』第一回古代ロマン文学大賞受賞（郁朋社）
『持衰』（郁朋社）
『日輪の神女―紅蓮の剣』（新人物往来社）
『卑弥呼の聖火燃ゆる胸』（新人物往来社）
（飛鳥時代）
『悪行の聖者　聖徳太子』（新人物往来社）※文庫は角川書店
『続・悪行の聖者　聖徳太子』（新人物往来社）※文庫は角川書店の『阿修羅』
『虚空の双龍』上、下巻（新人物往来社）
（奈良時代）
『言霊　大伴家持伝』（角川書店）

輪廻（りんね）の詩人（しじん）　―柿本人麻呂（かきのもとひとまろ）・西行（さいぎょう）・松尾芭蕉（まつおばしょう）と千年転生（せんねんてんせい）―

2017年3月1日　第1刷発行

著　者 ― 篠﨑　紘一（しのざき　こういち）

発行者 ― 佐藤　聡

発行所 ― 株式会社 郁朋社（いくほうしゃ）

〒101-0061　東京都千代田区三崎町2-20-4
電　話　03（3234）8923（代表）
ＦＡＸ　03（3234）3948
振　替　00160-5-100328

印刷・製本 ― 壮光舎印刷株式会社

落丁、乱丁本はお取り替え致します。

郁朋社ホームページアドレス　http://www.ikuhousha.com
この本に関するご意見・ご感想をメールでお寄せいただく際は、
comment@ikuhousha.com までお願い致します。

 ISBN978-4-87302-640-4 C0093